CHASSER LES CORBEAUX

TA MOORE

CHASSER LES CORBEAUX

TA MOORE

Publié par
DREAMSPINNER PRESS

5032 Capital Circle SW, Suite 2, PMB# 279, Tallahassee, FL 32305-7886 USA
www.dreamspinnerpress.com

Chasser les corbeaux
Copyright de l'édition française © 2019 Dreamspinner Press.
Titre original : Stone the Crows
© 2018 TA Moore.
Première édition : mai 2018
Traduit de l'anglais par Alexia Reev.

Illustration de la couverture :
© 2018 Bree Archer.
http://www.breearcher.com
Les éléments de la couverture ne sont utilisés qu'à des fins d'illustration et toute personne qui y est représentée est un modèle

Édition imprimée en français : 978-1-64405-389-8
Première édition française : avril 2019
v 1.0

Édité aux États-Unis d'Amérique.

À ma mère et aux Cinq. Vous avez toujours cru en moi.
Et à Lynn, qui a toujours cru en mon livre, *Une chienne de vie*.

Les portées se déchirent, les semblables se souillent de sang
Au temps des crocs, du grand froid, l'âge des Loups
L'hiver de loup appellera les corbeaux à descendre des cieux.
     ~ le Catéchisme des Loups

PROLOGUE

— QU'EST-CE QUE cela signifie, dans ce cas ? insista Terry.

Il se planta devant la barrière et ignora les grognements d'irritation qui s'élevèrent de la queue derrière lui. Plus d'une centaine de familles s'entassaient dans cet espace, rassemblées en rangs grossiers. Les enfants se tenaient aux jambes des parents ou s'agitaient dans leurs bras. Des gens vêtus de pulls irlandais et décorés d'un bracelet d'hôpital étaient avachis dans des fauteuils roulants. Les poches de perfusion restaient cachées sous les manteaux, leurs utilisateurs adossés à leur compagnon ou leur compagne. Certains revenaient attendre un jour de plus, dans l'espoir d'être à leur tour évacués vers Glasgow par les militaires. D'autres voulaient simplement des vivres, des vêtements ou des médicaments. Ils pouvaient toujours attente. Lui aussi avait attendu.

Terry traîna son fils par le bras pour montrer la bande adhésive noire collée à sa veste trop grande et usée. Jimmy lui résistait.

— Papa ! Papa, arrête s'te plaît ! l'implorait-il.

Terry ignora ses protestations et leva son bras plus haut encore, rendant l'étiquette impossible à rater. Ses doigts entouraient sans aucune difficulté le poignet émacié et impuissant.

— Allez-y ! Avouez-le à la fin ! C'est vous qui l'avez marqué. Dites-le !

La femme de l'autre côté de la barrière, qu'on aurait pris pour une adolescente sans son porte-bloc, sa blouse blanche et son droit de vie ou de mort sur les autres, fuyait son regard.

— Monsieur, je vous en prie ! lança-t-elle d'une voix cassée. Nous devons traiter tous les gens de cette rangée. Nous faisons notre maximum pour réduire le temps d'attente.

— C'est bon, on vous a vus, du vent ! jeta quelqu'un en le poussant.

Un marmonnement d'approbation parcourut la salle.

— On a tous des gosses !

— … j'ai besoin de mon traitement !

— …fille est entrée, hier. Elle est toute seule !

1

Terry écarta les mains envahissantes et hissa son fils dans ses bras. Il se souvenait encore de s'être plaint de son poids croissant, quand le porter sur son dos lui détruisait les reins et que l'enfant pouvait toujours marcher. À présent, la crevette gonflée à bloc, prête à entamer sa poussée de croissance, s'éteignait lentement, avec pour seul poids la doudoune sur ses épaules.

— À quoi correspond ce marquage noir ? hurla-t-il d'une voix chevrotante, sentant le goût du sel et de la bile sur la base de sa langue. Moi, je sais. Je le sais déjà, bordel ! Mais je veux vous l'entendre dire !

Elle n'arrivait plus à détourner le regard. Ce dernier se posa sur la bande noire collée négligemment, puis remonta vers les yeux de Terry. Elle avait le visage irrité et à vif à cause du vent. Des boutons d'acné sur son menton attestaient de son âge. Un des médecins s'interposa. Il était svelte et ténébreux, avec un nez pointu et des mains nerveuses.

— Il s'agit d'un tri, dit-il en posant une main rassurante sur l'épaule de la jeune femme. Tout le monde ici a besoin d'être évacué. Nous devons donner la priorité aux nécessiteux avec les meilleures chances de survie.

— Et mon fils, il se trouve où sur votre liste ? demanda Terry.

La femme serra son porte-bloc contre sa poitrine et grimaça. Elle tenta de parler, mais n'en trouva pas la force.

— Je… Dr Blake ? appela-t-elle en zieutant désespérément l'autre médecin.

— Avec sa maladie, les chances de survie de votre fils sont maigres, comme le médecin a dû vous l'expliquer, annonça-t-il à sa place. Par ailleurs, il n'a pas besoin de soins intensifs en traitement continu. Il est donc en bas de la liste.

La jeune femme se mordit les lèvres.

— Je suis désolée, souffla-t-elle.

Terry lui cracha au visage. La boule de glaire s'écrasa sous son œil et glissa doucement. Elle recula brusquement, choquée, et s'essuya la joue avec la manche. Le Dr Blake se renfrogna et secoua la main pour appeler quelqu'un.

— Vous ! lâcha un grand homme en tenue de secouriste en l'empoignant, un certain Harris, d'après le badge en velcro sur sa poitrine. Dehors !

Il était inutile de lutter. Ils savaient *tous* ce que signifiait cette bande noire. Il voulait juste les entendre l'avouer.

— Je suis vraiment désolée.

L'excuse de la jeune femme se perdit derrière lui tandis que Harris le poussait à avancer vers les portes qui menaient au long couloir étroit, avec Jimmy toujours accroché maladroitement à lui. Le gel fleurissait sur les grandes fenêtres en verre et le passage récemment dégagé à la pelle se trouvait déjà sous une trentaine de centimètres de neige.

— Vous avez un endroit pour vous abriter ? demanda le secouriste en jetant un œil à Jimmy, dont le visage nu, partiellement caché sous un bonnet en fourrure aux oreilles abaissées, lui étira les lèvres en un bref sourire. Il y a des refuges. Si vous et votre enfant avez besoin…

— Non, le coupa Terry en grattant le bout de la bande adhésive.

Elle était dure et glissante, difficile à attraper. Lorsqu'il réussit enfin à l'arracher, elle laissa des traces collantes sur la manche rouge. Elle attirerait la poussière, comme celle du jour précédent.

— Papa, dit Jimmy en levant une main froide et lui tapotant le visage. C'est bon. On peut revenir demain.

L'étiquette porterait la même couleur. Un nouveau piège à poussière sur sa manche.

— J'ai de l'argent, mentit le père en attrapant le bras de Harris, malgré les objections fatiguées de son fils. Vous pouvez le prendre ! Tout même !

— Et l'enfant de qui vais-je devoir tuer en échange ? demanda-t-il en reculant.

— Je m'en fous !

— Désolé…

Bien évidemment. Lorsque votre fils se meurt, tout le monde redouble d'excuses. On est désolé de vous annoncer le diagnostic, d'avouer que le traitement ne fonctionne pas et de vous informer que votre enfant est trop souffrant pour mériter son transfert vers Glasgow.

— Rentrons à la maison, papa, tenta Jimmy.

Terry le porta. À l'achat de ses bottes, on lui avait assuré leur imperméabilité. Et peut-être l'étaient-elles. Il ne les avait enfilées que pour des sorties occasionnelles avec le chien. Mais résistantes à la neige, ça, non. Ses chaussettes étaient mouillées et à moitié congelées. Il peinait à sentir ses orteils, seulement quelques douleurs cinglantes jusque dans les os.

Le vent le frappait. Il lui glaçait la mâchoire et les articulations. Il s'arrêta devant le boucher. La vitrine paraissait vide, mais ironiquement, une pancarte indiquant des promotions estivales sur les grillades au barbecue demeurait collée à la vitre. Il glissa dessus jusqu'à ce que sa hanche touche le rebord.

3

— Papa ?

— Juste une minute, répondit-il.

Une arme à feu se trouvait là. Pas la sienne. Elle appartenait à un fermier pour lequel il travaillait parfois. Un fusil à pompe utilisé pour chasser les mouettes. Que pourrait-il… ?

Jimmy tirait sur sa veste.

— Papa ? Papa !

Terry leva la tête tandis qu'un homme trapu se dirigeait vers eux en boitant, son poids réparti sur deux cannes. Un col blanc dépassait de son manteau. Terry ne le connaissait pas, mais beaucoup de gens lui étaient inconnus en ville.

— Mon père.

— Un père, vous aussi, l'imita le prêtre en hochant la tête devant Jimmy. J'ai entendu votre discussion, là-bas. Le garçon est malade.

La voix du prêtre était dénuée de toute compassion ou pitié. Cela changeait, et déroutait quelque peu.

— Il s'en sortira. Nous avons juste besoin de rejoindre Glasgow, affirma-t-il, conscient de son mensonge, le seul qu'il lui restait.

— Ces médecins ne semblaient pas du même avis.

Terry leva le menton d'un air de défi.

— Qu'en savent-ils ! S'ils étaient aussi bons qu'ils le prétendent, ils ne nous auraient pas renvoyés ici.

Le prêtre se rapprocha en traînant des pieds, ses jambes se mouvant bizarrement à travers la neige. Il n'était pas aussi vieux que Terry se l'imaginait. Les traits de son visage semblaient marqués par la fatigue et les cicatrices, pas par le temps. Il s'appuya contre la vitre et afficha un sourire pincé à Jimmy. Puis, il rapporta son attention vers son père.

— Croyez-vous aux miracles ? l'interrogea-t-il.

— Je ne suis pas croyant.

Le prêtre poussa un gloussement. Sa dentition clairsemée contrastait avec le rouge de sa bouche, et son souffle était palpable après l'effort de la marche. Il posa une main balafrée sur celle de Jimmy. Une odeur lui collait à la peau, aigre et musquée. Terry se sentit embarrassé par cette pensée.

— Pas besoin d'être croyant, le rassura-t-il. Il suffit d'être désespéré.

I

— JE SUIS pathologiste ! protesta Nick lorsque le directeur de l'hôpital lui fourra un porte-bloc et un gilet haute visibilité dans les mains. En quoi pourrais-je bien vous être utile ?

Personne n'avait écouté. Tous les efforts étaient réunis pour prouver que le Parti national écossais savait gérer ses propres catastrophes indépendamment de l'Angleterre. Sauf qu'ils ne savaient pas, et il était peu réconfortant de constater que le reste du Royaume-Uni ne se débrouillait guère mieux. L'hiver avait balayé le pays avec une efficacité brutale et glaciale, mettant à l'arrêt toute une civilisation.

Les hélicoptères demeuraient cloués au sol, les rails des trains avaient gelé et, plus important encore, les magasins d'alcool étaient fermés, ou pillés. Il ne restait à Nick qu'une bouteille de whisky, une quantité infiniment insuffisante.

Confronté à l'image d'une armoire à alcool vide – anciennement connue comme armoire à provisions – Nick versa une dose de plus dans son café insipide. Il but une gorgée et grimaça lorsque le goût amer lui brûla le fond de la gorge. À ce stade, autant arrêter de prétendre qu'il avait autre chose que de l'eau-de-vie dans sa tasse à café.

Bien déterminé à vider la bouteille, Nick but encore et ferma les yeux une seconde. La gueule de bois de la nuit précédente le prenait aux paupières avec ses doigts râpeux, et le peu de fierté professionnelle qui résistait toujours au froid lui remontait les bretelles.

— La ferme ! lâcha-t-il, sa voix rebondissant mollement contre les murs. De toute façon, tu peux t'en vouloir qu'à toi-même.

Il soupira et rouvrit les yeux. Le monde était parti en vrille et il allait devoir l'affronter en étant sobre, mais d'abord, du travail l'attendait. Il se tourna et jeta un regard morne à sa base opérationnelle de fortune.

La pancarte à l'extérieur disait « Centre de divertissement », mais même sous son plus beau jour, l'endroit ne pouvait pas être si divertissant que ça. Il s'agissait d'une boîte de tôle ondulée, couverte d'un toit plat en plastique et posée au milieu d'un parc délabré pour caravanes, sans doute étouffante en été et, assurément, d'un froid glacial en hiver. Une couverture

5

épaisse avait transformé la piscine en scène et un poster était encore accroché à la porte d'entrée, son papier jauni retenu par du ruban adhésif effilé. Il rendait hommage au groupe pop anglais Bucks Fizz, un évènement incontournable dans les années 1980. À en juger par la poussière accumulée dans la piscine, elle avait été drainée depuis le concert, mais l'odeur du chlore flottait encore dans l'air.

Cependant, même le groupe d'origine n'aurait pas réussi à réchauffer l'atmosphère. Le gel remplissait les creux du métal, la peinture se fendait et s'écaillait là où naissaient les cristaux et des cadavres bâchés jonchaient les bords de la piscine. En somme : une photo pour brochure de vacances particulièrement macabre.

Nick était le seul docteur à Ayr encore autorisé à pratiquer la médecine légale. Il sortit son dictaphone de sa poche et le mit en marche… peut-être. Le boîtier était craquelé par le froid et la LED avait rendu l'âme la semaine précédente. L'appareil ne semblait plus fonctionner, et impossible d'en avoir le cœur net avant de retourner à la base pour le tester sur le seul ordinateur encore branché au générateur. En attendant, Nick ne pouvait qu'enclencher le bouton d'enregistrement et prier.

— Ici le Dr Nicolas Blake, commença-t-il.

Son accent s'engluait à mesure qu'il parlait. La fatigue et l'alcool, sans se le cacher, sapaient un an de cours d'élocution et son talent naturel pour l'imitation. Ses voyelles partaient du côté de Glasgow. L'espace d'une seconde, il songea à se corriger, puis se ravisa.

— Suite de l'étude des morts retrouvés à Ayr.

C'était choquant de l'entendre à haute voix. Nick plaça le dictaphone dans sa poche de poitrine, d'où il capterait sans doute mieux ses paroles. Il observa le corps allongé sur une pauvre table en formica, traînée d'une cuisine pour lui servir de table d'autopsie. Normalement, ce n'était pas l'idéal, mais les circonstances n'avaient rien de normal, même pour l'Écosse.

Il se souvenait d'avoir ri autour d'un thé léger avec ses collègues d'Edinburgh, tandis que la neige s'empilait à l'extérieur. Ils s'étaient moqués de ces Sudistes douillets pour qui un peu de poudreuse signifiait la fin du monde et regrettaient ironiquement d'avoir raté l'émission *Je suis une célébrité, sortez-moi de là !* cette année-là. Les Écossais étaient habitués au mauvais temps, aux hivers rigoureux, aux printemps humides, et à la légende de l'été. Lorsque l'hiver s'était abattu avant l'heure, on l'avait accueilli avec des grognements et des stocks de whisky.

Même au décollage de l'hélicoptère, sur le toit de l'hôpital, perché sur une boîte remplie d'antibiotiques et de solutions salines, les yeux rivés avec une fascination nauséeuse bien familière sur le sol qui s'éloignait progressivement, il s'était dit que tout était encore sous contrôle. Ils passeraient quelques mois difficiles et une fois que ce serait terminé, les fermiers demanderaient une compensation pour leurs moutons décimés, le *Guardian* écrirait des articles d'opinion sur le réchauffement climatique et les chances de connaître un Noël blanc l'année suivante seraient nettement meilleures. Toutefois, il s'était trompé. Comme eux tous. Ce qui ne faisait aucune différence pour les morts.

— La victime est une adolescente, récita Nick pour le compte-rendu.

Il ramassa son appareil photo numérique et souffla sur l'objectif pour faire fondre la pellicule de givre. Le premier cliché montrerait le visage pâle de la jeune fille, les contusions qui décoloraient ses tempes et les cercles sous ses yeux. Même dans la mort, le froid lui pinçait les lèvres, givrées et sombres. Des barrettes lui décoraient encore les cheveux, des papillons ornés de strass sur fond de boucles foncées et mouillées, d'une tranquillité funèbre. Nick souleva son bras. La chair semblait tendue et gelée sous ses doigts gantés.

— Marque distinctive : une rose tatouée sur l'intérieur du bras, avec les initiales I-C. Aucune pièce d'identité retrouvée sur la dépouille.

Il prit un cliché de l'encre délavée sous le tissu mort et repositionna le bras de la fille sur la table. Deux photos supplémentaires, pour immortaliser le grain de beauté sur sa hanche et la cicatrice à l'arrière de sa cheville, et il mit l'appareil photo de côté.

— Cause présumée de la mort : hypothermie.

Nick déposa l'enveloppe contenant les effets personnels de la jeune fille sur sa poitrine et referma le sac mortuaire. Il marqua au feutre un numéro sur le plastique, et le tour était joué. L'adolescente rejoindrait le reste des corps répertoriés, au fond de la petite piscine, puis serait transférée vers une fosse temporaire et peu profonde, creusée dans un vaste terrain à l'extérieur du parc.

Voilà tout. Travail accompli. Il fallait passer au corps suivant. Parfois, les victimes présentaient des blessures qui contredisaient une mort par le froid, mais même dans ces cas-là, il ne faisait que rapporter les blessures à la manière des cicatrices et autres tatouages. Cette tâche ne demandait pas douze ans d'études à la faculté de médecine et près de dix années d'expérience. Un jeune doublé d'une grille d'observation aurait pu s'en charger.

Cela dit, Nick n'avait rien de mieux à faire. À la base, il était censé rester trois jours, une opération de sauvetage éclair pour déposer du matériel médical et évacuer les patients en état critique les plus vulnérables vers un hôpital haut de gamme équipé d'un générateur de secours et d'un personnel parfaitement préparé. C'était quatre semaines plus tôt.

Le matériel médical avait été épuisé. Les platitudes échangées avec le fameux hôpital, pour trouver un moyen de les sortir de là, s'étaient muées en silence. À présent, c'était Nick qui s'occupait de ces fameux patients en état critique.

Alors il répertoriait les morts, en maîtrisant son envie irrésistible de les ouvrir, et attendait de tomber à court de whisky. Une fois le liquide épuisé, il planifierait la suite, pensa-t-il en attrapant la tasse pour une gorgée qui le réchauffa tout juste assez pour lui rappeler qu'il gelait.

Le froid était impitoyable et l'équipement apporté ne suffisait pas aux conditions de vie. Nick approchait la quarantaine, il était relativement en forme, mais il avait toujours trop bu, même avant ce grand froid. Ses doigts perdaient toute sensation. L'alcool l'aidait à contrôler la quinte de toux qui le réveillait la nuit, mais il sautait des repas, car son estomac le faisait souffrir, comme incapable de digérer ce qu'il avalait. Cela devait faire des années que Nick n'avait pas traité un corps vivant, mais s'il se motivait, il pourrait se diagnostiquer lui-même.

Néanmoins, il restait une seule solution contre la maladie, or il n'était pas prêt à s'allonger dans la piscine avec le reste des cadavres. Pas encore. Il lui restait quelques doses de whisky et un tas de restes humains à répertorier. Il dégagea le corps de la fille. Le suivant était la silhouette contorsionnée d'un homme nu aux mains et aux pieds ensanglantés.

— Cause de mort présumée : hypothermie, râla-t-il. Les blessures confirment un enfouissement terminal, et l'état des membres est…

On tambourina à la porte. L'endroit tout entier vibra avec les murs de métal. Dans un coin du plafond, la glace craquela et atterrit sur les corps. Nick sursauta et faillit pousser l'homme mort de la table.

— Putain ! jeta-t-il.

Son cœur avait bondi dans sa poitrine, puis reprit mollement son rythme. Il semblait coincé dans sa gorge, comme un os de poulet. Nick déglutit difficilement et se massa la poitrine avec les poings pour apaiser la douleur.

— Merde.

Il replaça le cadavre au milieu de la table et replia la bâche autour de lui, comme s'il pouvait encore craindre qu'on découvre ses parties intimes. L'importun cessa soudain de frapper à la porte. Apparemment, l'urgence n'en était pas une. Nick grommela dans sa barbe. Cependant, avant d'abandonner, la personne avait réveillé tous les chiens du coin, les faisant hurler. Le docteur retira ses gants en s'approchant de la porte. Il l'ouvrit brusquement et la bourrasque qui s'engouffra à l'intérieur chassa son irritation. La nuit était tombée pendant qu'il travaillait sous la lumière éblouissante des néons alimentés par le générateur, et la tempête s'était levée à nouveau. Il ne restait plus de place pour la neige fraîche sur les congères formées autour des caravanes d'un beige sale, mais le vent de la mer, armé de ses éclats de glace, faisait rage.

Les chiens remplissaient la nuit de leurs aboiements frénétiques et agressifs, qui résonnaient contre les murs métalliques des caravanes, brouillant les sens.

— Il y a quelqu'un ? demanda-t-il distinctement.

Le froid se fraya un passage sous les manches lourdes de son pull et le mordit jusqu'aux os. Il lui asséchait le nez lorsqu'il inhalait.

— Nelson ? Tu es trop con, ça ne me fait pas rire !

Il attrapa le manteau posé près de la porte et l'enfila en sortant. La neige lui arrivait aux chevilles, lui titillait douloureusement ses pieds bottés. Le vent faisait claquer derrière lui le long tissu du manteau, étalant son ombre sur la neige telles des ailes sordides.

— Nelson ?

Il avança d'un pas et chercha des yeux le secouriste blagueur. À Edinburgh, Nelson s'était révélé être un sacré farceur. Et ces dernières semaines passées bloqués ensemble sur un site délabré aux frontières d'une ville enneigée qui rétrécissait progressivement, avaient transformé ce mauvais plaisantin en véritable maniaque du rire. Malheureusement, ses farces n'amusaient que lui.

Retenant son manteau d'une main au niveau de la poitrine, Nick s'aventura plus loin à l'extérieur. Il plissa les yeux face au vent et s'essuya le nez avec la manche.

— Y a quelqu'un ? répéta-t-il.

Une odeur familière et amère lui chatouilla les narines. Il avait le nez fin, toujours le genre à dire « Tu sens ça ? » le premier. Néanmoins, il peinait à reconnaître cette odeur-ci. Le froid atténuait tout sur son passage. Il avança plus loin. Ses pieds étaient déjà trempés.

— Je ne suis pas d'humeur, grommela Nick dans la pénombre. Jim ? Que se passe-t-il ? Jepson veut-il me voir ?

Quelqu'un grogna dans l'obscurité. Un son grave, mouillé et suggestif. Nick en aurait rougi s'il n'était pas frigorifié. Il se lécha les lèvres et sentit sa salive se déposer entre les gerçures.

— Allez au diable !

Il se tourna et repartit en direction de la porte ouverte en trébuchant dans la neige, les épaules voûtées et tendues, les muscles noués par une douleur poignante. Il n'aurait pas dû coucher avec Nelson. C'était une mauvaise idée, peu importe qu'ils restent, ou non, coincés ici le temps que la météo s'améliore.

Si seulement elle s'améliorait, le corrigea une voix paranoïaque dans son esprit. La voix de sa grand-mère, pleine de vieilles superstitions écossaises au point d'annoncer l'apocalypse et des oreilles tirées si on avait le malheur de poser des chaussures sur la table ou son chapeau sur le lit, ou le contraire, juste au cas où. Elle était née dans la région, se rappela-il, quelques kilomètres plus au nord, une pure montagnarde d'Écosse, maintenait-elle.

Nick atteignit le pas de la porte et débarrassa ses chaussures de la neige.

— Tant pis pour toi, tu n'as qu'à geler ! jeta-t-il par-dessus son épaule.

Néanmoins, il eut un pincement d'hésitation, peut-être à cause de l'odeur, toujours aussi familière, mais impossible à reconnaître, ou du second gémissement porté par le vent. Cette fois, il semblait… gras, et non mouillé. De l'autre côté du parc, il vit des lumières clignoter dans la caravane de Jepson. La chef d'équipe de traumatologie était restée debout, à travailler. Sa silhouette se figea derrière le voilage crasseux et quelqu'un la rejoignit.

Peut-être pas à travailler, finalement. Nick s'apprêtait à détourner le regard, quand il s'interrompit et observa à nouveau. Les vestes épaisses et plusieurs couches de vêtements rendaient les gens indiscernables, mais la seconde silhouette était plus petite que Jepson. Alors, à moins que la chirurgienne ait décidé d'embrasser une fille par curiosité, l'autre personne devait être Nelson.

Du sang.

Les effluves lui montaient à présent au nez. Il percevait la puanteur cuivrée et salée parmi l'odeur âcre d'ozone qui se dégageait de la neige, et les relents iodés et distants de la mer. Nick s'élança de nouveau dans la poudreuse.

— Copeland ! Harris ! hurla-t-il à ses voisins, ses paroles rattrapées par le vent et étirées en sons fins et rouillés au bout de ses lèvres. Quelqu'un est blessé ! À l'aide !

La porte d'une fourgonnette miteuse s'ouvrit et Copeland sortit la tête. Ses cheveux emmêlés retombaient d'un côté et son bras cassé était soigneusement attaché en travers de sa poitrine. Elle usa de ses dents pour glisser sa grosse doudoune sur ses épaules et descendit avec précaution les marches en métal grillagé.

— De qui il s'agit ? s'enquit-elle, les yeux écarquillés par la peur.

— Aucune idée, répondit Nick. Je pensais que Nelson faisait encore le pitre, mais…

Il fit signe de la tête vers la caravane de Jepson. La jeune femme suivit son regard et, même si plus aucune silhouette n'était visible à la fenêtre, elle s'empourpra.

— Peut-être qu'ils sont juste… Je veux dire, elle est mariée !

Nick renâcla. De sa main valide, Copeland sortit une lampe torche de sa doudoune et l'alluma. Le faisceau de lumière vive s'allongea et se rétrécit sur le sol blanc l'espace d'une seconde, puis s'arrêta brusquement sur des traces noires dans la neige à moitié fondue, devant une des caravanes libres.

— Dr Blake. Regardez. Oh, mon Dieu, du sang…

Nick changea de direction et marcha lourdement vers les traces. La neige le retenait aux tibias tandis qu'il quittait le chemin dégagé pour rejoindre les lourdes congères. Son pied se coinça dans quelque chose, un pot, un vieux bout de barrière, et il se pencha en avant sur les genoux.

D'autres lumières brillaient dans le parc. Il entendit des portes s'ouvrir, des voix demander des explications et d'autres crier pour faire taire les chiens. L'éclat de la lampe torche s'éloigna et s'agita contre le côté de la caravane tandis que Copeland tapait sur le côté du fourgon de Harris.

— Debout ! Réveille-toi, Harris, on a besoin d'aide ! s'égosillait-elle.

Nick se remit debout et balaya la neige sur ses genoux. Le vent tiraillait vicieusement son manteau dans tous les sens. Malgré le froid, un léger voile de transpiration lui couvrait les aisselles et le démangeait derrière le cou. La traînée de sang passait de traces visibles à des gouttes, avant de disparaître sous la caravane, derrière le treillage cassé qui en cachait la base. De vieux

11

instincts dignes d'un film d'horreur le firent hésiter devant le trou, d'où se dégageait une odeur d'hémoglobine si nauséabonde qu'il était impossible de la confondre.

— Hé, tout va bien ? demanda Nick, une question bête qu'il devait malgré tout poser pour briser le silence. Vous avez besoin d'aide ? Je suis médecin. Si vous êtes blessé…

Un souffle rauque, presque imperceptible dans le vent, fut sa seule réponse. Nick inspira profondément, sentant le goût du whisky sur sa langue, et se faufila dans l'ouverture. La neige lui mouillait le jean, sa froideur faisait l'effet de piqûres d'aiguilles dans ses genoux, et il dut avancer à l'aveugle en évitant les barres de métal et autres tuyaux.

— …aller…

Nick plissa les yeux dans le noir. Il arrivait à peine à distinguer une forme recroquevillée contre la roue de la caravane, à moitié dénudée, une sombre couverture remontée sur les hanches. Il y avait quelque chose dans cette voix… Connaissait-il la personne ? Il ne s'agissait pas d'un collègue de l'équipe de sauvetage. Peut-être était-ce simplement l'accent ? Les habitants du coin écorchaient leurs mots comme sa grand-mère, lorsqu'elle débordait de joie.

— Ne vous inquiétez pas, souffla Nick en grimaçant quand son épaule se heurta à une entretoise aiguisée. On peut vous aider. Ça va aller.

Derrière lui, il entendit Copeland et Harris se disputer en s'approchant, la voix sèche et paniquée de la jeune femme dénotait avec les questions épaissies par le sommeil du collègue. Nick était sur le point d'attraper la manche blanche de l'inconnu lorsque Harris lâcha :

— Qui est-ce, dans ce cas ?

Harris inclina sa lampe torche sous la caravane. Ce n'était pas une couverture. Du sang en couche sirupeuse couvrait la peau meurtrie de l'homme, de la jambe au ventre. Sa poitrine aussi en était souillée. Le liquide noir provenant d'une artère éclaboussait le sol neigeux en jets continus.

Nick ne le connaissait pas. La lumière s'attarda sur les traits ciselés de son visage long et anguleux et se refléta étrangement dans ses yeux verts qui semblaient trop brillants avec tout ce sang perdu. Il était magnifique. Une pensée mal placée dans ce carnage, mais Nick ne put s'en empêcher.

— J'ai pas besoin de votre aide, râla l'homme, les lèvres retroussées par ses mots. J'ai besoin de l'aide de personne.

— Mais oui, bien sûr, ironisa Nick. Vous avez l'air de vous plaire, là-dessous.

Son cerveau brouillé peinait à composer une liste mentale du matériel, à moitié oublié et largement utilisé, qui était entreposé dans le vieux bloc sanitaire.

— Harris ! Viens là et aide-moi ! C'est toi l'expert en urgences !

— Je peux mourir… seul, je t'ai dit, souffla l'homme.

L'inconnu releva sa tête de son bras et Nick comprit que la position inconfortable prise par ce corps recroquevillé créait une sorte de garrot qui venait d'être relâché. Les jets réguliers d'hémoglobine se transformèrent en effusion fumante au contact de l'air glacé. Par habitude tenace, implantée en lui au temps de la faculté de médecine, à l'époque où tous s'accordaient à dire qu'il serait plus doué avec les morts, Nick se jeta en avant et referma sa main sur la carotide de l'homme. Le corps pressé contre l'épaule de l'inconnu, sa position lui rappelait une étreinte, mais peut-être en plus intime, avec la vie de l'homme bullant sous sa main. La blessure paraissait large et irrégulière, ses bords ressortaient d'entre ses doigts tandis qu'il essayait de les pincer.

— Qui est-ce ? répéta Harris, à l'arrière. Que fait-il ici ?

— Qu'est-ce que ça peut faire ? s'époumona Copeland. Nous devons l'aider !

— Et si c'était un piège ? Ces idiots qui reviendraient pour essayer de nous voler des drogues que nous n'avons plus ?

Une sensation étrangère. Il était habitué au sang refroidi, immobile sous la peau, pas à ces jets brûlants, prêts à s'échapper et à souiller le sol. L'homme résistait aux efforts de Nick, ses mains ensanglantées glissaient et luisaient tandis qu'il le repoussait aux bras et au visage. Le sang s'étala sur l'œil et les cheveux du médecin. À travers la pellicule rouge, il entrevit brièvement une femme accrochée à l'épaule de la victime, par un bras décharné. Ses doigts, si effilés et durs qu'ils ressemblaient à des os emballés sous film plastique, tiraillaient les bords de la blessure pour tenter de la rouvrir.

Nick ouvrit la bouche de surprise, un goût de pourri et de vin envahit le fond de sa gorge. La femme releva la tête, comme sentant son attention sur elle. Ses cheveux sales et emmêlés étaient rejetés en arrière, et Nick entrevit le bout pointu de son nez limé ainsi que son œil sec et jauni.

Il sentit la bile monter et faillit rendre tout le whisky bu cette nuit-là sur sa jambe. Il refusait d'en voir plus. Resserrant sa prise, Nick résista aux picotements des doigts asséchés et baissa le menton pour essuyer le sang sur son visage contre son épaule. Lorsqu'il releva la tête, la femme avait disparu. Il frissonna de soulagement. L'homme blessé le fixait intensément comme s'il savait ce que Nick venait de voir.

— Dis-lui.

— À qui ? Je ne sais pas de qui vous parlez. Vous n'aurez qu'à lui dire vous-même, rétorqua Nick, un goût métallique glissant sur sa langue.

Il regarda par-dessus son épaule et cria à un Harris indécis :

— Bouge-toi et viens m'aider ! Il saigne !

— Dis à mon vieux, soupira l'inconnu dont les yeux avaient perdu de leur clarté, ne laissant qu'un regard terne et sombre. Dis-lui qu'au moins… je suis mort le premier, lâcha-t-il en s'affaissant contre Nick, un poids lourd de muscles, d'os et de désespoir.

— Vous n'allez pas mourir, je vous tiens, insista Nick, sentant malgré tout le sang qui repoussait ses doigts et courrait le long de ses bras, une chaleur presque agréable, même si elle trahissait dangereusement son mensonge… D'ailleurs, je ne connais même pas votre nom.

— Gregor, souffla l'homme qui piquait du nez, son menton seulement retenu par la main de Nick. Dis-lui que son fils préféré est mort, mais que j'ai foncé le premier.

II

IL N'Y avait plus d'eau chaude. D'ailleurs, il n'y avait plus d'eau du tout. Nick se tenait dans la cabine de douche de la caravane qui lui avait été assignée et se frottait vigoureusement les bras avec du gel antibactérien. Le plus gros du sang était parti. Il n'en restait que des croûtes dans ses articulations et autour des cuticules. Pourtant, il ne se sentait pas complètement propre.

Non pas vraiment à cause du sang, mais plutôt du souvenir de sa sensation chaude et sirupeuse. Le sang froid ne le dérangeait pas. Ce n'était que des plaquettes, des protéines et du plasma. Mais le sang chaud était... différent, malgré une composition identique.

Incapable d'oublier cette fausse différence, il avait préféré devenir pathologiste plutôt que chirurgien. Il y voyait presque une superstition, la seule qu'il s'autorisait, tout en la sachant irrationnelle. Le monde était un endroit rationnel, logique. Nick ouvrait les corps, les pesait, les recousait pour l'enterrement. Il n'y avait pas de secrets à craindre, pas de poches dissimulées où l'âme serait logée. Le sang n'était que du sang et la mort était la ligne d'arrivée. Sa grand-mère – que son âme aigrie repose en paix – était simplement folle, mais pas lui.

Voilà le mantra qu'il s'était répété pendant toute l'université. Cela faisait des années qu'il n'y avait pas repensé, mais la phrase apaisait toujours son esprit. La femme qu'il avait vue, ou *pensait* avoir vue, n'était qu'une de ces horreurs que sa grand-mère évoquait devant ses clients : il suffisait d'une ombre, d'un esprit crédule et d'un détail pour faire peser la balance en sa faveur. Dans le cas de Nick, ce détail se résumait au whisky et au stress.

Il capta son reflet dans le miroir jauni par le temps et taché de mouches, accroché au-dessus du lavabo. Son visage lui rendait son regard. Nick grimaça devant l'image anguleuse, sombre et couverte d'une barbe de quelques jours. Cela réussit à l'effrayer.

On tapa à la porte.

— Dr Blake ? Vous êtes présentable ?

— Pas toujours.

Copeland poussa la porte et passa la tête dans l'ouverture. Ses cheveux mouillés épousaient les contours de son visage et ses dents claquaient de froid. Elle essuya la gouttelette sous son nez avec son bras valide.

— Ils m'ont demandé de voir si tout allait bien, expliqua-t-elle. Surtout pour ne plus m'avoir dans leurs pattes, je pense.

— Ça va.

— Vous êtes certain ?

Nick haussa simplement les épaules. Il attrapa un pull propre accroché à la poignée de porte de la douche et l'enfila. Enfin, « propre » était un grand mot. Au moins, celui-ci n'était pas couvert de sang. Il ne possédait que deux pulls et cela faisait deux semaines qu'ils survivaient sans eau. La laine épaisse empestait la sueur et les moutons, une forte odeur de lanoline qui se dégageait de ses fibres aérées.

— Comment se porte notre invité ?

Copeland cligna fermement des yeux et protégea tendrement son bras cassé. Elle se mordilla la lèvre inférieure et secoua la tête.

— Ils y travaillent toujours, on fait ce qu'on peut avec les moyens du bord. Mais il est encore en vie. Et je me demande comment…

Sa voix chevrotait de surprise. C'était une jeune interne tout juste sortie de l'école et rien de ce qu'elle venait de vivre ne lui avait été enseigné en cours.

— Je ne peux pas les aider, avoua Nick. Dans mon métier, on voit rarement des vivants.

— Se pourrait-il qu'un animal l'ait attaqué ? demanda soudain la jeune femme. Un renard ou un chien…

Sa voix se perdit, comme si elle savait à quel point son idée paraissait saugrenue, mais elle attendait malgré tout une réponse. Réduites à une liste d'autopsie, ces blessures devenaient de simples faits. Engelures, multiples incisions sur la cuisse gauche, la hanche, le ventre : les causes d'épanchements importants ; grave traumatisme au cou, responsable d'une perforation de la veine jugulaire. Un véritable catalogue, plus qu'une simple liste.

Mais c'était le vif souvenir des muscles dénudés se contractant sous les étirements de la matière graisseuse, telle une corde entortillée à travers la chair et par-dessus les os, qui perçait son détachement défensif et lui remplissait la gorge de bile.

— Les animaux n'utilisent pas de couteaux, la corrigea-t-il.

— Je sais, reprit-elle. Simplement… C'est fou, non ? Complètement dingue.

Nick lui tendit une serviette usée. Elle était décolorée et rugueuse, avec des traces incrustées de teinture pour les cheveux, mais au moins elle restait sèche et n'empestait pas trop. La jeune femme renifla et l'accepta pour se frotter le visage, puis essuya à contrecœur ses boucles emmêlées.

— Inutile de s'inquiéter, la rassura Nick.

Il tapota précautionneusement son épaule non douloureuse et profita de sa prise pour l'écarter de la porte afin de pouvoir sortir.

— Jeffers a appelé la police par radio. Ils seront là au petit matin. Ils remettront en place des agents de sécurité, alors l'auteur de l'attaque ne risque pas de revenir.

Le thermos de café datait du matin. Nick jeta un coup d'œil à sa montre et ajusta son horloge interne. Plutôt la veille au matin. Il attrapa deux tasses dépareillées, l'une décorée d'un logo VDM et l'autre d'un carlin avec un casque audio, et y versa le liquide. Plus par rituel que pour le goût. Copeland prit sa tasse et but le jus de chaussettes sans rechigner.

— C'est juste… Vont-ils l'emmener, cet homme ? lança-t-elle comme si elle voulait en finir avec le sujet.

La réponse immédiate qui se forma dans l'esprit de Nick fut « bien sûr que oui ». Mais pour l'emmener où ? Même avant la vague de froid, l'hôpital général n'était pas assez équipé pour traiter ce genre de blessures. À présent, ils n'offraient que le minimum : des antibiotiques, des pansements et un endroit où se reposer, et il manquait plus de la moitié du personnel.

Et comment le transféreraient-ils ? La ville s'efforçait de dégager les routes principales. Des équipes passaient leur temps dehors, dans le froid, chargées de pelles et de sel, mais les communes restaient parfois infranchissables à cause des congères et des voitures abandonnées.

— Je ne sais pas, avoua Nick.

— Il me fait peur, confessa-t-elle à voix basse, en lui lançant un regard gêné. Je sais. C'est bête. Il ne peut même pas marcher, mais… J'ai l'impression qu'il a ramené quelque chose de mauvais avec lui.

Brièvement, Nick revit le visage desséché de la femme sous la caravane, la bouche aux tendons tordus, les yeux plissés et secs. Sa main le gratta avec le souvenir de doigts durs et émaciés le piquant sans relâche. Par habitude, il porta sa main à son cou, mais à la place du métal froid d'un ancien talisman offert par sa grand-mère, ses doigts ne trouvèrent que de la peau.

17

Nick ne l'avait pas porté depuis des années, parce que Mamie était folle, et pas lui.

— Une vieille habitude, souffla-t-il.

Sa collègue lui lança un regard troublé, pensant visiblement qu'il s'adressait encore à elle ; et peut-être avait-elle raison.

— Un homme blessé se montre par une nuit noire de tempête et on le prend avec nous, alors qu'on est piégés ici jusqu'au matin : tout ce que les histoires d'épouvante et les films d'horreur nous ont appris à craindre.

Elle fronça le nez par-dessus la tasse de café.

— Peut-être parce que ceux qui ne craignent pas ces histoires se font découper en rondelles ?

— Sans doute, acquiesça Nick. Mais ça ne veut pas dire que chaque nuit noire apporte son lot de serial killers. Dans un film d'horreur, pour chaque famille tuée par un psychopathe masqué, il y a tout un pâté de maisons dont les vies restent inchangées.

— Du moins, jusqu'à ce que les gens découvrent que leurs voisins se sont fait découper à la hache, marmonna Copeland dans sa tasse, récoltant un rire de la part de Nick, auquel elle se joignit en reposant rapidement sa boisson. Désolée. Vous avez raison. C'est juste que... chaque fois que j'ai l'impression de m'en sortir, il arrive un autre malheur. On nous envoie ici, où on reste coincés, je me casse le bras... quelqu'un me *crache* dessus.

Sa voix se cassa et elle dut cligner fermement des yeux avant de renifler à nouveau. Nick redoutait de la voir pleurer. Il ne se sentait pas de prêter une épaule compatissante, mais se disait que son propre chef de clinique, à l'époque où il était interne, avait dû ressentir la même chose lorsqu'il avait fondu en larmes contre lui.

Tout le monde finissait par craquer un jour ou l'autre, la plupart avec moins d'excuses que Copeland. Nick se rappela qu'il lui avait fallu un jour atroce, un mauvais coup d'un soir et une piqûre accidentelle pour en arriver au même point. Il lui prit la tasse de café des mains.

— Restez ici, lui autorisa-t-il. Demain, les choses paraîtront plus normales.

— Je ne me le permettrais pas, protesta la jeune femme, qui demeurait malgré tout plantée là. C'est votre lit.

— Croyez-moi, mon lit possède un meilleur matelas, affirma Nick. Je doute de pouvoir trouver le sommeil, de toute façon, alors vous êtes la bienvenue. Si vous souhaitez rester.

Elle se mordit la lèvre et acquiesça vigoureusement.

— Merci, dit-elle. Je ne veux pas passer la nuit seule.

Nick la prit par les épaules, la retourna et la poussa doucement dans la caravane.

— Allez dormir. Si un meurtrier entre par effraction, vous pourrez vous échapper par la fenêtre pendant que je me ferai découper.

Elle gloussa et opina du chef.

— Merci, répondit-elle. Vous savez, à l'hôpital, beaucoup disent que vous avez un cœur de pierre, mais vous avez toujours été sympa avec moi. Ils sont mauvaise langue, j'imagine.

Elle traversa le couloir vers la chambre à coucher. Nick déversa son café dans l'évier et écouta le craquement de la porte et le bruit du matelas miteux qui grinçait sous le poids de la jeune femme. Une fois qu'elle se mit à ronfler, alternant grognements et sifflements, Nick retourna au travail. Il était épuisé. Il avait les yeux irrités et les doigts agités par la nervosité. Cependant, chaque fois qu'il fermait les yeux, il sentait la caravane s'ébranler et quelque chose s'approcher subrepticement de lui.

Tout donneur de bons conseils ne les suivit pas forcément. Par ailleurs, sa grand-mère lui avait appris à craindre les choses plus que la moyenne. Parfois, avant l'aube, son corps décidait de passer outre les procédures d'éveil habituelles et de se mettre brusquement en marche. Il se réveillait dans un soubresaut tandis que le tonnerre grondait au loin. Son cœur battait dans sa gorge et, pendant un bref instant, il peinait à reconnaître les alentours.

Son écriture en pattes de mouche glissa lentement et Nick se rendit compte qu'il s'était écroulé sur une pile de papiers. Il râla et s'appuya contre le rebord de la table pour se mettre debout. Son cou et le creux de son dos se crispèrent lorsqu'il changea de position. Il dut décoller un bout de papier de sa figure et se masser distraitement la joue pour éviter les traces d'encre.

Nick vérifia sa montre. Il était presque six heures du matin, mais seul l'éclat tamisé d'une lanterne en bout de vie brillait encore. Il tendit la main et l'éteignit. Pour l'économie d'énergie, il valait mieux tard que jamais.

L'obscurité lui donnait la chair de poule. Il entendait le ronflement bourdonnant de sa collègue et les sifflements hargneux du vent. Cela aurait dû le calmer. Avant le désastre, il dormait parfaitement avec les orages répétés en bruit de fond. À présent, cela l'agaçait. Soudain, il tendit instinctivement la main vers l'interrupteur, mais s'arrêta en plein geste.

— Il n'y a rien là-bas.

Nick ferma les poings, ses ongles s'enfoncèrent dans la paume de ses mains et il s'obligea à s'asseoir en attendant. Chaque bouffée d'air se coinçait dans sa gorge, comme s'il respirait la dernière, mais il gardait son sang-froid.

Il se leva et vacilla lorsque sa jambe fléchit sous son poids, prise de fourmillements. Se retenant au canapé, il boîta jusqu'à la fenêtre. Le ciel était si noir qu'il semblait teinté de vert par endroits et, au loin, on pouvait apercevoir le blanc de la muraille. Le tonnerre gronda à nouveau et un éclair déchira l'horizon.

Il frappa la terre, brûlant le gazon sur son passage, et son éclat aveuglant força Nick à reculer et détourner le regard. Du coin de l'œil, il remarqua son ombre projetée sur le mur et comme le scintillement d'une chose brillante qui se tourna pour l'observer. L'espace d'une seconde brève et sordide, il crut voir Gregor. Non, il en était certain. Mais en même temps, il savait la chose impossible.

Les yeux clos, il pressa fermement le talon de ses mains contre ses paupières, jusqu'à sentir le liquide bouger et voir des taches lumineuses apparaître. Lorsqu'il les rouvrit, il ne trouva que son reflet qui l'observait dans la fenêtre. Il avait simplement oublié de fermer les rideaux.

« Les miroirs peuvent capter des choses ». La voix de sa grand-mère résonna dans sa tête, si forte et à l'accent si prononcé qu'elle faisait passer Nick, un natif de Glasgow, pour un garçon du centre de l'Angleterre. Elle possédait une voix claire et distincte, le genre qui savait se faire entendre, même des années après qu'on eut voulu la faire taire. « Des choses dont on ne peut se délester. »

Les seuls détails que Nick captait dans les miroirs étaient d'occasionnels cheveux blancs et de nouvelles ridules sous ses yeux. Néanmoins, il tendit nerveusement la main, comme on approcherait une araignée, prêt à voir son reflet bouger soudainement, et tira les rideaux.

— Ce n'est pas un fantôme, lança-t-il à haute voix, trop haute même.

Il se figea, s'assurant que le ronflement bourdonnant de Copeland continuait, puis termina sa pensée à voix basse :

— Seulement ma culpabilité qui me joue des tours.

Enfin, dans son état actuel, Nick pouvait sans difficulté croire indifféremment aux deux possibilités. Il rassembla les mains et se mit à gratter la croûte de sang incrustée sous ses ongles. Les morts ne demandaient aucun réconfort et se moquaient des paroles rassurantes, mais il aurait dû se rappeler sa formation. Ne jamais promettre l'impossible. Et plus particulièrement, ne jamais faire de promesses qu'on ne tiendrait pas.

Des phrases qu'on répétait aux docteurs en herbe, souvent plus d'une fois. La nature humaine vous poussait à réconforter les autres, mais il était dans leur nature à eux de penser que l'on pouvait sauver le monde. Et, la nuit précédente, tenant la vie de Gregor entre ses mains, Nick avait oublié tous ces enseignements.

Vous n'allez pas mourir.

Tout ira bien.

Je vous tiens.

Deux de ces promesses, Nick ne *pouvait* pas tenir. Quand bien même il aurait passé les dix dernières années dans une unité d'urgence plutôt qu'à la morgue, le risque zéro n'existait pas. Mais la dernière promesse, il l'avait simplement brisée.

Sur le coup, il lui avait semblé logique de laisser Jepson reprendre le flambeau, elle qui avait effectivement dédié dix années de sa vie à la chirurgie traumatologique. À quoi bon les ralentir alors qu'ils avaient Harris, un véritable urgentiste ? Voir Nick se tenir là, couvert de sang, aurait été plus impressionnant, mais complètement inutile.

Tout cela était vrai, mais loin de la raison qui l'avait poussé à fuir la scène pour aller se désinfecter. En vérité, il avait pris peur. Pas à cause du visage décharné et pourrissant de la vieille sorcière sortant tout droit de son imagination, mais pour ce que cela signifiait : il n'était plus le Dr Nicholas Blake, dont les gens disaient peut-être qu'il avait un « cœur de pierre », mais jamais qu'il était fou à lier. À la place, on aurait trouvé Nick Blake, l'homme dégingandé et anxieux qui chassait le mauvais sort grâce à l'automédication, ou pire : le petit Nicky Blake, sur les genoux de sa grand-mère, convaincu de l'existence des monstres sous son lit.

Il inspira profondément, jeta un œil à la fenêtre aux rideaux tirés et esquissa un sourire amer. Bon, il craignait un peu cette chose qui se cachait dans la pénombre, et alors ? Ce n'était pas une excuse. Il était temps de tenir une promesse réaliste. Même si, au vu de la gravité des blessures de Gregor, elle serait de courte durée.

Nick enfila à nouveau son manteau. Les manches étaient trempées. La veille, il y avait nettoyé du sang à coup de poignées de neige, mais l'habit ferait l'affaire le temps d'en trouver un de rechange. Un dernier regard vers Copeland lui confirma qu'elle s'était assoupie sur le lit sous deux couches de duvet. Elle ne s'était même pas déchaussée avant de s'affaler dessus. Nick ferma la porte de sa chambre et sortit.

Le vent du Nord le repoussa instantanément vers l'intérieur. Les bourrasques arrivaient habituellement de la mer, déviées par la rangée de caravanes, alors il grommela de surprise et reçut une bouchée de flocons, frais et vaguement iodés, qui fondirent sur sa langue. La porte lui échappa des mains et alla claquer contre le mur de la caravane. L'abri en métal vibra sous la violence du coup.

Nick chercha une paire de gants dans sa poche et les revêtit. Après une seconde à peine à l'extérieur, ses doigts étaient comme à vif, leur peau tendre contre la laine rêche. Une fois ganté, il attrapa la porte et la referma à grand-peine. Il dévala maladroitement les marches glissantes en métal et atterrit dans la neige. Sous le fracas du tonnerre lointain, il se maudit pour cette mauvaise idée et rentra la tête dans les épaules. Retenant ses vêtements très près du corps pour tenter de conserver la chaleur, il se voûta contre le vent.

Le chemin le plus rapide jusqu'à Jepson consistait à passer entre les caravanes, où la neige demeurait moins profonde et où de rares fenêtres éclairées pouvaient servir de repère. En contrepartie, il fallait enjamber des barres de remorquage et trébucher sur des clôtures placées au hasard, qui vous arrivaient à hauteur des chevilles. Voilà d'ailleurs comment Copeland s'était cassé le bras. Son orteil s'était pris dans une terrasse surélevée cachée par la neige et l'homme qui l'accompagnait avait tenté de la rattraper en plein vol.

— Laissez les gens tomber, leur avait conseillé Jepson à leur retour, lors d'une sèche leçon de sécurité. Ils auront moins de chance de se faire mal, avait-elle ajouté, en vain, car les gens agissaient d'instinct en voyant leurs semblables tomber.

Nick emprunta le chemin le plus long et suivit la route principale qui faisait un détour par les fourgonnettes, jusqu'au parking central. La neige, marquée par les coups de pelles et jonchée généreusement de glace, y prenait des teintes grisâtres. Un chemin glissant, avec du verglas qui craquelait à l'improviste sous les talons, mais plus facilement praticable.

La foudre avait entaillé la neige, formant une blessure profonde entourée d'une cicatrice de gel et dont la base charbonneuse restait à peine visible sous les flocons tombés depuis. Nick la contourna largement, enfouit le menton dans son col et tenta d'oublier les corps brûlés par les éclairs qu'on trouvait dans sa morgue.

Après avoir traversé la moitié du parc, il fut arrêté par le tonnerre. Un éclair s'abattit à sa gauche. Il s'écrasa sur le toit d'une fourgonnette et en fit exploser la neige. Un enfant se mit à gémir, un bruit de détresse qui semblait inconsolable. On alluma une lampe torche à l'intérieur, puis on l'éteignit nerveusement. Inutile de s'inquiéter, donc. Nick ne chercha même pas à vérifier.

La caravane de Jepson ressemblait à une énorme balle d'agent et de glace, dotée d'une large baie vitrée d'un côté et entourée d'une terrasse qui accueillait actuellement deux longues et basses tentes blanches, décorées de la fameuse croix rouge. Un tunnel improvisé, créé à partir d'une bâche en nylon et soutenu par des perches en aluminium formait un couloir vers l'entrée.

De la lumière brillait à l'intérieur de la caravane, où des voix fortes et agacées s'élevaient à peine au-dessus du fracas de la tempête. Nick évita soigneusement l'entrée et contourna le véhicule jusqu'à la terrasse. La première tente n'abritait qu'une vieille femme assise sur son lit étroit, qui souriait joyeusement à quiconque entrait la voir. Elle avait été abandonnée en pleine nuit devant le portail du parc, vêtue d'une simple chemise de nuit et d'une veste cirée. Elle ne souffrait d'aucun problème physique, à part peut-être ses quatre-vingt-dix ans, mais elle ne pouvait pas entrer dans les caravanes. Et elle avait oublié qu'il faisait froid.

Dans la seconde tente, Harris faisait les cent pas sur le tapis de sol, une radio tenue fermement dans sa main. Il s'arrêta lorsque Nick passa l'entrée et un mélange de rancœur et de soulagement lui déforma le visage.

— Tu es là pour prendre la relève ? demanda-t-il en se tirant nerveusement la barbe. Il était temps. Tu l'as trouvé, à toi de le surveiller.

— Comment il est ? le questionna Nick.

— Encore vivant, lâcha Harris.

L'homme s'élança vers Nick et lui fourra la radio dans la main. Le lourd appareil en plastique était moite et glissant à force d'être tenu.

— Comme s'il n'y en avait pas déjà assez, ajouta le collègue.

Dès que la phrase quitta sa bouche, Harris eut la décence de paraître gêné. Il joua nerveusement avec sa barbe.

— Désolé, ce n'est pas ce que je voulais dire. C'est juste que… tout ça me porte sur les nerfs. Tu ne trouves pas qu'on a suffisamment à faire sans un tueur en série qui se baladerait par cette tempête ? Et l'autre… souffla-t-il en jetant un regard méfiant par-dessus son épaule. Je te le dis, il n'est pas net, ce type.

— Est-ce qu'au moins il est conscient ? s'informa Nick d'un air sceptique.

Il pencha la tête pour scruter le corps emmitouflé dans les draps qui était posé sur le lit. Aucune trace de sang n'était visible sur le coton bas de gamme. Harris reporta son attention vers Nick.

— Parfois, répondit-il enfin. Peu importe. Ça se voit. Enfin, *je* le vois.

Il frémit, fusilla Nick du regard, comme s'il était fautif, et s'éloigna d'un pas raide. Au moins, Nick n'était apparemment pas le seul à se sentir… troublé par la nuit dernière. Il retourna la radio dans ses mains, ne sachant pas vraiment quoi faire avec, à part appuyer sur des boutons, et l'enfouit dans sa poche.

Sans l'agacement presque audible de Harris, Nick put enfin percevoir le râle lent et pénible de la respiration de Gregor. Il ne semblait clairement pas en état d'énerver qui que ce soit. Nick hésita une seconde, puis rejoignit le lit à contrecœur. Ses lèvres étaient si sèches qu'elles restaient scellées et, lorsque sa poitrine lui fit mal, il réalisa enfin qu'il retenait son souffle. Par habitude, il tendit la main vers le dossier du patient accroché d'ordinaire au bout du lit, mais se rappela qu'on ne se donnait plus la peine de les écrire. Il lui fallut un petit moment, mais il se força enfin à regarder.

L'homme couché dans le lit… n'était qu'un homme couché dans un lit. Son profil rappelait les visages gravés sur les pièces romaines, tout en traits tranchants et réguliers, mais Nick ne lui vit rien d'anormal. Le coton blanc d'une gaze épaisse contrastait avec la peau tachetée de son cou, cependant, aucun doigt décharné n'en grattait le ruban adhésif. Nick chercha des ombres autour du lit, mais ne trouva rien.

Bien sûr que non. Depuis le début, son imagination lui jouait des tours.

— Toi, mon ami, marmonna Nick en posant une main sur l'épaule de l'inconnu. Oh toi, tu m'as fait sacrément peur. Mais que ça reste entre nous.

Les traits de son visage restaient impassibles face aux paroles soudaines du docteur. Les contours de ses yeux enfoncés étaient encore couverts de sang coagulé, son épaule sembla sèche et d'une chaleur fiévreuse au toucher. Son intuition légèrement rouillée lui assura que Gregor ne dévoilerait pas son secret de sitôt.

— Le pauvre. Il est venu jusqu'ici pour chercher de l'aide et tout ce qu'on peut faire, c'est lui coller un pansement et espérer qu'il guérisse.

Nick releva soigneusement le drap qui couvrait le corps inerte de Gregor et siffla entre ses dents à la vue des premiers dégâts. Le sang avait été nettoyé et les bords des entailles soignés, mais cela ne faisait que souligner ce travail de boucher. C'était sérieux, mais pas autant que Nick l'avait cru dans le noir.

Une rangée maladroite de points de suture – sans doute le travail de Harris, à en juger par ses exploits à la morgue – ressoudait une plaie de douze centimètres, infligée en travers du ventre de Gregor, qui déformait des lignes tracées à l'encre noire. La peau de sa cuisse, en partant des os coxaux, souffrait d'un décollement cutané. Étiré sur des muscles à vif, le reste du tissu était lui-même retenu par du film plastique scotché à la jambe. Le film pendait sur des zones de muscle encore exposé et les traces d'iode ne faisaient qu'accentuer le carnage.

Nick s'apprêtait à baisser le drap sur Gregor, quand il se figea pour remarquer... que le terme « carnage » ne convenait pas. Les contours des blessures étaient propres et droits, d'une précision presque chirurgicale. Aucune marque d'hésitation. La cuisse de Gregor semblait avoir été ouverte d'un seul coup assuré de lame.

Voilà qui lui rappela à nouveau sa grand-mère, non pas pour ses histoires de monstres, mais pour l'adresse avec laquelle elle maniait son vieux couteau, celui orné d'un manche en os et constitué d'une lame aiguisée en forme de faucille. Elle le réservait à la boucherie – plus d'une fois elle avait tiré les oreilles à Nick lorsqu'il s'était amusé avec – et ne prenait jamais la peine de regarder ses mains lorsqu'elle désossait un poulet. C'était à cela que lui faisait penser ces coupures. Le propriétaire du couteau n'avait pas voulu taillader la jambe de Gregor, il avait cherché à la fendre en deux.

Poussé par un soupçon étrange et détaché, Nick tendit la main sans réfléchir pour examiner l'intérieur de la plaie. Ses doigts glissèrent sur la cuisse de Gregor et, d'un coup, une main aux doigts allongés et aux jointures gonflées – sans doute cassées, car, voyant l'étendue des dégâts sur le reste du corps, Jepson avait dû préférer se focaliser sur autre chose – le saisit au poignet. Nick ne l'avait pas vu bouger. D'ailleurs, il ne l'en croyait pas capable.

Il tenta de retirer sa main, mais les doigts ne firent que se resserrer autour de lui. Il leva la tête, la bouche ouverte par des platitudes d'apaisement, mais se retrouva cloué sur place par un regard vert perçant.

— Si je voulais qu'on me touche, je l'aurais dit, jeta Gregor d'une voix traînante.

L'espace d'une seconde, Nick retint son souffle sans trop savoir pourquoi. Un sentiment différent de la peur, mais néanmoins familier. Il était semblable à la première fois où il avait découpé un corps à la morgue, ou embrassé un garçon en comprenant pourquoi les gens aimaient tant les baisers. Une sorte d'excitation devant l'étrange et l'insolite.

Sauf qu'il ne s'agissait pas d'une révélation sur le futur déroulement de sa vie professionnelle ou amoureuse. Ce n'était qu'un homme ensanglanté sur un lit souillé de sang. Nick força l'air à rentrer dans ses poumons et tourna à nouveau la main.

— Désolé, dit-il. Vous… J'avais oublié que vous n'étiez pas mort.

III

GREGOR RIT, un son rauque qui tortura son corps en s'échappant. Difficile d'en vouloir à l'autre homme. Gregor lui-même peinait à se voir en vie. Il avait un goût de sang rassis dans la bouche, ses os semblaient gelés et fatigués, et sa peau portait l'aigreur de l'étreinte de Hela, déesse des morts.

Il relâcha la main de l'autre homme et tenta de se soulever du matelas. La douleur lui déchira les muscles comme du fil barbelé fixé à ses os. Il pouvait le supporter. C'était plutôt cette impression de fragilité qui le désorientait, la moiteur qui lui graissait le corps, les battements vaseux de son cœur dans ses oreilles.

— Attendez, lâcha l'homme qui, bien que suintant la peur, l'attrapa par les épaules et tenta de le forcer à se rallonger. Vous allez vous faire mal. Vous devez rester allongé.

Faible. Pas humain. Gregor résista à la pression. Il leva les yeux vers le visage étroit de l'inconnu. Un visage osseux, anguleux, au nez pointu. Ses yeux étaient si noirs que les iris se fondaient avec le reste, lui donnant un regard curieux et perçant. Le genre de visage loin des canons de beauté, qui ne vous laissait pourtant pas totalement indifférent. Et qui lui rappelait des souvenirs.

— Qui es-tu ?

— Je suis le Dr Blake.

Gregor renifla un rire.

— Je t'ai demandé qui tu étais, pas ce que tu faisais.

Un sentiment de tristesse passa sur son visage animé.

— N'est-ce pas la même chose ?

Il baissa les bras devant l'entêtement de Gregor et l'aida plutôt à s'asseoir. Devoir accepter son aide provoqua en lui un sentiment de dégoût.

— Je m'appelle Nicholas Blake. Nick. Nous nous sommes rencontrés dans la nuit. Vous vous rappelez ?

L'éclat d'une lame en argent. La douleur. Du sang dans la neige. La honte. À l'évocation de ces souvenirs, Gregor se toucha le ventre. Il se rappela la peau immaculée et la chair solide, puis une plaie ouverte et les

27

cris de son frère. Ses doigts découvrirent une fermeture éclair de points de suture et des muscles endoloris.

— J'ai rencontré beaucoup de gens, la nuit dernière, dit-il enfin. Certains armés.

L'odeur de peur s'épaissit. Cette puanteur vive et acide couvrait le musc sucré qui se dégageait naturellement du docteur. Une odeur bizarre. Malgré tout, Nick demeura immobile. Il inspira simplement une bonne bouffée d'air et la retint une seconde.

— Personne ne cherchera à vous blesser ici, le rassura-t-il avec prudence.

La bonté dans sa voix, sa tonalité basse, presque séduisante, lui hérissait le poil. Gregor n'était pas un cheval ou un chien de chasse qu'on pouvait amadouer. Une pensée qui le renvoya à un autre souvenir : un antre obscur pour s'y terrer et un homme empestant les cadavres. Se souvenir de sa faiblesse le révulsait.

— Nous sommes tous docteurs, ou infirmiers, continua l'homme. Ceux qui vous ont blessé ne tenteront rien ici.

Le ventre de Gregor lancinait trop pour risquer un nouveau rire. Il préféra ricaner.

— Si j'en suis au point de demander votre protection, grogna-t-il amèrement, autant qu'ils m'achèvent.

Il rejeta les draps. Le tissu souillé glissa du lit et s'écrasa sur le sol bâché en un nœud grossier. L'air frais piqua la peau dénudée et les chairs à vif comme des aiguilles pointues. Gregor ignora la sensation. Le froid était semblable à la douleur, un fait à noter, mais sans plus. Il fallait retrouver son frère. Ils devaient éliminer ces hybrides édentés qui pensaient pouvoir menacer les enfants du Numitor. Ensuite, Gregor songerait à une autre idée abjecte : il avait une dette de sang envers cet humain.

— Ne faites pas ça, protesta le docteur. Vous ne devriez même pas être conscient, nom d'un chien !

Gregor balança les jambes d'un côté du lit, s'appuya et se leva. La douleur lui fit tourner la tête, ses jambes parurent lourdes, faites de plomb. Il serra la mâchoire à en souffrir et appela son loup intérieur.

Au début, il ne sentit rien, seulement de la peau, à l'extérieur comme à l'intérieur. Puis, il remarqua les zones où le loup aurait dû se manifester. Normalement. Gregor grogna et l'appela à nouveau. Et encore. Il imagina des doigts creusant l'endroit où il attendait habituellement, avant sa blessure profonde. Cela ne ramena pas son animal. Sa poitrine se serra, ses poumons se contractèrent sous ses côtes et ses jambes s'affaissèrent.

Nick l'attrapa à temps. Il scella la taille de Gregor de ses bras secs et glissa son épaule sous son bras. Il était plus fort qu'il en avait l'air. Son poids le fit vaciller, mais il ne flancha pas.

— Je vous l'avais bien dit. Vous êtes blessé. Allez, revenez vous coucher.

Gregor n'avait plus la force de lutter tandis que Nick le reconduisait jusqu'au matelas. Il s'assit au bord et s'avachit. Le docteur pressa le dos de sa main contre son front.

— Vous avez de la fièvre, conclut-il.

— Alors laisse-moi mourir, jeta Gregor en l'écartant d'une claque et, lorsqu'il reprit une bouffée chevrotante, il se corrigea : Non, je suis déjà mort… Bon pour la casse. Laissez-moi pourrir.

— Certainement pas, répondit Nick en attrapant un drap et une couverture sur un des lits vides, pour les lui passer autour des épaules. Je vais aller chercher Jepson. Restez ici. Ne bougez surtout pas, d'accord ? Si vous rouvrez la blessure sur votre jambe, vous pourriez causer des dommages permanents.

— Trop tard, lâcha Gregor en lui lançant un regard amer à travers ses cils blond roux.

Nick le regarda une dernière fois d'un air inquiet, puis s'en alla. Son manteau s'agitait derrière lui tandis qu'il se dépêchait de quitter la tente, ses longues jambes s'étirant dans une demi-course. Nick l'abandonnait. L'idée le fit frémir. Il avait toujours été un loup solitaire par choix, dans les vieilles montagnes et les endroits perchés, mais jamais seul. Il y avait toujours eu son frère : son ombre, un double fantomatique, sa moitié ; ainsi que le loup à l'intérieur de lui. À présent, il était privé des deux.

Ses orteils se réchauffaient. Il baissa les yeux et vit ses pieds enveloppés de chaussettes d'un rouge sang très vif. Une flaque se répandait tout autour et s'agrandissait à chaque respiration. Tant mieux. La dernière chose dont Gregor se souvenait, précédant sa perte de conscience, était l'éclat de couteaux en os brillant dans la nuit et la profondeur effrayante de leurs entailles. Une profondeur impossible.

LES LOUPS ne rêvaient pas. Ils se rappelaient. Dans leur sommeil, ils parcouraient la Nature sauvage de leur passé, que cela leur plaise ou non. Peu d'entre eux se plaignaient de retrouver la douceur lactée de leurs premières expériences, mais on ne choisissait pas ses songes. Dans les recoins cachés de l'inconscient se dissimulaient les pires atrocités, des actions et des mots que l'esprit conscient chercherait à enfuir à nouveau.

Gregor se rappelait parfaitement, et n'avait aucune envie de les revivre. Mais la Nature sauvage se moquait de ses désirs. Dans sa peau d'avant, il suivait son frère et le chien de ce dernier tandis qu'ils marchaient le long d'une route. Ses pieds nus s'enfonçaient dans la neige fraîchement tombée et il rentrait la tête pour éviter les branches pliées sous le poids des flocons.

Non. Cela ne s'était pas passé ainsi. Il était dans sa peau de loup, couvert de fourrure et à quatre pattes. Jamais ses souvenirs n'avaient été altérés auparavant. Mais dans ses rêveries, même en souvenir, il n'arrivait plus à invoquer son loup. Cela le peinait d'essayer.

Jack remonta son sac sur son épaule et donna un coup de coude dans celle du chien.

— Ta m'man sera contente de te revoir, dit-il.

Le chien lui lança un regard sec à travers ses lunettes embuées par la neige, la même grimace que Gregor sentait sur son propre visage. La sympathie qu'il ressentait envers le chien le révulsait quelque peu, mais moins que d'être en accord avec son frère.

— Non, tu te trompes, le corrigea le chien.

À un moment, une fois qu'ils auraient atteint le parc, Gregor allait devoir l'appeler par son prénom. D'autres chiens se trouvaient sous la protection de leur père, un avantage lorsqu'il attendait le journal local ou souhaitait envoyer quelqu'un parler aux policiers ou aux professeurs, mais avant d'y être forcé, « chien » serait le nom de « Danny », pour Gregor. Lorsque ce dernier aboya, tous les trois acquiescèrent :

— Je n'y retourne pas pour demander au vieil homme de rejoindre sa meute, même s'il m'y invite. Il sera seulement question des prophètes, de leur rébellion et leurs monstres.

« *C'est déjà pas mal.* »

Avec le recul, la pensée fit sourire Gregor lorsqu'elle lui traversa l'esprit.

— C'est déjà pas mal, j'imagine, répondit Jack avec un petit rire.

Même en pur observateur de son propre souvenir, Gregor ne savait plus qui y avait songé le premier, lui ou son frère. N'était-ce pas là leur éternel problème, après tout ? Qui de l'un ou de l'autre était arrivé le premier ?

Douze minutes les séparaient, douze minutes et toute une vie d'animosité, mais Gregor était-il arrivé douze minutes plus tôt ? Ou plus tard ?

Les sages-femmes qui avaient aidé à les mettre au monde haussaient les épaules et détournaient la tête. Ils n'étaient pas les seuls fils de leur père, pas à ce moment-là, mais la louve qui avait vidé leur mère de son sang se trouvait être sa seule partenaire. Alors, ils avaient abandonné les louveteaux fraîchement nés sur un lit de bruyères et de pierre pour la soigner et, lorsqu'ils s'étaient enfin retournés vers eux, aucun ne fut capable de se rappeler leur ordre d'arrivée.

Gregor se savait être le premier. Il se souvenait de la pierre fraîche contre son dos et d'une brève seconde de solitude bienheureuse, avant la naissance de l'autre, criard, en ce monde. Son miroir, son ombre, le squatteur dans le ventre de sa mère, son jumeau : Jack.

Mais une simple impression ne pouvait rien prouver. La possibilité d'une fausse certitude le hantait depuis toujours, le dévorait profondément jusqu'à devenir une lésion. Un seul d'entre eux pouvait devenir Numitor à la place de leur père, qui régnait sur tous les loups de Grande-Bretagne et devait remplir la promesse des prophètes en offrant un monde gelé à Fenris avant Ragnarök. La tâche incombait à Gregor, il le sentait dans ses os, mais douze minutes pouvaient avantager Jack. Et la perte de son loup le disqualifiait totalement.

Une ombre sillonnait la route entre les rangées de voitures. Gregor l'aperçut le premier, autrement il ne s'en serait pas souvenu, mais ne réussit pas à l'identifier. Du coin de l'œil, il la vit s'étirer... ou bien se multipliait-elle ?

C'était inutile. La scène appartenait au passé, mais sa gorge se crispa avec un cri d'avertissement. Il était trop tard dans le monde réel, des heures et des litres de sang s'étaient écoulés, et trop tard également dans ses souvenirs. Un amas de voitures à moitié détruites avait été abandonné sur la scène d'un accident. Les pare-chocs cabossés et les capots chiffonnés jonchaient le sol sous un duvet de neige tachée d'huile. Les monstres en sortirent lentement.

Les muscles se gonflaient telles des cordes épaisses et filandreuses sous leurs bras et le long du dos. À la différence des bêtes de Job, à Durham, assemblées maladroitement à la va-vite et toutes plus abominables les unes que les autres, celles-ci partageaient le même modèle.

Elles couraient sur des doigts pointus et des pieds cassés. À la place d'une peau solide et d'une fourrure épaisse de loup, elles arboraient un collier de peau lâche, meurtrie par des callosités craquelées. Des sortes de défenses remplaçaient leurs crocs : des horreurs qui poussaient de travers à partir d'os cassés de la mâchoire. Leur peau était couverte de matières fécales et de sang coagulé pour effacer l'odeur de mort qui se dégageait de leur corps. Enfin, elles étaient plus rapides qu'elles n'en avaient l'air.

Distrait par le combat, le sang et la douleur, il n'y avait pas songé à ce moment-là, mais se demandait à présent combien de tentatives infructueuses il avait fallu à Job pour créer ces monstres. Combien de prophètes ? Personne ne les appréciait, car devenir le porte-parole de dieux détestés était une punition conférée aux plus viles au sein de leur meute. Pourtant, jamais Gregor n'aurait cru qu'ils trahiraient les loups. Jusqu'à récemment.

Gregor pesta – ou grogna, plutôt – et se jeta dans la rixe. La neige parut plus ferme sous ses pieds, battue et gelée par le froid, et les portières des voitures se froissaient sous les coups. Un des monstres s'écroula, paralysé, la gorge tranchée, et puis un autre. Il était si facile de jouer les alliés de Jack que c'en était irritant, mais ils avaient toujours combattu ensemble, comme un loup dans deux corps. Parfois, Gregor se demandait vraiment si c'était la chose horrible qui les poussait à se haïr.

Sept monstres contre deux loups et un chien arrogant. Pourtant, les chances étaient de leur côté. Cette chose, enveloppée dans des lambeaux infâmes d'une robe de soirée en velours, avait été tatouée dans le passé. Sa peau marbrée était décorée de taches et de traits de couleur, sans doute les restes d'un motif qui cheminait à présent autour d'une peau pendante et d'os protubérants. Elle plongea vers Jack du toit d'une voiture et le renversa. L'odeur de son sang, familiale et familière, remplissait l'air tandis qu'il se déchirait le dos sur la glace et le goudron.

Gregor tenta de *voir* la suite, mais il n'y avait pas fait attention. Ses dents transperçaient la gorge d'un monstre, dont les griffes lui arrachaient l'oreille.

— Tu devrais tenir tes chiens en laisse, lança une voix de femme.

Trois prophètes immobilisaient le chien de Jack contre un bus et un quatrième visait son entrejambe de son canif. La pointe de la lame avait traversé le denim usé, sans faire couler le sang… pour l'instant. Une fourrure pourrissante pendait sur les épaules étroites de la femme, ses pieds étaient écorchés et sales à force de traîner dans la boue. La gueule lâche d'un loup cachait son visage et Gregor n'en distinguait qu'une mâchoire tordue et une bouche ensanglantée. Tant mieux pour le chien.

— Tu le veux intact ? Alors, lâche ma fille !

Jack n'aurait pas dû. Mais il obéit. Forcément. Gregor savait que le chien, Danny le chien, était la faiblesse de son frère, et ce depuis l'enfance. Il ne devait pas être le seul.

Un loup, donc. Gregor avait peu de chances de gagner. Cependant, il ne possédait aucun point faible capable de le retenir tel un collier. Il détestait son frère, le chien n'était pas son partenaire. Alors, ils lui en créèrent un. En lui prenant son loup.

PEUT-ÊTRE RESTAIT-IL à la Nature sauvage un semblant de compassion pour lui, car Gregor s'éveilla avant de revivre le travail des prophètes avec leurs lames. Il ouvrit les yeux et fixa la toile blanche et tachée, tendue au-dessus de sa tête. Le tissu ondulait sous les gifles du vent et toute la structure vibrait avec chaque rafale, leur mugissement épouvantablement bruyant.

La tempête sévissait donc toujours. Gregor referma les yeux une seconde et la remercia amèrement. Même un loup hésiterait à s'aventurer dehors lorsque la Nature se déchaînait, or les monstres des prophètes tremblaient comme des chiens devant la foudre. C'était la seule raison pour laquelle Gregor, tout boîtant et... *brisé* comme il était – il n'avait peut-être plus son loup, mais il n'était pas faible au point de se mentir à lui-même – avait pu leur échapper.

— Tenez.

De l'eau fraîche toucha ses lèvres. Il sentit un pincement de colère à l'idée de se faire servir comme un louveteau malade, mais ce sentiment fut noyé par la soif accablante qui le saisit. Apparemment, son sommeil n'était pas de tout repos.

Il leva la tête tout juste assez pour ne pas s'étouffer et aspira l'eau froide jusqu'à la dernière goutte. Il peina à avaler. Sa gorge lancinait avec chaque gorgée, mais il ne s'arrêta pas. Lorsque Nick recula le verre pour le remplir à nouveau, Gregor s'appuya sur un coude. Il tâta son cou et découvrit l'épaisseur d'une gaze sous sa mâchoire.

Les dents de la prophétesse s'enfonçant dans son cou, en signe de domination devant la Nature sauvage, et pour quoi faire ? Il se serait arraché la gorge tout seul, par dépit, son sang à lui et sa salive à elle donnant un goût aigre dans sa gorge.

— Jepson dit que vous avez dû vous faire attaquer par un chien, en plus du reste, expliqua Nick en lui offrant un autre verre d'eau. Beaucoup de chiens sauvages traînent dans le coin. Les gens ne les nourrissent plus, alors ils se retournent contre eux. Ils sont affamés et n'ont plus peur des hommes. Avec tout ce sang, ils ont dû croire que vous seriez une proie facile.

Il se trompait sur les détails, mais l'idée générale était bonne.

— Ils ont eu tort de penser ça, répondit Gregor en saisissant le verre et l'engloutissant, avec plus d'efforts qu'il n'aurait cru. Combien de temps j'ai été inconscient ?

Nick ouvrit la bouche, s'arrêta et secoua la tête, avant d'avouer enfin :

— Pas assez. Vous avez besoin de vous reposer. Avec cette tempête, ce temps, on ne peut pas vous prodiguer les soins nécessaires. Votre jambe requiert de la microchirurgie pour pouvoir retrouver ses fonctions. Vous avez perdu beaucoup de sang, qu'on ne peut pas remplacer.

— Qu'est-ce que ça peut te faire ?

— Je suis médecin, répondit Nick, étonné.

Gregor posa la main à plat sur le lit et se poussa pour s'asseoir.

— Je suis ton seul patient ?

Un sourire ironique retroussa les coins de la bouche du docteur et lui plissa les yeux. Nick s'avérait plus vieux qu'au premier abord. Ses traits anguleux et sa chair ferme étaient trompeurs.

— Vous êtes le premier patient que je sauve depuis des décennies, lui confia-t-il. Peut-être que je commence à m'attacher.

— Peut-être que tu ne devrais pas te targuer d'être médecin, si tu es si mauvais.

Gregor ferma son poing sur le drap et découvrit sa jambe. D'autres points de suture se succédaient sur sa cuisse et la peau qu'ils retenait paraissait légèrement plus déchiquetée.

Il leva la tête devant le gloussement de Nick. Le docteur faisait peur lorsqu'il riait, une grimace occupait tout son visage. Surpris, Gregor sentit un vif intérêt le piquer, non pas à cause des attentions sanglantes et douloureuses des prophètes sur son entrejambe, mais surtout parce qu'il ne couchait pas avec les humains. Certains loups ne s'en privaient pas. C'était tabou, mais ils essayaient de braver l'interdit et les gens fermaient les yeux, du moins jusqu'à ce que cela dégénère. Gregor n'avait jamais tenté l'expérience, ni ne l'avait envisagé. Les loups qui souhaitaient monter dans son lit ne manquaient pas. Néanmoins, il partageait les préférences de son frère, et Nick rentrait parfaitement dans la catégorie des intellos ténébreux et dégingandés.

— Je suis pathologiste, j'étudie les cadavres, rétorqua sèchement Nick, en manquant l'air distrait de Gregor. Je n'ai pas traité de patient vivant depuis… eh bien, comme je l'ai dit : des années. J'ai juste… Je suis celui qui vous a trouvé. Alors, j'imagine que je me sens responsable, même si je ne suis pas celui qui vous a rafistolé.

Gregor esquissa un sourire. Cela faisait longtemps qu'il n'avait plus besoin d'une gouvernante, chose à laquelle il s'était toujours opposé.

— Dans combien de temps je pourrai sortir ?

Le silence était chargé. Gregor sentait les mots tus qui remplissaient l'espace. Jack savait s'y prendre avec les mots, mais Gregor pouvait lire dans les silences. Son chien de garde ne le voyait pas sortir de là de sitôt, voire jamais. L'hiver de loup, le premier froid annonciateur de la fin du monde, faisait rage et les faibles mouraient de tout et de rien.

Gregor s'adossa contre l'oreiller et ferma les yeux. Le loup avait disparu, laissant un vide derrière lui, à vif et aigre comme de la viande gâtée. Il recula la main au lieu d'y toucher à nouveau, mais la pilule restait difficile à avaler.

Il n'était donc plus loup, mais n'en devenait pas plus humain. La Nature sauvage l'entraînait encore dans son sommeil et il sentait les muscles et les tissus se ressouder dans la chair de sa jambe, lentement mais certainement, tout autour des os, continuellement, lui donnant envie de se gratter jusqu'au sang. Il s'échapperait d'ici, mais pour le moment, il demeurait cloué à ce lit. À moins d'être aidé.

— D'ailleurs, où êtes-vous si pressé d'aller ? demanda Nick. Vous avez de la famille dans le coin ?

— Je ne sais pas, avoua Gregor. Je ne sais pas où ils ont emmené mon frère quand ils en ont fini avec moi.

Il entendit une respiration se bloquer. Peut-être n'était-il pas si maladroit avec les mots, après tout.

IV

LE CALME était enfin revenu.

Nick releva la tête de son bras et attendit. Parfois, le vent s'arrêtait pour reprendre son souffle, mais pas cette fois. Après près de deux jours, la tempête s'était enfin essoufflée, du moins jusqu'à la prochaine. La couverture glissa de ses épaules et le froid lui mordilla les clavicules et l'arrière des oreilles tandis qu'il se dépliait timidement de la chaise en plastique sur laquelle il avait passé la nuit.

En tant qu'ancien étudiant en médecine, il était habitué à dormir inconfortablement. La position ne vous laissait jamais vraiment reposé, mais vous permettait de garder l'œil ouvert pour le reste de la garde. Néanmoins, son dos lui rappelait que ses jours en tant que jeune docteur étaient loin derrière lui. Il souffrait de muscles crispés du bas du dos jusqu'au cou, qui ne voulaient plus se détendre.

— Merde, marmonna-t-il en tendant douloureusement le cou d'un côté.

Sa colonne vertébrale râpa puis craqua assez bruyamment puis réveiller Gregor. Enfin, si seulement il avait réussi à s'endormir. Il acceptait la présence de Nick dans la chambre, mais chaque fois qu'un étranger passait le rabat, il ouvrait les yeux, levait la tête et le chassait d'un regard fixe. Pourtant, le bruit du réalignement des vertèbres ne le dérangea pas, à première vue. Il semblait confortable, étendu ainsi sur son lit, avec un bras plié derrière la tête.

Nick le contempla malgré lui. Gregor était très bel homme. S'il souriait, il serait même magnifique. Sous les coupures et les contusions, il possédait des os longs et élégants, couverts de muscles solides. Même blessé, il se mouvait avec assurance... malgré un corps incapable de le suivre correctement.

À moitié à l'agonie aussi, se rappela soudain Nick, et hors de portée. Quand bien même il n'aurait pas été une sorte de patient, cet étranger sentait clairement les ennuis et Nick en avait terminé depuis longtemps avec les comportements autodestructeurs. Il étendit sa couverture sur Gregor. Après tout, il serait dommage de gâcher sa chaleur corporelle. De plus, le tissu cacherait les épaules et les bras tatoués.

36

L'espace d'un instant, Nick fut fortement tenté de se glisser sous la couverture, non pas à cause de sa libido, mais plutôt par envie de... se cacher. Puisqu'il ne pouvait pas, il adressa un dernier regard à Gregor, puis se tourna. Lorsqu'il sentit des fourmillements dans sa nuque, il s'arrêta au rabat de la tente et regarda en arrière. En effet, son patient feignait le sommeil.

— Et si je mourais pendant que tu ne regardais pas ? plaisanta-t-il d'une voix rauque, en s'asseyant.

La couverture retomba sur ses genoux, révélant des cicatrices autour des points de suture, ainsi que des épaules larges, d'un point de vue purement clinique. Ou pas. Nick parvint à ignorer son désir étrange à ce moment-là et, avec un peu de chance, à jamais.

— Je vais voir si on a réussi à contacter la police de Ayr, expliqua-t-il. Je reviens vite.

Gregor retroussa ses lèvres dans un sourire moqueur.

— Ça m'est égal.

Sans doute, oui. Dans d'autres circonstances, Nick l'aurait pris au mot. C'était son truc à lui : ne jamais regarder sous les apparences. Néanmoins, ces dernières vingt-quatre heures, il avait passé trop de temps à se rappeler le passé, or le jeune Nick impressionnable s'imposait fraîchement à son esprit.

Trop apeuré pour laisser quiconque l'approcher, au risque de trahir ses propres angoisses, il se cachait derrière les piques sarcastiques et autres railleries puériles. Et Dieu sait pourquoi il faisait tant d'efforts. Enfant repoussant, il n'avait pas été gâté à l'adolescence. Personne ne *voulait* l'approcher, à l'époque.

— Je sais, dit-il. Mais je reviendrai quand même.

Gregor leva les yeux au ciel et roula sur le côté, sans même faire semblant de se rendormir.

IL FUT un temps où Nick aurait trouvé magnifique ce duvet cristallin de neige, trop duveteux et épais pour une couverture. Encore maintenant, il s'arrêta brièvement pour admirer cette perfection impossible, digne d'une carte postale, à travers les fenêtres panoramiques de Jepson. La neige écrasée et grisâtre de boue était dissimulée sous une toile miteuse couleur beige crème et agrémentée d'un monticule de blanc à la façon d'un glaçage de cupcake. Le ciel, lui, semblait d'un bleu fragile et distant.

Le froid vous mordait, vous tailladait. Il piquait comme des aiguilles sous les ongles et les oreilles, bien déterminé à aspirer le peu de chaleur qu'il restait à Nick. La tempête s'était calmée pour l'instant, mais une autre se préparait déjà.

— Buvez ça.

Jepson lui tendit un mug. Bien qu'ayant quitté l'armée, elle continuait naturellement à donner des ordres aux autres. Et puis surtout, elle était chirurgienne, et l'armée n'avait rien à voir là-dedans.

— Merci, accepta-t-il la soupe en réalisant qu'il était affamé.

Il en prit une gorgée prudente. Le liquide brûlant faillit lui ébouillanter la langue. Il avait un goût... Il se figea et grimaça. C'était comme un mélange de vieilles soupes en conserve trouvées dans le fond d'un placard.

— Ça donne envie de retrouver la cantine, hein ? demanda Jepson en retirant son bonnet pour gratter ses boucles courtes et denses. Comment se porte notre homme mystère ?

— Il est en vie, rapporta Nick. Et conscient.

Jepson fit un « oh » et s'adossa au comptoir de la cuisine. Approchant sans doute la cinquantaine, elle avait des années d'expérience en tant que militaire et expert-conseil aux États-Unis derrière elle, mais paraissait encore jeune. Toutefois, affligé par son penchant morbide, Nick devinait que l'âge se voyait davantage de l'intérieur. Les chevilles de Jepson la gênaient par temps froid et on voyait des cicatrices autour de ses yeux, où un travail de chirurgie reconstructive avait été effectué sur ses orbites. Déformation professionnelle, comme on disait. Chaque fois qu'il observait les gens, il voyait ce qui aurait pu leur coûter la vie, ou risquait de les tuer à l'avenir.

— Les deux sont surprenants, reprit Jepson en sirotant sa soupe. Entre l'étendue des dégâts et la vétusté de nos installations ? C'est un costaud... Un costaud avec une veine de cocu.

— Je ne sais pas s'il serait du même avis.

Sa remarque lui valut un petit rire.

— Disons qu'il a été relativement chanceux, alors, se corrigea-t-elle. Le froid a ralenti l'épanchement et évité une infection. S'il n'était pas tombé sur nous, il aurait marché pendant des kilomètres sans rien trouver, à part des fermes abandonnées et du sable.

— Ou son frère.

Jepson soupira, gardant le mug au niveau de la bouche. La fumée tournoya entre ses lèvres entrouvertes.

— Dr Blake, ce n'est pas notre job. Même si ça l'était, nous n'aurions pas les moyens.

S'ils avaient été amis, Nick aurait pu la convaincre. Néanmoins, les amitiés n'étaient pas son fort. Avant leur montée dans l'hélicoptère, il avait dû la croiser quelques fois à la cantine, dans l'ascenseur ou dans les escaliers. Elle n'avait effectué qu'une seule visite à la morgue, à la suite d'un appel pour un trauma particulièrement important.

— Je sais, avoua-t-il plutôt.

Que pouvaient-ils faire ? Armer Copeland d'une lampe torche et l'envoyer chasser un groupe de meurtriers au milieu des fermes désertées ? La veille, ils avaient déjà cherché aussi loin que possible, aux limites du parc, le long des ornières étroites déblayées par les enfants du coin, et jusqu'aux dunes dévoilées par la tempête, mais personne n'avait rien vu.

— Et Harris ? Il a réussi à joindre la police de Ayr ?

Jepson avala et s'essuya la bouche avec le dos de la main. Un froncement inquiet se creusa entre ses sourcils.

— Non, répondit-elle. Il *pense* avoir réussi à les informer au sujet de…

— Gregor.

Elle hocha légèrement la tête en signe de remerciement et continua :

— Mais la connexion était brouillée. Il n'a reçu aucune réponse et c'était le dernier contact que nous avons pu établir.

Elle soupira à nouveau et s'assit devant la petite table. Sa bouche était scellée par l'inquiétude, tandis qu'elle tapotait son mug rayé en céramique avec les ongles.

— Il va sortir le quad, tout à l'heure, pour rejoindre une des patrouilles.

— Mais… ?

— Allez avec lui.

— Pourquoi ?

Le froncement de Jepson s'accentua devant le cadre photo laissé par le précédent occupant de la caravane, à la fin des vacances d'été. Il retenait l'image brillante d'un jeune enfant avec son vieux chien.

— Il est… un peu à cran, dit-elle. Comme nous tous, bien sûr, mais la maison de la semaine dernière, ces petites filles mortes… Il a des filles, vous savez, à Glasgow.

Nick n'en savait rien. Et aurait préféré ne pas savoir. Le visage toujours aussi pensif, Jepson but une nouvelle gorgée de la soupe et grimaça. Cette dernière avait assez refroidi pour révéler son goût. Elle la reposa soigneusement sur la table et la centra sur un sous-verre.

39

— Il a les nerfs en pelote, précisa-t-elle. Et curieusement, votre patient le pousse un peu à bout. Alors, je préfère que quelqu'un l'accompagne et, sans vouloir vous offenser, Dr Blake, vos patients sont d'une patience… infinie.

Nick se gratta l'arrière de la tête et tenta de trouver une excuse.

— J'ai promis à Gregor que je reviendrai, avoua-t-il.

Jepson pencha la tête de côté et lui lança un regard réfléchi, comme si elle le jugeait. Sans doute le même regard dont elle avait observé Harris, avant de décider qu'il semblait à cran.

— Je sais qu'il n'est pas mon patient, se défendit-il par anticipation. Mais il n'a personne d'autre et je me sens…

— Responsable, termina Jepson à sa place. C'est normal. Votre investissement est admirable, mais superflu. Gregor sera entre de bonnes mains et il n'a pas besoin que vous restiez à son chevet. Par contre, j'ai besoin que vous gardiez un œil sur Harris.

Nick ne put qu'acquiescer docilement. S'il protestait, il ne ferait que la convaincre davantage de son attachement à Gregor. Par ailleurs, la petite voix dans sa tête n'arrangeait rien, lui rappelant qu'il n'avait pas veillé sur Gregor par pur dévouement. D'ailleurs, il ne s'agissait même pas de Gregor, du moins pas vraiment.

Pour une raison complètement illogique, il sentait que Gregor pouvait le protéger des monstres décrits par sa grand-mère. Psychologiquement, il pouvait se justifier du contraire, en prenant ce corps battu pour preuve que Gregor était un simple homme blessé et non une sorte de chevalier de la mort très tourmenté. Malheureusement, cela ne changeait rien au fait qu'une fois Gregor abandonné, il avait recommencé à se sentir observé, et les poils dans sa nuque se hérissaient constamment comme si quelqu'un – ou quelque chose – s'apprêtait à le toucher. Difficile de rassurer Jepson sur son état mental avec un aveu pareil.

— Sortir vous fera du bien, dit-elle vivement. Ça vous empêchera de finir cette bouteille de whisky que vous gardez à la morgue.

Bien sûr qu'elle savait. Nick s'attendait à ressentir la honte, mais elle n'arriva pas. Il avait l'esprit trop occupé et, de toute façon, il pouvait retourner la raillerie à Jepson, en évoquant ses ébats en cachette avec Nelson. Au moins, aucune bouteille de scotch n'attendait son retour à la maison familiale : elle avait été pratiquement vidée avant son départ.

— J'imagine que vous avez raison, conclut-il. Ça me fera du bien de sortir. Il va falloir commencer à trouver des « remèdes » à l'ennui.

Jepson sourit d'un air fatigué et sans une once d'humour. Ses yeux zieutèrent brièvement le téléphone par satellite censé les garder en contact avec l'équipe de secours, basée à Edinburgh.

— Je m'y colle déjà.

Elle marqua une pause et Nick songea à lui demander leurs dernières nouvelles. Avant qu'il ait le temps de se décider, Jepson changea d'humeur. Elle redressa le dos et fit signe du menton vers la porte, lui donnant son congé.

— Vous devriez y aller. Il ne faudra pas longtemps à Harris pour préparer le véhicule.

— Je rêve ! s'écria Harris.

Sa voix brisa le silence et entraîna un bruissement d'ailes noires dans un arbre voisin. Il se baissa, attrapa une pierre ou un bout de glace sur la route et le jeta dans leur direction. Ratant sa cible, le projectile s'écrasa contre un muret, qui avait dû être plus haut avant l'accumulation de la neige. Son agressivité libérée, Harris fit un doigt d'honneur à l'objet de sa rage.

— Mais que s'est-il passé dans ce trou ?

Un tracteur était renversé au milieu de la route. Sa carrosserie vert vif et ses roues jaunes détonnaient avec la poudreuse. Nick quitta le quad par l'arrière. Après avoir passé trente minutes dans ce froid mordant, courbé contre le dos de Harris et secoué par le vrombissement du moteur, il lui fallut une seconde pour retrouver son équilibre. Il plia les doigts pour leur redonner vie, tout en se rapprochant de son collègue.

— Un accident ? tenta-t-il.

De nombreux accidents étaient survenus à la première tempête. Les camions avaient foncé aveuglément dans les petits véhicules coincés dans la neige et une vingtaine de voitures avaient été emportées par le verglas sur l'autoroute, virevoltant les unes contre les autres comme entre les mains d'un bambin. L'autoroute était encore fermée, lorsque Nick avait quitté Glasgow. Les services d'urgence étaient parvenus à en sortir les blessés et la plupart des morts, mais ils étaient trop débordés pour dégager les voies de circulation.

Harris fusilla Nick d'un regard accusateur.

— C'est un tracteur, articula-t-il lentement et avec soin. Ils ne se renversent pas par magie, en plein milieu de la route. Et les gens ne les abandonnent pas comme ça.

Harris donna un coup de pied dans le pare-brise craquelé. L'impact et les éclats de verre firent sursauter Nick.

— Qu'est-ce qui ne va pas, chez toi ? s'indigna-t-il.

Harris le dévisagea, le visage grisé par une colère noire et excessive. Il serra les poings si fermement qu'ils parurent presque déformés. Il voûta les épaules et marqua un pas vers Nick.

— Ferme ton clapet, cracha-t-il, ses mots fumants entre ses lèvres, comme brûlants de rage, obligeant Nick à reculer d'un pas alarmé, puis deux. Ou je vais te le fermer ! À moins que tu préfères que je te…

Harris s'arrêta avant de prononcer l'impardonnable et ravala son venin. Il s'essuya la bouche d'une main lourdement gantée et lança un regard aigri à Nick.

— Désolé, grogna-t-il, la mâchoire serrée. Je ne sais pas d'où c'est sorti.

Nick se fichait bien de le savoir. La cible de cette animosité l'inquiétait davantage. Il avait passé sa plus tendre enfance dans un des lotissements les plus difficiles de Glasgow, avec une grand-mère délirante et une belle collection de tics nerveux. Il savait reconnaître un futur agresseur. Ce genre de tempérament ne se contentait pas d'un simple coup. Et on ne décolérait pas aussi facilement.

— On devrait peut-être rentrer, suggéra Nick.

Les lèvres de Harris tressautèrent autour d'une pensée. Reprenant le contrôle, il afficha à la place un sourire pincé.

— Et je vais devoir ressortir plus tard, dit-il. Il n'est pas question que je finisse la nuit dans une vielle grange, au milieu d'une ferme déserte. Non, on termine ça aujourd'hui. Les flics pourront aussi lui régler son cas, à l'autre. Le foutre dans une cellule pour qu'il y retrouve ses esprits, au lieu qu'il campe dans notre hôpital.

Il contournait le tracteur en parlant. Ses pieds s'enfonçaient toujours plus profondément dans la neige, le faisant chanceler, sans pour autant le ralentir. L'engin occupait tout l'espace, au point que Harris dut escalader le muret pour rejoindre l'autre côté.

— Un con a dû le coincer là, jeta-t-il, en portant vraisemblablement un coup au ventre du véhicule, car un bruit métallique résonna. Ils ont certainement poussé ce truc jusqu'ici à l'aide d'un autre tracteur. Qu'est-ce que…

Il frappa à nouveau. Nick fixa le tout-terrain et, l'espace d'une seconde, il envisagea de l'enfourcher et d'abandonner Harris sur place.

C'était bête. On ne pouvait pas abandonner quelqu'un par ce temps à cause d'un excès de frustration. Même s'il y avait plus que ça.

Après un moment, Nick se ravisa et regarda autour de lui, la main levée pour se protéger les yeux contre les rayons du soleil réfléchis par la neige. Au bout du terrain, près d'un vieux panneau indicateur pointé tel un index plein de sermons, un groupe d'hommes, vêtus lourdement de manteaux huilés et de bottes en caoutchouc, creusaient dans la neige, leurs trous noirs rappelant les marques de la variole.

— Que font ces idiots ici ? grommela Harris, perché sur le muret, les yeux rivés vers la même direction.

— Un mouton mort ? suggéra Nick.

Il avait grandi en citadin. D'aussi loin que remontaient ses souvenirs, il n'avait pas quitté Glasgow avant ses douze ans, lorsque sa famille d'accueil l'avait amené au Lake District, une région montagneuse dans le Nord-Ouest de l'Angleterre. C'étaient les moutons que les fermiers déploraient avant tout, au centre médical. Néanmoins, ces trous semblaient particulièrement profonds : ils traversaient la croûte de glace jusqu'à la terre solidifiée par le gel. Une rangée de pneus brûlait mollement autour des haies, comme des fours de fortune tournés de façon à réchauffer le sol impénétrable. Nick secoua les bras au-dessus de la tête pour tenter d'attirer leur attention.

— Hé, cria-t-il. Vous, là-bas ! Vous pourriez nous filer un coup de main ?

Plusieurs travailleurs leur jetèrent un regard. Aucun ne mit son labeur de côté pour venir les voir. Le seul à leur porter une quelconque attention fut leur chien, qui aboya et aboya, jusqu'à ce qu'un homme le réduise au silence.

— Salopards, marmonna Harris, qui se renfrogna et serra les poings en les regardant travailler. Je devrais y aller, moi. Tu vas voir qu'ils vont m'écouter !

— À quoi bon ? le calma Nick. Ils n'auraient pas les moyens de le retourner, si ?

Harris râla et bondit de l'autre côté. Nick s'accroupit près du pare-brise cassé. Il tira la manche de son manteau sur sa main et écarta les éclats de verre restants pour vérifier l'intérieur. La clé était restée dans le contact. Nick tendit timidement le bras et l'en sortit. Le trousseau : un mousqueton chargé de plusieurs clés et d'une breloque rose brillant disant « Clés de papa », tinta lorsqu'il le souleva.

Au contact du verre brisé, il faillit les lâcher dans l'habitacle. Il les rattrapa par le mousqueton, le métal froid lui picota les doigts et il leva les yeux, voyant Harris qui lui lançait un regard furieux à travers le verre givré.

— Qu'est-ce que tu fous ?

Nick quitta l'habitacle et se remit debout. Il tint les clés. Une étiquette en plastique pendait avec le reste.

— Robbie Dewey, lut-il à Harris. Tu le connais ?

Ce dernier fonça les sourcils.

— Oui, je crois. Il possède une ferme, plus haut sur la colline. Un type plutôt sympa, lança-t-il d'une voix lointaine, tandis qu'il quittait son champ de vision, en repartant vers la muraille. Il a participé à l'évacuation de plusieurs petites fermes, dans le coin. Toujours un alcool fait maison sur lui.

Lorsque Harris, tout transpirant et rouge de visage, quitta de nouveau son muret, l'odeur de colère qui planait autour de lui n'était plus. Il retira son bonnet et s'essuya le visage avec la laine. De denses boucles brunes et blondes ressortaient autour de son front et s'enroulaient derrière ses oreilles, où elles se fondaient avec sa barbe.

— Désolé, répéta-t-il, plus sincèrement cette fois. Je veux juste rentrer, Nick.

Nick cacha les clés dans sa poche dans un élan d'altruisme mal placé. Si un voleur avait conduit jusqu'ici et que le tracteur s'était renversé sur la route étroite, c'était tant mieux pour lui. Pourtant, il peinait à se résoudre à laisser les clés dans la cabine. Cela semblait imprudent.

— D'après ce que j'ai entendu, c'est la dernière évacuation. Notre boulot ici est terminé.

— Quatre jours, le corrigea Harris, les lèvres pincées. Ils étaient censés la lancer il y a quatre jours.

Tout le monde le savait, mais personne n'en parlait.

— Tu sais ce qui est arrivé à Aberdeen, reprit Nick. Ils prendront des précautions.

C'était passé sur les fréquences d'urgence. Trois hélicoptères médicaux surchargés de patients en état critique s'étaient retrouvés pris dans un orage durant leur voyage vers Glasgow. Ils avaient lancé un appel de détresse par radio, à la dérive, au-dessus de la mer, puis avaient disparu. Trois pilotes, quatre urgentistes, un adolescent, cinq enfants et deux prématurés perdus.

Nick avait vu passer de sacrés cas dans sa morgue. Il était soulagé de ne pas avoir eu à traiter celui-ci.

44

— Je sais ce que Nelson m'a dit, ajouta Harris. Avec des orages pareils, impossible de nous sortir de là avant que le temps se calme.

Nick en frémit. Il voulait rentrer chez lui, dormir dans un vrai lit, pas sur un matelas bas de gamme, porter des vêtements propres et pouvoir manger autre chose qu'une casserole commune de soupes mixtes. Cependant, personne ne l'attendait à l'arrivée : pas de parents ni de fratrie, pas de mari ou d'enfants. Pas même d'amis qui se feraient du sang d'encre pour lui.

— Tu rentreras bientôt, Harris, le rassura-t-il. Tes enfants s'en sortiront.

Harris baissa les yeux et frappa la neige gelée du pied pour y creuser un trou.

— Tu crois ? Que faisons-nous encore ici, Blake ? Pourquoi on se gèle le cul pour ces gens ? souffla-t-il en pointant un doigt ganté vers les hommes toujours occupés à creuser des tunnels dans le terrain vide. Peut-être que les religieux avaient raison. Peut-être qu'il s'agit du jugement divin, que nous sommes tous punis pour nos torts.

La colère bouillait dans ces derniers mots. Nick sentit sa peau le démanger à nouveau, comme un signal d'alarme le pressant à ne pas croiser le regard et à s'écarter rapidement. Jepson avait raison. Harris était plus qu'à bout. Toutefois, Nick n'y pouvait rien. Il n'y avait pas de ressources humaines pour gérer ce problème. Jepson s'y substituait au mieux, et elle avait déjà décidé que Harris valait ce risque.

— Parler ne fera pas avancer le schmilblick, tenta Nick pour mettre fin au débat. Que faisons-nous ? Nous traversons la région ?

— Tu veux hisser le quad au-dessus du mur, M. le Génie ? grogna Harris, avant de désigner le tracteur, par-dessus son épaule. Il bouche l'entrée. Il va falloir transporter le quad et traverser trois champs jusqu'à la prochaine, en espérant que nous ne tomberons pas sur une rigole ou un rocher.

— Je croyais qu'il résistait à tous les terrains.

— Mais pas à tous les temps, rétorqua Harris en retournant au véhicule. On tombe sur un de tes moutons morts et c'est le tonneau assuré, et qui soignera les secouristes, Blake ? Pas moyen que je crève dans ce trou paumé pour un montagnard consanguin.

Dans un dernier grognement, il remonta sur le siège en cuir synthétique et retira un gant avec les dents. Ses doigts semblaient légèrement trop rouges et gonflés autour des articulations. Soit il avait froid, soit ses coups de pied

45

contre le tracteur avaient été des coups de poing. Harris ne semblait pas y prêter attention, lorsqu'il fouilla dans sa poche et en sortit une flasque en argent. Il en but une gorgée, puis la tendit vers Nick.

— Tu veux une gorgée ? demanda-t-il et, voyant Nick hésiter, il renifla un rire. Qui saura ? Tu crois vraiment qu'on va nous arrêter pour un test d'alcoolémie ?

Nick haussa les épaules et accepta. Il était gelé et anxieux, et une infidélité à sa bouteille de whisky ne tuerait personne. La flasque à mi-chemin vers ses lèvres, il fut frappé par son odeur nauséabonde. Ses yeux s'embuèrent, piqués par l'éthanol.

— Bon sang ! lâcha-t-il. Ça sent pire que le Buckfast [1] !

— Allez, une gorgée, l'encouragea Harris en rhabillant ses doigts gonflés. Dewey n'est pas le seul à savoir faire une gnôle maison. Ça fait circuler le sang !

Mais pas longtemps. Nick avait déjà eu l'occasion d'ouvrir des corps qui sentaient la même chose. Il feignit une goulée, les lèvres scellées et la main adroitement positionnée.

— En tout cas, ça dégage les sinus.

Nick rendit la flasque et remonta à l'arrière du véhicule. Le moteur vibra dans son coccyx lorsque Harris le lança et fit demi-tour. Au moins, se consola Nick, il n'avait plus le temps de penser aux vieilles superstitions de sa grand-mère paranoïaque. Il dégagea une main de sa prise solide sur le manteau de Harris et la frotta contre sa bouche.

— Il reste encore des gens à Girvan ? demanda-t-il. Je croyais qu'ils étaient déjà tous descendus vers Ayr.

Harris regarda par-dessus l'épaule. Nick aperçut un œil brun injecté de sang et sentit une haleine d'alambic.

— Oh, non. Plein de gens sont restés. Ils disent qu'ils s'y sont habitués.

Les gens dans les champs s'arrêtèrent enfin de travailler pour les voir partir. Nick sentit le petit picotement de leur regard sur sa nuque, tandis qu'ils s'éloignaient.

---

1 Un vin tonique, liquoreux et pétillant, créé par un moine bénédictin. Censé servir de boisson médicinale, il est surtout connu pour être un véritable tord-boyaux.

V

CERTAINS HABITANTS étaient restés, mais plus encore avaient déserté. Sur les maisons alignées le long de la route qui traversait la ville, on voyait des panneaux en bois encastrés dans les fenêtres pour protéger les habitations des voleurs, du froid, voire des deux. Des volets métalliques couvraient les vitrines de la plupart des magasins, le reste présentait des vitres brisées et des comptoirs pillés.

Une voiture calcinée attendait sur une place réservée aux ambulances dans le parking de l'hôpital communautaire. Brûlée jusqu'au châssis, elle gisait tristement dans une mare solide de caoutchouc fondu et d'asphalte criblé de trous. Trois oiseaux noirs étaient perchés sur ce qui restait du toit et se disputaient un morceau de viande moisi et sanguinolant.

Le quad gronda à l'angle, chassant les volatiles. L'un d'eux pinça un bout de la chose inerte avec son bec et tenta de s'envoler avec. Les deux autres refusaient de lui lâcher leur butin. La peau saignante s'étira entre eux, longue et plate, tandis qu'ils battaient des ailes et croassaient. Des lignes étendues, tracées à l'encre, se dévoilèrent sur la peau pâle. Nick ravala la bile et enfonça les doigts dans l'épaule de Harris.

— C'est... ? s'interrompit-il, la question se perdant sur sa langue, car comment demander à quelqu'un si le dîner de ces oiseaux appartenait à la jambe d'un cadavre ? Tu as vu ça ? préféra-t-il demander.

— Quoi ? grogna Harris avec un regard insensible. La voiture ? Il y a eu un orage, hier. Si c'est la seule chose à avoir brûlé, ils ont bien de la chance.

— Non, insista Nick en le tirant à nouveau par l'épaule. Les oiseaux. Tu vois ce qu'ils ont dans le bec ?

— Un truc mort, dit Harris en se garant.

Pour Nick, certaines politesses étaient de mise, même lorsqu'elles étaient inutiles, un peu comme Jepson et ses sous-verres, pour protéger la caravane d'un inconnu.

— Quoi ? Je ne pensais pas que tu étais aussi sensible.

— C'est de la peau, précisa Nick. Je crois...

Un des oiseaux sortit vainqueur du combat, le bout de peau étiré maintenu entre ses serres.

— Quoi ? lâcha Harris, irrité.

Nick se mordit l'intérieur de la joue, au point de goûter du sang. Il y avait mieux pour se ressaisir, mais habituellement, cela marchait. La possibilité qu'il s'agisse de la peau pelée sur la jambe de Gregor n'était pas à exclure. Nick avait étudié ce tatouage assez longuement et discrètement, pendant que Gregor feignait son sommeil. Mais quelle coïncidence morbide ce serait ! Cependant, et malgré les égarements de son esprit ces derniers jours, il n'avait aucune preuve. L'oiseau était parti. Et la peau avec.

— Rien, conclut-il. C'est juste… J'ai cru avoir vu autre chose.

Harris n'était pas assez intéressé pour approfondir la question. Il chercha sa flasque en fixant sombrement les portes vitrées qui affichaient les instructions de tri pour l'évacuation et un autocollant précisant « Portes cassées, poussez ».

— Je déteste cet endroit, marmonna le collègue d'un air grave. Tous ces enfants qu'on a renvoyés chez eux. Toutes ces grand-mères. On ne savait pas s'ils étaient bons ou mauvais. Qui nous donnait le droit d'en décider ?

Nick s'obligea à arrêter de chercher les oiseaux. « Trois, ça porte malheur » maintenait sa grand-mère dans ses souvenirs, avec sa voix basse et pleine d'assurance. « Rien de bon n'en ressort. Souviens-t'en. » Il quitta la selle du quad, les oreilles engourdies et les doigts si froids que les coutures de ses gants lui faisaient l'effet d'un fil de fer.

— C'était déjà assez difficile de choisir qui devait vivre, répondit Nick. Alors, décider en fonction du mérite…

— Ils auraient dû envoyer des prêtres, ajouta Harris. Au moins, on aurait cru que les morts finiraient dans un monde meilleur.

Harris lui tendit sa flasque. Cette fois, Nick secoua la tête et la repoussa. Ses lèvres grattaient encore de sa dernière fausse gorgée, avec une sensation de picotement, comme si la boisson était principalement composée de cannelle. L'autre homme le surpassait en robustesse.

Une petite femme, habillée d'un pull tricoté trop grand et de bottes, poussa la porte et tendit le cou.

— Que voulez-vous ? jeta-t-elle. L'hôpital est fermé. Si vous êtes malades, passez votre chemin.

Elle les dévisagea une seconde, recula rapidement et claqua la porte. À travers le verre, Nick apercevait une sorte de chaîne entortillée tout le long.

— Moi qui croyais que les habitants ne pouvaient pas être plus chaleureux, grogna-t-il.

Il avança et poussa la porte avant que la femme ait le temps de la sceller d'un cadenas. Elle s'entrouvrit dans un raclement, juste assez pour révéler une partie du hall. Il regorgeait de lits de camps et de corps. L'odeur intenable de décomposition et de graisse s'échappa par l'ouverture. Nick fronça le nez.

— Je vous l'ai déjà dit, lui aboya la femme. On ne peut pas aider. Du balai !

Son équilibre retrouvé, la femme s'écrasa de tout son poids contre la porte. Malgré sa petite taille, sa force dépassait celle de Nick. Il eut à peine le temps de glisser le pied dans l'interstice pour l'empêcher de se fermer complètement.

— On n'est pas venus quémander ! lâcha Nick rapidement, avant de se faire interrompre. On n'est pas malades ! On cherche juste la police. Quelqu'un s'est fait agresser !

— Il est mort ? demanda la femme.

Elle pressa son visage dans l'ouverture. Son haleine rappelait la flasque de Harris. Un homme corpulent, emmitouflé dans des couvertures, zigzagua entre les lits pour la seconder.

— Non, affirma Nick.

— Dans ce cas, ne l'emmenez pas ici. On n'en veut pas !

Elle lui comprima le pied avec la porte. Malgré l'épaisse couche de cuir sur sa botte, Nick ressentit la douleur. Il jura, résista à l'envie de retirer son membre endolori et jeta un regard par-dessus son épaule pour appeler Harris :

— Un coup de main ?

L'intéressé grogna et ajouta son poids à l'épreuve de force. À deux, ils parvinrent à rouvrir la porte vitrée. La femme tituba en arrière et trébucha dans ses grosses bottes. Elle s'effondra par terre dans un craquement d'os bien distinct et se tordit de douleur.

Harris jura et s'élança vers elle. Dès qu'il mit un pied à l'intérieur du hall, le compagnon de la femme fit tomber une couverture et leva un fusil dans sa direction. C'était un vieux fusil de fermier au canon rouillé et à la crosse craquelée, mais il n'en restait pas moins une arme à feu. Nick se figea autant qu'il put, une main prudemment tendue vers Harris.

— Enlève ça de mon visage, lâcha Harris. Je veux juste l'aider. On est médecins.

— On ne veut rien vous prendre, ajouta Nick. On est simplement venus parler à l'un des policiers postés ici.

Un homme au col romain effrité et taché arriva d'une autre pièce en boîtant. Il serpenta entre les lits, sans que les corps recroquevillés sous leur couverture ne bougent, et s'agenouilla maladroitement à côté de la femme. Il lui tapota l'épaule et l'aida à s'asseoir.

— Que s'est-il passé ici ? s'enquit-il.

— Ils ont essayé de forcer l'entrée, expliqua l'homme, la voix hésitante, contrairement à la prise sur son arme. Ils cherchent de l'aide pour un ami blessé.

Nick s'éclaircit la voix :

— En fait, on voudrait juste prévenir quelqu'un. Notre ami...

— ...n'a pas besoin de soins médicaux. Père... ? termina Harris.

— Oh, non, pas de ça, rétorqua l'inconnu, qui tira sur le col avec ses doigts sales, en ajoutant une nouvelle marque. Lewis suffira et, je m'en excuse d'avance, mais vous devez partir. Ce n'est pas très charitable, mais nous avons déjà eu des problèmes avec des gens qui sont rentrés... et ressortis. Des gens désespérés.

— Très bien, mais seulement quand on aura...

Nick ferma le clapet à Harris d'un coup de coude. Il acquiesça devant Lewis.

— D'accord, on part immédiatement, répondit-il. On ne voulait pas causer de problèmes. Nous souhaitions simplement parler à un policier.

Lewis les dévisagea un instant. Quelque part dans l'hôpital, un enfant se mit à crier. Puis, le prêtre opina du chef.

— Attendez à l'extérieur, je vais vous chercher quelqu'un. Désolé, c'est juste que les gens sont apeurés et nerveux.

Nick lança un regard au fusil pointé vers lui.

— Tout comme nous.

— En colère, lâcha l'homme au fusil, en libérant une main pour resserrer les couvertures autour de lui. Les gens sont en colère.

— Tout comme nous, répéta Harris, avec un grognement mécontent.

Nick lui donna un autre coup de coude et ils reculèrent. Une fois les portes fermées, l'homme abaissa son arme et avança pour poser le cadenas. Ensuite, il se retourna et aida Lewis à remettre leur amie debout.

— C'était quoi, ça ? maugréa Nick.

Il se pencha et posa les mains sur ses genoux. Pour une fois, ce froid fut le bienvenu. Il calma les sueurs froides et, brûlant les poumons, il l'aida à ralentir sa respiration. Quelques instants plus tard, Nick leva la tête vers les portes vitrées et les ombres des gens se mouvant à l'intérieur.

— C'est quoi ce bordel ?

— Ils s'occupent seulement des leurs, répondit Harris. Peut-être qu'on ferait mieux de prendre exemple sur eux.

Nick secoua la tête et se redressa. Il fourra les mains dans les poches de son manteau et se mit à sautiller. Les nuages se gonflaient au-dessus de leur tête comme une cataracte blanche sur un ciel bleu.

Des pas firent crisser la neige, un bruit sonore dans ce silence inquiétant et, une seconde plus tard, un garçon trapu, vêtu d'une grosse veste, sortit en courant du coin du bâtiment. Il se hâta vers eux et s'arrêta gauchement à quelques mètres du quad. Sous l'orange de son coupe-vent, sa poitrine se soulevait et retombait au rythme de son halètement.

— Je ne… Vous êtes médecin ? demanda-t-il, une ancienne fente palatine mal cicatrisée l'empêchant d'articuler correctement les mots. Je ne veux plus prendre mon traitement, ajouta-t-il en se couvrant timidement la bouche. Je ne l'aime pas. J'ai l'impression… de pas aller bien.

Nick se tourna plein d'espoir vers Harris. Après tout, Harris était le père de deux enfants en bas âge, alors que Nick peinait avec les choses qui touchaient de près ou de loin à l'enfance – même la sienne. Son collègue secoua rapidement la tête, une inquiétude maladive se reflétant dans ses yeux grisés par l'alcool, et lui tourna le dos pour bricoler son quad.

— Parfois, il faut prendre un médicament qui te rend malade avant de te guérir, répondit Nick. Quel traitement prends-tu ?

Le garçon se renfrogna et sa lèvre se plissa en dévoilant l'écartement entre ses dents.

— C'est une boisson. Faut que je la boive.

— Tu sais à quoi sert cette boisson ? se renseigna Nick, perplexe.

— À m'aider à aller mieux.

Avant qu'il ait pu en savoir davantage, un homme en veste d'hiver noire tourna lourdement au coin du bâtiment. Une bande à son poignet annonçait qu'il faisait partie de la police.

— Jimmy, aboya-t-il en faisant claquer la boucle d'une laisse contre sa jambe. Rentre à l'intérieur.

Le garçon inspira profondément et retint sa respiration. Ses mains restaient serrées le long de son corps et Nick voyait l'air de défi dans ses yeux.

— Est-ce que ça va ? demanda Nick à voix basse. Tu as besoin d'aide ?

La lèvre fendue tressauta et le garçon se dégonfla avec une longue expiration. Il baissa le regard vers ses chaussures de randonnée usées, mais resta immobile.

— Mon papa m'aime, affirma-t-il d'un air résigné. C'est pourquoi je dois aller mieux.

Il glissa sa main habillée d'une mitaine sur ses paupières et se tourna pour partir. À présent, son père était assez proche pour l'attraper par le poignet et l'éloigner sans ménagement de Nick et Harris. Il le traîna à travers le parking jusqu'aux portes cadenassées. Les gens à l'intérieur les déverrouillaient déjà et, à leur arrivée, Lewis pressa le garçon de rentrer. Ils fermèrent derrière eux.

Nick fronça les sourcils et changea d'appui.

— Laisse tomber, jeta Harris, plus touché qu'il ne le laissait paraître. C'est le père du gamin, Nick. Il sait ce qui est mieux pour lui.

Nick en doutait fortement, mais il était trop tard pour s'y opposer. Jimmy avait disparu et son père rebroussait déjà chemin jusqu'à eux, dans la neige piétinée. Son pantalon et ses manches étaient ornés de pics glacés, le givre collait son écharpe à sa barbe de trois jours et des lunettes polarisées dissimulaient ses yeux.

— Dr Harris, lança le policier. Et Dr Blake. Vous venez chercher les morts ?

Il s'essuya le nez avec le dos de sa main gantée et abaissa son écharpe pour révéler sa bouche. Son visage avait quelque chose de familier, avec ce nez fracturé, doublé d'une cicatrice qui formait un trait propre et horizontal sur sa lèvre inférieur. Nick n'avait pas retenu son nom, si tant est qu'il l'air prononcé, mais il s'agissait de l'homme qui avait craché sur Copeland. Il se souvenait de cet épisode seulement à cause de l'enfant, un petit garçon aux dents écartées, auquel on avait diagnostiqué une leucémie infantile. Il lui restait peu de temps à vivre.

Les morts ne lui posaient jamais problème. C'étaient des vivants qu'il peinait à se rappeler. Le garçon avait paru plus jeune que celui avec lequel ils venaient de s'entretenir, plus petit aussi, décharné par les traitements et la maladie. Deux enfants malades piégés dans cet endroit. Nick ressentit une pointe de pitié, il comprenait mieux l'attitude brusque du père avec son fils.

— Voici Terry Muir, l'agent de soutien communautaire de la police, le présenta Harris, en tendant une main pour serrer la moufle givrée. La plupart des agents avec lesquels nous avons travaillé sont retournés à Ayr, mais Terry est de la région.

Terry esquissa un sourire mauvais.

— Je serais bien parti, moi aussi, mais on nous a refusé l'évacuation, cracha-t-il, à juste titre. D'après Dan, notre pharmacien, vous avez besoin d'un truc ? Quelqu'un aurait été blessé ? Je pense que c'est plus de votre ressort que du mien, entre nous.

Harris passa la main à Nick avec un hochement de tête.

— Dr Blake, changea Terry. Tout va bien ?

Au début, Nick songea à raconter la vérité. Il lui suffisait d'énumérer les événements délirants et troublants : un homme bizarre retrouvé nu et blessé dans la neige, ces apparitions dans le noir qu'il voyait du coin de l'œil, les oiseaux, la peur. Là, il pourrait passer pour un fou et laisser les autres se charger du reste.

Néanmoins, c'était risqué. Une fois qu'on vous pensait coupé de la réalité, personne ne vous écoutait plus. La grand-mère de Nick était folle, mais pas lui. S'il renonçait à cette certitude, à quoi pourrait-il se raccrocher ?

— Pas vraiment, répondit-il enfin. Nous allons bien, mais deux nuits de ça, un homme blessé s'est retrouvé dans notre parc…

— Vous cherchez de l'aide au mauvais endroit, acquiesça Terry. Tiens, ça me rappelle des souvenirs.

Nick mit un temps à se remettre de ce commentaire. Il ne pouvait pas encore en vouloir à Terry pour son amertume, mais s'en rapprochait déjà plus.

— Quelqu'un l'a attaqué, rétorqua-t-il, son ton abrupt lui valant un sourire acerbe de la part de l'agent. Il souffre de multiples traumatismes physiques portés au ventre et à la jambe, provoqués par des objets contondants, en plus de…

— Vous êtes flic, maintenant ? ironisa Terry.

— J'ai travaillé avec la police, à Glasgow, répondit Nick.

Il comprenait la frustration de Terry, et Dieu sait qu'il aurait ressenti la même chose à sa place, mais cette fois, il ne comptait pas se laisser faire. Il faisait trop froid pour les reproches à rallonges et les nuages dans le ciel gonflaient à vue d'œil. La neige suivrait sans tarder.

— Je suis pathologiste. Je sais identifier les blessures.

— Aucune disparition n'a été signalée à Girvan. C'était peut-être un étranger qui, à force de courir après les moutons pour son dîner, s'est jeté dans du fil barbelé et s'est éraflé. Ça arrive.

« Et depuis quand ? » faillit lui rétorquer Nick. Il réussit à se retenir.

— Il était nu, précisa-t-il.

— Disons qu'il leur courait après pour d'autres raisons…

— Je viens de dire qu'il s'est fait atta…

— C'est ce que vous diriez aussi, si on vous trouvait avec le joujou à l'air.

La colère faisait monter la pression dans sa tête et il entendait le crissement métallique qui annonçait souvent son irascibilité. Sa grand-mère lui disait toujours qu'il avait des oreilles de loup, mais lui s'était diagnostiqué une légère synesthésie.

— Je me fiche de nos différends, lâcha-t-il, la mâchoire serrée. Un homme a été mutilé par une personne du coin. Son frère a disparu. Vous trouvez ça drôle ?

Terry avança et surplomba Nick.

— Beaucoup de choses m'amusent, dernièrement, souffla Terry, dont le ton trahissait le mensonge. Vous seriez surpris.

Son haleine sentait le poisson et l'ammoniac. Une insuffisance rénale, déduisit Nick alors qu'il reculait, rebuté par la puanteur. Harris choisit ce moment pour intervenir.

— Quelqu'un l'a vraiment bien amoché, Terry, insista-t-il. On a essayé de lui arracher des membres. Il n'y a pas que nous. On doit penser au dernier groupe d'évacués. Les personnes âgées, les malades. Les enfants.

Harris voulait aider, mais sa remarque ressemblait plutôt à une invitation au meurtre. « Venez nous trouver ! Proies faciles ! » Nick retint son souffle court.

— Je suis navré que nous n'ayons pas pu évacuer votre fils…

— Faut pas, l'interrompit Terry. C'est la meilleure chose qui lui soit arrivée. Comme vous l'avez dit, vos docteurs n'auraient rien pu faire. Écoutez, je vais organiser un groupe de recherche et on contactera Ayr par radio, pour qu'ils nous envoient du monde. Mais je ne vous promets rien. Il est facile de se perdre par ici, et encore plus de cacher un corps.

Il recula enfin. Nick relâcha le souffle qu'il retenait inconsciemment, en retrouvant son espace vital. Terry tapa ses moufles l'une contre l'autre pour les débarrasser de la neige et attendit. Qu'ils s'en aillent, bien sûr.

Nick lança une œillade à Harris, qui haussa les épaules, gêné. Tout sentiment de camaraderie qu'il partageai avec Terry s'était essoufflé sous le poids de cette journée étrange.

— Cet homme, à l'intérieur, il a failli nous tirer dessus, remarqua Nick.

— Parfait, lança Terry avec son sourire pincé. Si un de ces hommes mystérieux atteint la ville, on sera en sécurité. Vous devriez y aller, dit-il en étudiant le ciel. Une tempête arrive et vous, les citadins, vous n'y êtes pas aussi bien préparés que nous.

Il attendit pour s'assurer de les voir partir. Harris marmonna dans sa barbe tout le long du trajet, refusant de passer pour un faible. Un marmonnement à voix basse, presque possédé, mais conscient. Ici et là, des mots retenaient l'attention de Nick, mais il en ignorait la plupart.

Lorsqu'ils s'arrêtèrent à la limite du parking, Nick regarda en arrière, un mouvement trop gravé dans ses muscles pour en tenir compte. Il perçut Jimmy à travers une fenêtre, l'orange de sa veste paraissant criard, tandis qu'il levait le bras.

Trois bandes poussiéreuses ornaient la veste. Nick avait remarqué ce détail lorsque Terry avait traîné son fils de force jusqu'à l'hôpital. C'était comme si quelqu'un avait arraché un ruban adhésif noir sur sa manche et laissé une bande de colle. La même étiquette qu'il avait vu Copeland apposer au fils de l'agent, lui refusant une place à l'évacuation.

Son plus jeune fils. Jimmy faisait une tête de plus que le petit maigrichon que Nick se souvenait d'avoir vu dans les bras de Terry, lorsqu'il s'était fait pousser dans le hall, et il cachait une tête chevelue sous son chapeau. Il manquait les mêmes dents aux deux garçons, mais l'autre ne présentait pas de fente palatine. Peut-être empruntait-il la veste, ou la partageait-il ?

Un éclair fusilla le ciel. La lumière vive se réfléchit sur la vitre et Nick en profita pour détourner le regard. Il s'accrocha au véhicule et répéta son mantra en silence. Pour la première fois, sa prière se montra inefficace. Il ne s'agissait plus seulement de la paranoïa habituelle, traînée depuis son enfance : l'impression terrifiante de naviguer dans un monde qu'il *croyait* réel, mais qu'il ne pouvait jamais réellement discerner.

C'était cette veste, celle d'un garçon qui devrait être mourant, et ce bout de peau pâle accroché à une haie, croisée sur leur chemin. Nick ne demanda pas à Harris de ralentir. Il ne savait pas ce qui l'effrayait le plus : découvrir que, fou comme sa grand-mère, il se trompait complètement, ou bien qu'il était parfaitement sain d'esprit.

VI

La FAIBLESSE qui le rongeait s'acharnait contre lui. Elle s'enfonçait dans les muscles de ses cuisses et s'accrochait à lui telle une tique, gonflée et gorgée de sang. Le simple fait de s'asseoir lui déchirait le ventre de douleur, comme s'il revivait sa première chasse.

Posé sur le côté du lit étroit, son bord en métal tranchant lui mordant le fessier, il attendit qu'elle passe. En vain. Il avait déjà souffert par le passé. Chacun de ses tatouages avait été durement gagné au combat. À Durham, les monstres créés par les prophètes avaient failli lui coûter la vie. Comme Odin, il penchait entre la vie et la mort, mais son unique révélation fut qu'il devait, malgré lui, sa survie à son frère.

La douleur s'apparentait au froid, une sensation à accepter et à ignorer, même si elle s'éternisait. Gregor serra les dents et se poussa du lit. Ses cuisses brulèrent sous la pression, comme prêtes à exploser, et ses jambes semblaient sur le point de céder sous son poids, s'il s'appuyait trop longtemps dessus. Il grogna un bas juron, se traîna pitoyablement sur deux pas et s'accrocha à la chaise de Nick pour s'aider à rester debout.

Cela faisait des heures que Nick avait promis de revenir. Enfant, si sa nourrice l'avait abandonné aussi longtemps, s'imagina-t-il sombrement, son père l'aurait renvoyée au mur d'Hadrien ; en petits morceaux. Dépourvu de toute autorité sur les allées et venues de Nick, Gregor dut s'accommoder d'un râle mécontent. Il n'avait pas réellement besoin de lui, mais ce médecin possédait une certaine… tranquillité, qui en faisait un bon compagnon. Plus que les autres hommes, qui couraient partout et tentaient d'effectuer un maximum de choses d'un seul coup.

Cette relation n'avait strictement rien à voir avec la véritable amitié, une meute, mais il s'en contenterait. Sans parler du fait qu'il avait ainsi deux jambes intactes à son service. Sa mauvaise humeur monta, puis s'effondra d'elle-même. Gregor ouvrit les yeux avec un rictus. Se transformait-il en prince louveteau incapable de s'essuyer tout seul le derrière ? Fallait-il qu'on lui tienne le joujou pour pisser ?

Gregor avança d'un pas de plus. Cette fois, il s'agrippa au sommier d'un lit, portant son poids sur la barre de métal pour suppléer ses muscles endommagés. Transpirant et aigri, il lui fallut deux pauses pour atteindre le box miteux qui servait d'espace de rangement, au fond de la pièce. La porte était verrouillée, mais inutilement. Un simple bout de plastique constituait le loquet. Un enfant humain aurait pu l'arracher.

Il s'enfonça dans l'espace étroit, attrapa une bassine et un scalpel et s'affala sur un petit tabouret posé devant un bureau. Il plaça la bassine par terre, derrière ses pieds, puis se mit à peler le film plastique et le scotch qui saucissonnaient sa cuisse.

La blessure semblait empirer, les croûtes épaisses formaient des plaques sur les muscles et une peau fine, blanchie, s'écaillait sur la peau lâche de la plaie. Une illusion, qui faisait partie du lent processus de guérison. Chaque étape s'éternisait, marquant la peau à jamais comme s'il était un simple chien.

Gregor fit courir ses doigts le long de la plaie pour sentir le tissu pincé. À présent, impossible de le confondre avec son frère. Il fut un temps où il aurait célébré cette différence, mais à présent, Jack pouvait devenir Numitor, et lui son petit frère apeuré et « pas tout à fait loup ». Autrement dit, c'était une distinction dont il se serait bien passé.

— Un autre Job, marmonna-t-il.

Il se rappela ce prophète amer et plein de ressentiment qui avait franchi le mur et formé des monstres dans le but de tuer les deux fils du Numitor. Peut-être leur oncle, d'après les récits. Cependant, une différence subsistait : les rumeurs anciennes disaient de Job qu'il affectionnait son frère, le père de Gregor, dans leur jeunesse, avant sa gouvernance sur les loups de Grande-Bretagne.

Gregor inspira un grand coup, qu'il sentit au plus profond de son ventre aux muscles estropiés, et décida de ne pas suivre pareil destin. Il retrouverait son loup. Les prophètes l'avaient volé, alors ils devaient bien connaître un moyen de le lui restituer. C'était possible. Assombri, il se rappela avec une pointe de tristesse que Job avait réussi à récupérer le sien sous la lune d'hiver : une peau pourrissante, arrachée à un autre, qui se fondait dans la sienne tandis qu'il s'en appropriait la forme.

Assez. Gregor enfonça le scalpel dans sa jambe. La douleur cinglante, alors qu'il glissait la pointe sous le trait noir d'un point de suture, fut presque une distraction bienvenue. Le fil s'effilocha et lâcha. Gregor en saisit un bout avec les ongles et le retira de la jambe. Il guérirait plus rapidement sans intervention humaine et, tant que son loup manquait à l'appel, l'idée de devoir se charcuter la jambe plus tard pour le retrouver ne l'enchantait pas.

L'hémoglobine gouttait le long de sa jambe et dans la bassine, pendant qu'il s'affairait. Lorsqu'il termina, le récipient en plastique était à moitié rempli de sang et les plaies creusées commençaient déjà à cicatriser avec une fine pellicule blanche.

Gregor essuya la lame sur son avant-bras et la posa de côté. Son cou présentait encore des points. Il sentait le tiraillement du fil lorsqu'il déglutissait, mais n'avait aucune visibilité pour travailler. S'il arrachait ces points-ci, il risquait de s'arracher la gorge avec. La Nature sauvage aurait trouvé cette mort ironique. La sueur perla sur son torse et piqua sur la cicatrice tendre de son ventre. Il se pencha sur le côté, un coude posé sur la table, et fixa la blessure.

S'il guérissait trop vite, du moins comme il l'espérait, une fois son corps débarrassé de tout hormis de la Nature sauvage, les gens se poseraient des questions. Ils en avaient toujours, ces humains. C'était ainsi qu'ils avaient bâti leur monde avant le retour de la Nature sauvage : en posant leurs questions. Et les dieux avaient été assez bêtes pour leur répondre.

Enfin, qu'en savait-il vraiment ? Ces derniers jours passés en compagnie forcée de Nick doublaient sans doute le nombre total de ses interactions avec les humains. Néanmoins, c'était ce que son père répétait toujours, et lui les avait côtoyés bien assez longtemps.

Gregor se poussa sur ses jambes. Elles le faisaient encore souffrir, mais semblaient déjà plus solide sous son poids. Il sautilla-boita jusqu'aux rangées d'étagères, fouilla entre les boîtes de médicaments et les seringues, à la recherche de rouleaux de gaze et de bandes adhésives. Il déchira l'emballage avec les dents, déroula une longueur et se mit à en envelopper sa jambe. Le tissu blanc se teintait à mesure que le sang traversait ses fibres, alors il continua à l'enrouler de sorte à former une couche épaisse de protection sur ses blessures.

Le résultat final ressemblait à un amas grossier de tissu entortillé qui risquait à chaque pas de glisser sur sa jambe, mais cela ferait l'affaire. Gregor jeta le plastique ensanglanté et les bouts de papier ailleurs, puis entreprit un retour malheureux vers le lit.

Il en était à sa deuxième accroche lorsqu'il entendit des bruits de pas sur la lourde bâche. Avec le peu de fierté qu'il lui restait, il se força à se redresser. Le grognement coincé dans sa gorge le fit grimacer alors qu'il levait le menton.

Nick se baissa entre les rabats, un bras levé pour protéger la toile suspendue du plateau de nourriture qu'il tenait. Il tituba légèrement lorsqu'il vit Gregor, la surprise et la consternation se lisant sur son visage. Il hésita une seconde, partagé visiblement entre son envie d'aider Gregor et le besoin de trouver une place pour le plateau.

— Que faites-vous ? s'indigna-t-il, en se baissant pour poser le plateau en équilibre sur une de ces chaises plastiques omniprésentes. Vous voulez perdre votre jambe ?

Gregor détendit son dos et attrapa la potence qui lui servait de canne. Elle vacillait sous son poids, mais c'était mieux que rien.

— Dis-moi, c'est à cause de tes mauvaises manières au lit que tu bosses essentiellement avec les morts ? demanda ironiquement Gregor.

— Envers les gens alités, vous voulez dire, le corrigea Nick, avant de s'élancer vers lui pour passer un bras autour de sa taille, l'os pointu de son épaule servant de béquille inconfortable. « Mauvaises manières *au* lit », ça sonne comme si j'essuyais mes parties génitales sur l'oreiller, après une partie de jambes en l'air.

Gregor n'appréciait pas tellement être corrigé, mais impossible de réprimer son petit rire devant le marmonnement indécent du docteur agacé. Une vague de désir emplit l'air. Cette odeur piquante et distincte d'hormones lui chatouillait aussi le nez. Nick resserra la prise autour de sa taille et s'agrippa à sa hanche.

— On ne pourrait pas vous trouver un boxer ? grommela le docteur. Ou une chemise ?

— Je n'ai pas besoin de votre charité, répondit Gregor, les lèvres retroussées.

— Vous avez seulement besoin de vêtements.

— Je t'ai interdit de toucher sans permission. Mais tu peux mater à loisir, roucoula-t-il.

Du coin de l'œil, Gregor vit sa tête bouger lorsqu'il jeta un regard instinctif vers le bas. Au moins, les prophètes n'avaient pas eu l'occasion de le priver de *ça*. Néanmoins, à choisir, Gregor aurait gaiement échangé sa masculinité contre son loup.

— J'ai vu des tas d'hommes nus, rétorqua Nick, en ignorant un curieux « Combien, au juste ? » de la part de Gregor. Je ne vais pas dépérir si vous vous couvrez.

— J'en doute, marmonna Gregor, trop épuisé néanmoins pour en débattre.

Il se hissa grâce à l'épaule de Nick quand ils atteignirent le lit. Gregor pouvait accepter un peu d'aide pour traverser la pièce, mais refusait d'être mis au lit.

— J'ai cru que tu avais changé d'avis, sur le fait de revenir, reprit-il, à moitié assis et à moitié allongé sur le matelas.

Le sang, salé et cuivré à son nez, imbibait sa jambe emmaillotée, mais Nick ne semblait pas le remarquer malgré toutes ces manipulations.

— Je pensais que ça vous était égal ? jeta celui-ci sèchement, avant de retirer un drap coincé sous la hanche de Gregor pour l'en couvrir.

— Effectivement, acquiesça l'intéressé en s'appuyant contre les oreillers. Mais j'ai un problème avec les menteurs. Où étais-tu ?

Nick se pencha au-dessus de lui, appuyé sur un bras, les yeux plissés.

— Je ne vous dois aucune explication. Je ne vous dois rien du tout, d'ailleurs.

La bulle de colère qui éclata sous sa langue surprit Gregor. Pourquoi se souciait-il autant de ce qu'un humain lui devait ou non ? Si une personne extérieure à la meute vous devait quelque chose, il suffisait de la saigner à blanc. Pourtant, son attitude l'irritait.

— Tu m'as sauvé la vie, répondit Gregor. C'est ta faute si je suis là, vivant. Je n'oublierai pas cette dette aussi facilement. Où étais-tu passé ?

Nick s'apprêtait à lui répondre, puis se ravisa. Il pinça les lèvres sous le regard interloqué de Gregor. Sa bouche avait tendance à paraître sévère, sauf lorsqu'il affichait ce sourire ridicule qui lui prenait tout le visage, les lèvres rouges et tendres, et non gercées ou mordillées.

— Qui t'a baisé ? grogna Gregor.

Il laissa toute sa colère teinter sa question avant de pouvoir se l'expliquer. Son frère restait introuvable et, un jour de plus, au moins, il serait vulnérable. Naturellement, il était contrarié que son seul allié, son chien de garde au museau pointu, soit allé s'amuser avec un petit humain minable qui empestait sans doute la sueur et la honte.

— Qui ?

Difficile de lire dans ces yeux sombres, mais Gregor y perçut un éclat d'irritation lorsque Nick s'éloigna de lui.

— Voilà un sujet qui n'a rien à faire dans une conversation entre un médecin et son patient, répondit-il, tendu.

Gregor leva brusquement la main et l'entortilla dans les cheveux de Nick. Ils semblaient raides entre ses doigts. Il attira le docteur à lui, assez près pour le toucher. Cette envie déplacée lui serrait les boules. Les muscles de sa cuisse, cachés sous ses bandages grossiers, se contractèrent douloureusement.

— On sait tous les deux que je pourrais te prendre, si je le voulais, souffla-t-il.

Ce fut Nick qui réduisit le peu de distance qui restait entre eux, collant son nez pointu à celui de Gregor.

— Me prendre ? répéta-t-il, son haleine palpable contre la bouche de Gregor, avec une note amère sur sa langue. Tu ne peux même pas te lever, Gregor, comment espères-tu garder mon attention ? Maintenant, lâche-moi.

Gregor s'y refusait. Il avait agi pour une raison précise : cette attitude de défi. Si Nick devait le servir le temps de reprendre du poil de la bête, le docteur devait se plier à ses exigences et parler seulement sur commande.

— Réponds à ma question, réitéra-t-il. Tu as embrassé quelqu'un. Qui était-ce ? À moins que tu veuilles m'obliger à te prouver à quel point tu te trompes sur mes capacités ?

Le rouge sur les pommettes saillantes de Nick trahissait un certain intérêt pour cette promesse. Il ferma les yeux, essayant visiblement d'étouffer la tentation. Les muscles autour de sa mâchoire semblaient tendus sous la peau.

— Personne. Mais si Harris te propose un verre, dis-lui que tu es abstinent, souffla-t-il avant de se lécher la lèvre inférieure, ou celle de Gregor, tant le contact était intime. Je crois qu'ils fabriquent leur boisson à partir d'un déboucheur à canalisations. Satisfait ? Alors, lâche-moi.

Gregor ne voulait toujours pas. Et ce fut la seule raison pour laquelle il obtempéra. Au début, Nick ne recula pas. Son corps étiré se trouvait si près que Gregor pouvait encore sentir la fraîcheur de l'extérieur s'échapper de sa peau. Et puis, il s'éloigna. Il se redressa et se passa une main dans les cheveux pour tenter maladroitement de les plaquer. Peine perdue.

— C'était une mauvaise idée, grommela-t-il en se pinçant l'arête du nez. Déjà que je devenais dingue. Maintenant, je deviens carrément stupide.

Il se hâta d'attraper le plateau de nourriture. L'offrande n'avait rien d'un festin : des sandwichs au beurre, un bol de soupe allégée et un mug de thé tiède, mais Gregor ne pouvait pas faire le difficile. Ce n'était pas demain la veille qu'il chasserait le lièvre.

Ni jamais, d'ailleurs, si l'œuvre des prophètes était irréversible. Ce rappel lui sapa un moral déjà bien éprouvé, mais il n'était pas prêt à s'y résigner. Il mangea efficacement, sans grand enthousiasme. Son attention se portait surtout sur Nick, qui avait choisi de faire les cent pas dans le couloir étroit, entre les lits, au lieu de s'asseoir sur une chaise.

— La police locale compte organiser une recherche, pour ton frère, dit-il.

Nick marqua une pause au pied d'un lit pour feuilleter les pages d'un porte-bloc. Il claqua la langue devant l'information qu'il venait de lire, puis sortit un stylo de sa poche pour rayer et corriger. Il arrêta de gribouiller et regarda par-dessus l'épaule.

— Ou… et j'en suis désolé, mais… peut-être pour chercher son corps.

Gregor arrosa une bouchée de pain beurré avec de la soupe froide et s'essuya les lèvres à l'aide de son bras. Non, les prophètes le voulaient vivant. Cet aveu lui coupa le peu d'appétit qu'il lui restait pour ce repas. Et s'ils le voulaient mort, il devait être un cadavre, à l'heure qu'il était. Personne n'estropierait une bête pour le simple plaisir de tuer. C'était émousser inutilement sa lame.

Bien que ne souhaitant pas que Nick perde son temps à plaindre Jack, Gregor ne savait pas comment lui expliquer la situation sans pousser ses hôtes à renforcer leur surveillance. Alors, il préféra une autre vérité.

— C'est mon frère. Mon jumeau. Je le saurais, s'il était mort.

Il s'imagina un sentiment de plénitude, après avoir été pompé pendant des années par un parasite qui lui ressemblait comme deux gouttes d'eau. Nick ne semblait pas convaincu, mais il ne discuta pas non plus. Il retourna à sa ronde nerveuse autour des lits. Gregor termina son thé et sauça le reste de la soupe avec la croûte du pain rassis.

Son père lui aurait tiré les oreilles pour ce geste. À table, c'était le seul moment où Jack et lui n'étaient pas autorisés à se bagarrer. Les bonnes manières comptaient énormément, d'après le vieux. Vous pouvez vous transformer en loup en plein milieu d'un restaurant, tant que vous mangez avec la bonne fourchette, personne n'y prêtera attention.

Gregor n'avait jamais cherché à s'adapter au monde des humains, mais il se dit, au regard de Nick, qu'il devait ressembler à un genre de gamin affamé en train de s'empiffrer de pain trempé, coulant de graisse. Il grimaça en s'essuyant les mains sur les draps, au lieu de les lécher.

— J'avais faim, grommela-t-il.

Gregor ne s'excusait pas. Il s'agissait plutôt d'une simple explication. Évidemment que les humains devaient se soucier de la courtoisie. Pour les faibles, l'opinion des autres devait beaucoup importer.

— Je suis fatigué. Reste avec moi.

Nick regarda sa montre et fronça les sourcils.

— J'ai du travail qui m'attend, répondit-il. Tu n'es même pas mon patient.

— Reste, insista Gregor. Reste, ou je mourrai pour me venger.

Le rire prit Nick par surprise. Il se joignit à Gregor l'instant d'après et s'esclaffa de toutes ses dents. Jolies dents d'ailleurs, pour un simple humain. Pas aiguisées, mais blanches et propres. Gregor se figura leur douce pression sur son avant-bras ; des dents éclatantes, la douleur et une langue mouillée caressant sa peau tandis qu'il prendrait Nick.

Il espérait que sa virilité retomberait devant tant de détails sur son fantasme bizarre, mais la déception l'attendait. Au moins, cela démentait les propos de Nick. Comme quoi, certains de ses membres pouvaient encore se lever. Gregor changea de position et saisit fermement son érection, mais le frottement du coton rugueux sur sa peau le fit souffrir. Nick baissa la tête, fixa son entrejambe, puis rougit comme une vierge effarouchée en relevant les yeux vers le visage de Gregor.

— Et si je venais te rendre visite plus tard, reprit-il en s'approchant pour récupérer le plateau vidé, sans compter les miettes et les couverts. C'est un bon compromis ?

Gregor aurait pu agripper son poignet fin et le tirer de force dans le lit. Il ne lui aurait pas fallu longtemps, dans son étreinte, pour lui faire perdre toute réticence. C'était plus facile que de tenter de le séduire avec de belles paroles. Les mots de Gregor avaient toujours tendance à devenir durs et crus, une fois transférés du cerveau à la langue.

Alors, il se contenta de sourire. Ses dents étaient blanches, elles aussi, et pointues, et il perçut le même scénario dans l'esprit de Nick. Il sentait son désir flotter dans l'air ambiant, comme une odeur d'épices. Non, Gregor préférait attendre qu'il supplie.

— Je penserai à toi, roucoula-t-il.

Nick releva le plateau et poussa un petit rire moqueur.

— Ouais, enfin, si un petit maigrichon et plusieurs couches de pulls suffisent à te faire bander, je ne vais pas te retenir.

Il se tourna pour partir. Sa nuque, entre le col rêche et ses cheveux indisciplinés, imitait le rouge de son visage. Gregor se masturba lentement à travers le coton.

— Pourquoi pensais-tu devenir dingue ? demanda-t-il à la dernière minute, sachant mieux que Nick pourquoi c'était une mauvaise idée.

La question arrêta net le docteur. Son dos paraissait très droit, mais il ne regarda pas en arrière.

— Parce que j'ai déjà connu ça, répondit-il. Je suis déjà passé par là.

Ces mots semblaient comme une délivrance pour Nick. Ses épaules s'affaissèrent dans un soupir et il reprit vie. Gregor le regarda partir, puis glissa la main sous le drap. Il enveloppa son manche de ses doigts et esquissa un mouvement familier de la tête à la base. Le plaisir l'ébranla avec la douleur sourde de son corps en pleine guérison.

Il essaya d'imaginer Nick nu, s'abandonnant sous son poids. Néanmoins, aucun corps conçu par son esprit ne convenait, ou semblait réel. C'étaient de simples composites de ses précédentes conquêtes ; les poils raides d'un loup tout maigre, venu de Leeds pour les supplier de l'accepter dans leur meute, ou toute une constellation de grains de beauté sur l'épaule gauche de Davy Maguire. Ce dernier avait été un ami de Jack, avant que Gregor couche avec lui et brise leur complicité.

Peinant à animer son fantasme, il laissa Nick garder ses vêtements, sa laine piquante et déchirée pressée contre le ventre de Gregor. De longs doigts entouraient son dard, froids et à vif, et les lèvres de Nick se posèrent sur son cou tandis qu'il articulait des mots d'excuse, de peur de lui faire mal.

Personne dans sa vie ne s'était jamais inquiété pour Gregor de cette manière. C'était inutile pour lui, mais il le désirait. Allongé sur le matelas imprégné d'odeurs de mort et de sang étranger, il autorisa son chien de garde fantomatique à s'occuper de lui.

Il aurait adopté des mouvements rapides et impatients. Gregor en était persuadé. Il l'avait vu gigoter assez longtemps à son chevet. La fraîcheur de l'hiver fut rapidement remplacée par le désir ardent. Les yeux clos, Gregor oublia la toile blanche et le bruissement du vent pour poursuivre le frisson torride du plaisir, avant que la douleur le rattrape.

Peut-être qu'une fois son corps épuisé, la Nature sauvage l'emmènerait dans un sommeil aux doux souvenirs, loin des récentes horreurs.

VII

LES DOUCHES froides avaient moins d'impact lorsque aucune alternative ne s'offrait à vous. D'autant qu'avec une plomberie cassée par le gel et irréparable, il fallait se contenter d'un brin de toilette au gant. Nick se tenait dans la cuisine et s'essuyait les cuisses, toute envie de répéter la manœuvre diminuant à mesure que ses boules se repliaient dans son corps sous l'effet de l'eau glacée. Étrangement, il se sentait honteux, comme s'il s'était découvert en train de fauter.

Après tous ces évènements, il peinait à chasser l'image de l'entrejambe de Gregor assez longtemps pour ne pas se caresser. Ou, plus exactement, de son instrument dénudé, de ce corps ferme tout en os solides et en muscles secs. Il ne savait plus à quand remontait sa dernière masturbation. Avant le début de l'hiver, prendre note de son onanisme lui avait semblé inutile, et après ? Eh bien, les seules fois où l'envie s'était présentée, il avait jugé que le jeu n'en valait pas la chandelle, pas quand il fallait creuser sous plusieurs couches de vêtements et exposer son mât au froid.

Maintenant que son envie était assouvie, peut-être parviendrait-il à détourner son esprit de cette mâchoire ciselée, clairsemée de taches de rousseur, et d'un certain dard gonflé ? Tout avait commencé à cause de Gregor. Si Nick réussissait à garder ses distances, sans doute la tentation disparaîtrait avec lui.

La chair de poule lui couvrait les cuisses sous de sombres poils épars. Nick remonta son pantalon sur sa peau mouillée et le reboutonna. Il se sécha les doigts sur son pull, versa l'eau dans l'évier asséché, puis resta là une seconde.

Il voulait remonter dans le lit. Les draps étaient complètement froissés et le matelas trop mou empestait l'interne à l'hygiène douteuse, mais il pouvait encore s'y recroqueviller et se cacher sous son duvet. Rien ne pouvait vous atteindre si vous arriviez à vous couper du monde extérieur, pas même des yeux verts et une assurance intimidante, ni les vieilles sorcières, ni les oiseaux au bec arracheur de peau.

Pourtant, sa grand-mère le contredisait toujours sur ce point. Le mal s'insinuait partout. Aucun endroit n'était sûr.

— Mamie était folle… j'espère, bredouilla Nick.

Cela n'aida pas et il céda. C'était couru d'avance. Il avait toujours su qu'il céderait. Nick pénétra dans sa chambre en prenant soin d'ignorer le lit et attrapa son sac à dos négligemment rempli, posé sur le sol. Il en sortit un jean de rechange, le pull d'Aran aux taches indélébiles et plus de chaussettes que nécessaire, puis les jeta sur la couette froissée, au motif floral très estival.

L'objet qu'il cherchait avait glissé jusqu'au fond du sac et ressortait à moitié par une déchirure dans la doublure. Nick effleura les maillons glacés et rugueux de sa chaînette et l'extirpa du trou avec un soupir de soulagement. Il n'avait rien d'impressionnant, depuis le début : un simple clou de fer tordu en forme de nœud et accroché à une chaînette quelconque, récupérée sur un pendentif pas cher dont sa mamie s'était lassée. Il sentait encore le pincement de ses doigts, lorsqu'elle vérifiait qu'il la portait toujours. « Garde-le en sécurité. Et près de toi, le prévenait-elle toujours. Il te fera gagner du temps, mais pas beaucoup. »

Même après avoir arrêté – ou du moins d'être persuadé d'avoir arrêté – de croire en ces histoires lugubres, des récits remplis de bêtes intelligentes et de dieux malfaisants, d'ogres capables de construire un mur le temps d'une nuit et d'hommes qui contrôlaient les loups au doigt et au sang, il avait continué à mettre en pratique ses enseignements. Il lui avait suffi de prétendre que le talisman n'en était pas un, tant qu'il ne le portait pas.

Le temps était venu de se trouver une nouvelle excuse. Nick passa la chaînette au-dessus de sa tête et cacha le pendentif sous son pull. Le métal glacé le fit grimacer et la pointe du clou lui piqua la poitrine, mais ce poids autour du cou lui semblait encore familier. L'autre poids, l'impression oppressante d'être constamment observé, se dissipa. Pas complètement, mais au moins il ne sentait plus une haleine fétide souffler dans sa nuque. Difficile d'en attendre plus.

Son inspection du sac déterra le chapeau qu'il pensait avoir perdu. Nick l'enfila sur ses oreilles, glissa la chaînette sous le col, derrière la nuque et, ne trouvant aucune raison de s'attarder, il ressortit.

Il neigeait à nouveau, l'équivalent d'une bruine en hiver. D'énormes flocons blancs virevoltaient dans le ciel, assez distincts pour être suivis du regard, sans qu'ils soient perdus dans une bourrasque. Malgré tout, Nick enfonça ses mains dans les poches lorsqu'il emprunta son raccourci au milieu des caravanes.

Plus de veillées au chevet de Gregor, se promit-il. Il avait assez donné pour cet homme, dans la mesure du possible. Ses promesses pouvaient être considérées comme tenues. Il allait terminer son travail et s'en tenir dorénavant aux morts.

Le chemin déblayé durant la nuit où Nick avait trouvé Gregor s'était à nouveau rempli de neige. Le sang à peine visible sous la fraîche couche de glace ressortait en une tache rosée. Il la contourna et entama la montée des marches jusqu'à la morgue. La porte s'ouvrit dès qu'il atteignit son seuil et Copeland fusa vers lui. Nick recula, manquant de rater une marche. Il se retint à la rampe, le cœur battant, et la fusilla du regard.

— Qu'y a-t-il ?

— Désolée, répondit la jeune femme, en regardant par-dessus son épaule et grimaçant. C'est juste… Cet endroit me fiche la trouille ! Je ne sais pas comment vous faites.

Rien de plus facile. Les morts ne le dérangeaient pas. Il n'y avait rien d'anormal ni de surnaturel dans les cadavres. Ils étaient simplement morts, le plus souvent pour des raisons très évidentes, une fois qu'on regardait sous la surface.

— Ce n'est pas plus effrayant qu'une boucherie, ironisa Nick.

Copeland tressauta et se prit dans les bras, sa veste crissant sous les plis des manches.

— Maintenant, c'est vous qui me faites peur, reprit-elle.

Ses boucles sauvages pointaient sous son chapeau de fourrure. Ses cache-oreilles dépassaient la taille de son visage, ses lèvres paraissaient rouges et gonflées. Nick devina que la personne qu'elle embrassait avait dû sortir en cachette par la fenêtre de l'ancien vestiaire. Son côté moralisateur voulait la sermonner sur cette relation vouée à l'échec. Néanmoins, Copeland ne relevait pas de sa responsabilité et si l'histoire finissait en scandale, il n'aurait aucun rapport à envoyer aux ressources humaines.

— Vous n'êtes pas la première à le dire, lâcha-t-il sèchement en s'écartant pour la laisser passer.

Elle fit un pas, puis s'arrêta brusquement, ses mains s'agitant nerveusement.

— Non. Jepson m'a envoyée vous chercher, dit-elle, un sourire sincère lui fendant le visage. L'équipe de recherche vient d'arriver. Ils pensent avoir trouvé l'homme porté disparu.

— Impossible, protesta-t-il en la dévisageant. Ils viennent d'être prévenus. Comment auraient-ils pu…

La jeune femme haussa les épaules et le repoussa en bas des marches, les deux mains appuyées sur ses épaules à lui.

— Je ne sais pas. Mais ils l'ont retrouvé, s'enthousiasma-t-elle, avant de pousser un soupir en voyant l'expression dubitative sur le visage de Nick. Allez, c'est une bonne chose ! Un survivant de plus. Nous avons sauvé une personne. Et même deux. C'est une victoire, Dr Blake.

Cela en avait tout l'air, mais Nick ne croyait pas aux dénouements rapides. Pas avant, et encore moins maintenant.

— Harris et moi sommes rentrés il y a à peine quelques heures, insista-t-il, en essayant de vérifier sa montre, dont le cadran était embué. Et l'agent en charge ne donnait pas du tout l'impression que cette recherche serait une priorité.

— Je ne sais pas de quoi il en retourne, répondit-elle, un peu démunie. Si ce n'est qu'ils ont réussi. Vous devriez peut-être suivre la requête de Jepson et venir leur parler. Vous pourrez leur poser vos questions directement.

Elle planta les mains sur les hanches et pencha impatiemment la tête sur le côté. La bonne humeur pétillait sous son air renfrogné : une petite doctoresse toute excitée par cette victoire, à laquelle Nick s'était habitué. Protester davantage ne servirait à rien.

— J'imagine que vous avez raison, céda-t-il. Je m'attendais juste… à une autre conclusion.

Le sourire de Copeland se voila légèrement, mais elle acquiesça.

— Moi aussi, avoua-t-elle. Cet homme doit être aussi costaud que votre ami.

Nick grogna et, après un dernier regard furtif vers la porte fermée de la morgue, il retourna sur ses pas.

— Nous ne sommes pas amis.

— Peu importe. Vous êtes le seul avec qui il est gentil.

À chaque pas de Nick, elle devait en faire deux, tout en sautillant dans la neige. Son souffle était haletant et blanc au contact de l'air frais.

— Je n'appellerais pas ça être « gentil ».

— Nelson a tenté d'examiner sa jambe, expliqua-t-elle. Il n'a pas arrêté de… la fixer. Moi, je trouve ça louche. Allez, dépêchons-nous.

Elle s'élança devant Nick dans une course chancelante qui envoya la neige valser sous ses talons. Trois tout-terrains étaient garés devant l'ancien bureau du parc, entre d'énormes pots de fleurs en béton, chargés de rosiers fanés. Terry Muir, l'agent de police, animait une discussion à l'arrière d'un des engins, direct, vigoureux et stoïque, pendant que les deux autres… adjoints, supposait Nick, s'adossaient au mur. La moitié du parc était rassemblée devant lui, des secouristes aux évacués. Harris se trouvait au premier rang, au centre, la récente trahison oubliée tandis qu'il opinait du chef et souriait.

Jepson se tenait à l'arrière, les bras croisés et les lèvres formant une ligne qui rappelait une précédente visite à la morgue. Elle remarqua Nick et leva le doigt pour lui dire de… Il ne savait pas quoi, exactement. Une femme pâle aux cheveux plats et épars tenait sa fille contre sa hanche et se penchait pour parler. Terry haussa les épaules et fit signe de la main vers les caravanes, puis frappa sa poitrine.

— …pas un endroit où je laisserais mon garçon, et vous savez à quel point il était malade, jeta-t-il. Il est différent, maintenant qu'il est rentré… Oh, Dr Blake.

Son garçon, pas ses garçons. Nick se gratta la nuque à l'endroit où le métal pas cher l'avait irrité. Peut-être ses souvenirs étaient-ils embrouillés ? Des centaines de personnes désespérées avaient afflué vers le centre d'évacuation, et plus d'une douzaine leur avait crié dessus ou proféré des menaces. Difficile de les blâmer.

— Agent Muir, répondit Nick. Copeland me dit que vous avez trouvé le frère de Gregor. Déjà ?

Terry portait encore ses lunettes. Le tressautement léger de sa mâchoire trahissait l'attention qu'il portait à présent à Copeland. S'il se rappelait lui avoir craché dessus, il ne le montrait pas.

— Tout à fait, affirma-t-il.

— Quand avez-vous eu le temps de monter une équipe ? demanda Nick. Nous venons nous-même de rentrer.

Terry sortit une flasque de sa veste et en dévissa le bouchon.

— Nous savions exactement où chercher. Les ordures terminent là où finissent toutes les épaves. On a retrouvé le type dans les collines du vieux Kendal. Ça fait des années que c'est désert. Mais je dois vous prévenir, on dirait bien que ce Gregor vous a raconté un sacré paquet de bobards.

Il feignait le regret, mais derrière sa voix incisive, on devinait un air suffisant. Après une goulée d'alcool, il tendit la flasque à Harris, qui en prit

69

une rapide gorgée et, cherchant Jepson de ses yeux coupables, la fit passer à son tour.

— Quels bobards ? s'étonna Nick.

Terry se leva enfin de son tout-terrain. Il ajusta sa veste en tirant dessus.

— Eh bien, d'après son frère, c'est Gregor qui a commencé la bagarre. Il a complètement amoché le garçon – et visiblement, ce n'était pas la première fois – puis il a fui quand le vent a tourné. J'ai bien peur de devoir le mettre en garde à vue.

Nick plissa les yeux, mais la voix froide de Jepson trancha le brouhaha nerveux qui s'était élevé au-dessus le groupe.

— Il s'agit encore de notre patient, jeta-t-elle. Je ne peux pas le laisser partir avant de m'assurer que son état est stable.

— Désolé, M'made, répondit Terry en lui faisant face, mais il me semble que la décision ne vous appartient pas. Nous ne sommes pas dans un hôpital et beaucoup de ces gens relèvent de ma responsabilité. Des habitants de la région, des amis.

Il fit une brève pause et Nick se demanda s'il croyait vraiment à ses propos.

— Si ce Gregor est une menace, je ne peux pas le laisser ici en bonne conscience.

— Il est incapable de marcher, M. Muir.

— Agent.

— Toutes mes excuses, agent Muir, répondit docilement Jepson, le visage lisse et inexpressif : un véritable masque d'impassibilité professionnelle sous son bonnet. Cet homme pourrait bien ne plus jamais remarcher. Je pense que nous n'avons aucun souci à nous faire.

Terry marqua une courte pause et embrassa du regard les gens amassés devant lui. Le même regard qu'affichait la grand-mère de Nick lors de ses séances, lorsqu'elle jugeait la crédulité des gens.

— On devrait peut-être les laisser emmener le type, s'écria soudain Harris, avec un doigt sur la tempe. Je le dis depuis le début : y a un truc pas net chez lui.

Un homme avec une femme chauve à son bras haussa le ton en signe d'acquiescement. Les quelques parents, ceux dont les enfants avaient déjà été évacués, se regardèrent, et les autres attirèrent leurs petits contre eux, en approuvant silencieusement.

Nelson se tourna au coup de coude de Jepson. Pour la première fois, le visage carré de la secouriste n'affichait aucun sourire confiant. C'était dérisoire, mais Nick était soulagé de ne pas être le seul à sentir la tension. Il avait commencé à douter de son propre jugement.

— Qui dit qu'il s'agit vraiment du frère de Gregor ? renchérit Nick. Ça pourrait être un de ses agresseurs. Nous devrions poser quelques questions avant de tirer des conclusions hâtives.

Un des compagnons de Terry s'écarta du mur. De lourdes lunettes de ski lui tombaient sur le nez et une écharpe collait à sa barbe de trois jours.

— Vous nous traitez de menteurs ? bafouilla-t-il à travers la laine.

— Len, laisse tomber, le calma instantanément Terry, sans même se retourner.

L'homme transpirait visiblement et la peau autour de son nez était à vif et enflammée. Nick eut tout juste le temps de le remarquer avant de devoir se focaliser sur l'agent.

— Dites, Dr Blake, et si on se contentait de faire nos boulots respectifs ? Le mien, c'est de m'assurer que les gens survivent à cet hiver, d'une manière ou d'une autre. Le vôtre... je ne sais plus... c'est de compter les morts ? Les empiler ?

Il s'esclaffa comme devant une plaisanterie. Copeland se plaça à côté de Nick avec un petit gloussement et lui donna un léger coup dans les côtés pour le dérider.

— En fait, agent Muir, le Dr Blake a raison, le soutint Jepson. Nous ne voulons pas porter de jugement hâtif, et personne ne nous y oblige. Vous l'avez dit : l'autre homme est blessé. Il aura besoin d'être soigné et c'est dans nos cordes. Où se trouve-t-il à présent ?

Terry se gratta la mâchoire et regarda à nouveau la compagnie avant de se reconcentrer sur Jepson. Il finit par opiner.

— Je vous l'accorde, docteur, répondit-il.

— Lieutenant, le corrigea Jepson.

C'était la première fois que Nick l'entendait user de son grade militaire.

— D'accord. J'appellerai les gars et leur demanderai de faire un détour par ici, dit Terry en décrochant la grosse radio noire accrochée à son véhicule. On pourrait peut-être échanger des nouvelles, en attendant, proposa-t-il au groupe avec un large sourire.

71

Il se tourna et s'éloigna d'eux, puis porta la radio à sa bouche. Le grésillement parasite retentit dans l'air figé, mais la voix de Terry resta délibérément basse. Pendant qu'il parlait, ses deux hommes de main s'écartèrent du mur. Celui qui ne portait pas d'écharpe, fin et sec, avec une barbe rousse poussée pour cacher son menton trop court, tapa dans les mains :

— Et si on allait se réchauffer un peu, hein ?

VIII

Un grand feu nourri de bois flottant, de vieux pneus et de portes craquelées en contreplaqué flambait et palpitait au milieu du parking. Le bitume brûlait et bullait sous sa chaleur. Son intensité croissante creusait la neige de manière irrégulière.

On étouffait parmi les gens blottis autour des flammes, mais après des semaines de froid mordant, ces derniers accueillaient volontiers le picotement des joues et les jambes irritées par la chaleur. Les flasques se passaient de main en main. Parfois, les adolescents et les enfants avaient droit à leur gorgée, pour s'engaillardir contre le froid. Les rires étranges ou nerveux furent rapidement replacés par les bas murmures des conversations détendues. Un homme aux cheveux gris avec des lésions de radiation jusqu'au ras du cou croassa les paroles d'une vieille chanson écossaise, en oublia la moitié et termina dans des éclats de rire.

— Ne lui adresse pas la parole, dit fermement Jepson à Nick.

Ils se tenaient à la limite du cercle de neige fondue, devant un pick-up abandonné, rempli de vieux rochers.

— Ne commence pas à te disputer avec lui, il en profiterait pour… envenimer la situation, expliqua-t-elle en grimaçant à ces mots, comme si elle rechignait à les prononcer.

— On ne peut pas le laisser prendre Gregor. Quelque chose… cloche, répondit Nick.

L'expression semblait presque trop banale pour décrire les circonstances, mais Nick n'en trouvait pas de meilleure. Tous les mots se rapportant à leur situation singulière et inquiétante, entre film gore et d'épouvante, se coinçaient dans sa gorge par peur d'évoquer la folie.

— L'agent, Terry Muir, c'est lui qui a craché sur Copeland, il y a quelques semaines. Son fils n'a pas été sélectionné pour l'évacuation.

Jepson se passa rapidement sa main gantée sur le visage.

— Je le sais déjà, lança-t-elle du tac au tac. Ça fait partie de mon travail. Mais pour l'instant, il faut surtout régler… le problème, quel qu'il soit.

La confusion qui s'entendait dans sa voix était teintée d'une colère palpable, qui surpassait celle de Nick. La situation la laissait tout aussi perplexe, mais difficile à dire si c'était bon ou mauvais signe. Nick joua distraitement avec le talisman caché sous son pull, jusqu'à faire ressortir son bout pointu et rouillé à travers le tissu. Du moins, assez pour sentir sa piqûre sur la vieille cicatrice qu'il portait au pouce. C'était sa façon à lui de se pincer d'un mauvais rêve, son rappel à la réalité.

— On se croirait à l'école, lui avoua Nick. Quand la plus jolie fille de la classe prétend vous aimer et qu'il ne vous reste qu'à espérer une suite.

La référence lui valut un bref, très mince sourire de la part de Jepson.

— Je ne vous connaissais pas un faible pour les jolies filles, Dr Blake.

— Je ne savais pas qu'il existait d'autres options, s'esclaffa l'intéressé.

Le sourire se dissipa sur le visage de Jepson et elle fronça les sourcils en voyant le feu de camp par-dessus l'épaule de son collègue.

— Ça me rappelle l'Afghanistan. Quand des contractuels nous souriaient, pour mieux nous poignarder dans le dos. À l'époque, ça ne me plaisait pas non plus, mais on ne s'en débarrasse pas en les provoquant.

Nick se balança sur les talons.

— Vous allez les laisser prendre Gregor, devina-t-il. Vous savez pourtant qu'ils mentent.

— Non, je ne sais pas. Et vous non plus. On ne sait rien de cet homme, ni de quoi il est capable. Croyez-moi, Dr Blake, j'ai connu beaucoup d'hommes violents et il en fait partie. De plus, si – et j'ai bien dit « si » – j'autorise Muir à l'emmener, je m'assurerai qu'il recevra toute la surveillance médicale nécessaire.

— Vous ne pouvez pas faire ça ! s'offusqua Nick.

— Je ne veux pas faire ça, reprit Jepson. Mais je le peux. Ce que je ne peux pas faire, c'est mettre nos collègues, ou nos patients, en danger. Écoutez, on ne sera pas évacués. Les routes sont impraticables, les tempêtes sont si violentes qu'on ne se risquerait à nous faire voler par ce temps et, apparemment, on ne trouve personne pour nous faire partir par bateau. Donc, il nous faut *absolument* gagner la sympathie des habitants. Vous comprenez ?

— Je comprends, seulement…

Les mots se bloquèrent dans sa gorge comme des cailloux. S'il les disait à voix haute, cela sonnerait comme de la folie. Même scellés dans son esprit, ils renvoyaient à une personne en lien non pas avec la réalité, mais avec des fantômes, des oiseaux de mauvais augure et un collier censé protéger de la magie.

— Ce sont des gens apeurés, mais pas fondamentalement mauvais, justifia Jepson en posant sa main sur son bras, les doigts couverts de laine aux rayures vertes et or. Nous sommes à Ayr, pas en Afghanistan. Alors, laissez-moi faire, d'accord ?

Elle serra son bras, puis s'éloigna. Nick appuya plus fortement sur la pointe du clou. Il pouvait accepter la conscience tranquille, non ? Sans Gregor, sans cette chose en lui qui faisait ressurgir les obsessions de Nick et ses peurs d'enfance, peut-être que tout reviendrait à la normale.

Toutefois, et si… Cette éventualité le rendait malade rien que d'y penser, mais que faire s'il n'hallucinait pas ? Et si ces ombres étaient réelles… ou se rapprochaient de la réalité ? Pour tous ses thérapeutes – et il y en avait eu beaucoup –, c'était un point de non-retour. Tant qu'il savait que les choses mortes dans le lac étaient seulement des tours joués par son esprit, il vivait un simple épisode psychotique et non une crise.

Sauf que ses cauchemars s'étaient toujours limités à… des fantômes perçus du coin de l'œil et à des superstitions assimilées, servant à sécuriser son environnement. Il craignait le monde dépeint par sa grand-mère, un monde se caractérisant principalement par son invisibilité pour l'œil non aguerri.

Jamais auparavant ses délires ne s'étaient associés à des choses concrètes, jamais il n'avait vu un cauchemar dans le visage d'une personne ou imaginé le venin dans une voix. Seuls, ces détails ne suffisaient pas à le faire basculer. Nick avait passé la majeure partie de sa vie d'adulte caché derrière un mur de politesse entre ses problèmes, liés à l'enfance, et ses proches. Cela faisait plus de dix ans qu'il ne s'en était pas entretenu avec un psychiatre.

Néanmoins, que ces monstres soient réels ou non, les gens là-dehors comptaient laisser se produire une chose abominable. Peut-être même indirectement. Ils pourraient par exemple abandonner Gregor dans une cellule et, au retour du printemps, on se rendrait compte qu'il était mort de froid ou d'infection. Personne n'en parlerait et il ne deviendrait qu'un nom supplémentaire sur sa liste d'autopsie.

Nick ne pouvait se résoudre à fermer les yeux. Il avait fait la promesse à Gregor de l'aider. Ce n'étaient pas des paroles en l'air et Gregor lui faisait confiance.

— Mais pourquoi m'en soucier ? grommela Nick à voix basse, en vérifiant que Jepson regardait ailleurs.

Sa tête était collée à Nelson, la main de ce dernier posée sur son poignet. Avant qu'elle ait pu se retourner, Nick s'éloigna encore du feu et disparut derrière le pick-up. Frappé à nouveau par le froid, il frissonna dans son manteau.

— Il n'est même pas si sympa que ça.

À l'arrière, le sol étendu le long de la barrière était irrégulier et jonché de nids-de-poule ainsi que de morceaux de gazon dissimulés sous une couche trompeusement lisse de neige. Nick suivit la barrière jusqu'aux marches étroites et abruptes qui épousaient la colline.

— Dr Blake ? l'arrêta Copeland.

Il se tourna et grimaça, la voyant trébucher vers lui. Elle avait dû perdre son chapeau en route et ses cheveux s'emmêlaient à présent autour de son visage embrasé. Son pied se coinça et elle faillit lui tomber dessus. Il la rattrapa par les coudes, râlant lorsqu'elle s'agrippa à son manteau.

— Où allez-vous ? l'interrogea-t-elle en rassemblant ses lèvres dans une sorte de sourire pincé, tandis qu'il tentait de la remettre debout.

— Je n'ai pas trop le cœur à faire la fête, Copeland.

— Vous pouvez m'appeler Fiona, dit-elle, étirée sur la pointe des pieds pour l'embrasser.

Ses lèvres semblaient encore rouges et tendres, presque irritées.

Qui t'a baisé ? La voix de Gregor gronda dans sa tête lorsqu'il rejeta les avances de la jeune femme. Il vacilla d'un pas en arrière, presque plié en deux sur le côté.

— Qu'avez-vous bu ? jeta-t-il en l'attrapant par le menton pour sentir son haleine.

Elle empestait l'essence et l'éthanol. Copeland tenta de l'embrasser sur le nez, toute guillerette avec sa bouche en cul de poule, et il l'esquiva maladroitement.

— Vous avez essayé la boisson maison de Harris ?

Elle se couvrit la bouche avec les mains et gloussa à travers ses doigts.

— Peut-être bien. Vous en voulez ?

— J'ai ouvert des alcooliques chroniques dont le foie sentait mieux que ça, répondit-il.

— Naaan, bredouilla la jeune femme, en s'écartant de lui. Ça sent bon. Comme… Comme… euh…

Elle butait sur la comparaison. Nick hésita, puis jura dans sa barbe. Elle n'était pas sous sa responsabilité, mais il ne pouvait pas l'abandonner. Terry Muir ressentait de la rancune envers eux et cette dernière était née de

76

la bande noire collée par Copeland. Il passa un bras autour de sa taille, la portant et la traînant jusqu'en bas des escaliers.

— Les pommes, annonça-t-elle, une fois arrivée en bas. Ça sent les pommes !

— En tout cas, dans votre bouche, ça sent la gnôle pas chère, rétorqua-t-il. Vous ne pouvez pas déjà être ivre…

Copeland se couvrit à nouveau la bouche et renifla son haleine dans la paume de sa main.

— Je ne suis pas ivre. Juste éméchée. Le roux, il a dit que je devais boire, que c'était soigner le mal par le mal. C'était par pure politesse.

— Idiote, la sermonna-t-il tout bas.

Il lui baissa la main et la tourna en direction de leurs caravanes, avant de la pousser.

— Rentrez. Fermez la porte à clé. Restez à l'intérieur. Ne buvez rien d'autre.

Sa petite impulsion la projeta de quelques pas en avant, doublés par son élan. Elle finit par s'arrêter et se retourner. Une grande inspiration la fit tousser, puis grimacer. Elle porta un doigt à son front en sueur.

— Je suis désolée, dit-elle. Je ne… Je ne voulais pas…

— Allez. Enfermez-vous et allez dormir, répéta Nick. Vous êtes juste un peu soûle.

Il regarda par-dessus son épaule, mais l'escalier qui se prolongeait entre les ronces gelées demeurait vide. Elle se frotta les sourcils, les doigts aplatis sur l'os comme si elle tentait d'y broyer quelque chose.

— Je suis pas soûle, lança-t-elle, froissée. J'ai… J'aurai tout le temps de m'amuser après. Voilà pourquoi tout le monde me quitte : parce que je suis pas drôle, que je me soûle pas.

Cette phrase résonna en Nick. Excepté qu'à l'époque, il vivait cette distance avec les gens comme un soulagement. Il lui aurait été trop difficile d'expliquer ces petits rituels bizarres dont il peinait à se débarrasser. Il frotta son pouce douloureux contre son jean. Tiens, en voilà un de tic, justement.

— Vous êtes un bon docteur, la rassura Nick.

Elle lui offrit un sourire triste et étonnement adorable, puis avança gauchement dans la direction indiquée. Nick la regarda s'éloigner et prendre la forme d'une silhouette sombre et chancelante. Il hésita, partagé au point de vouloir la rattraper, mais elle ne craignait rien, elle. Une fois de retour dans la caravane, elle serait en sécurité. La jeune femme dormirait comme une souche et, peu importe le javellisant utilisé dans cette fameuse boisson maison, Harris n'en était pas encore mort.

Nick lui tourna le dos et s'élança vers la tente servant d'hôpital. Il enfouit le menton dans son col, son souffle chauffant la laine, et plissa les yeux sur ses pieds en marchant. Des ombres dansant sur la neige le firent lever la tête. Un oiseau noir fusa au-dessus du chemin qui serpentait les caravanes, l'ombre de ses ailes parfaitement nette et exagérée sur le sol blanc.

Il se posa dans un bruit sourd sur le toit d'une caravane et éparpilla la neige. Au début, le cerveau de Nick tenta de le convaincre que le véhicule devait être plus petit, même si toutes les caravanes alentour faisaient la même taille, avant d'accepter enfin l'envergure impressionnante de l'oiseau. Celle d'un Corgi. Ou plutôt d'un rapace capable de s'envoyer avec un Corgi.

L'oiseau tourna la tête pour le fixer de ses brillants yeux noirs assortis à son plumage. Il racla le toit de ses serres et ouvrit le bec. Aucun son n'en sortit, mais, au bout d'une seconde, il le referma et secoua les ailes comme pour se prononcer.

Une scène surnaturelle. Nick dévisagea brièvement l'oiseau, ne pouvant s'empêcher de se demander s'il s'agissait du même que tout à l'heure. Celui avec le bout de peau. Avant de pouvoir s'en assurer, il vit le volatile s'accroupir, puis s'envoler dans un grand battement d'ailes. Une plume noire s'en détacha et virevolta. Elle atterrit dans un buisson, comme une trace faite à l'encre noire. Nick tendit la main. Ses doigts effleurèrent la pointe creuse, fraîchement séparée de la peau, puis il se ravisa. Malédictions ou parasites, les deux le repoussaient.

Il recula la main et quelqu'un le saisit par la nuque. Des doigts brûlants, transpirants, lui pincèrent la peau et le tirèrent en arrière, sur la pointe des pieds. Une odeur fétide de fruit pourri, comme une cétose laissée sans surveillance, le prit aux narines. Une puanteur si épaisse que Nick pouvait presque la goûter sur sa langue et au fond de la gorge.

— Dr Blake, c'est bien vous ? demanda tranquillement Terry, pendant que Nick pendait telle la prise du jour. On vous a pris pour un intru. Un petit fouineur qui épierait aux fenêtres.

Nick tourna la tête de l'autre côté et vit Terry les bras croisés, ses épaules appuyées contre le flanc d'une caravane. En périphérie de son champ de vision, il percevait les contours flous de l'homme qui le tenait par le cou, avec sa peau grasse et son écharpe : Len.

— Eh bien, vous vous êtes trompés. Alors, lâchez-moi !

Terry pinça les lèvres, en pleine réflexion.

— Mais comment en être certain ? dit-il en indiquant d'un signe de la tête la direction prise par Copeland, l'humour faux et moqueur de sa voix laissant un goût amer. Peut-être que vous comptiez espionner cette chienne par la fenêtre. Vous avez été bien gentil avec elle, quand elle a condamné mon fils à mourir.

La neige s'intensifiait. Les flocons gonflés et paresseux, saisissables à la main, étaient devenus petits et vicieux, assez durs pour rebondir sur la peau.

— Il y avait des critères à respecter. Si nous avions envoyé votre fils, un autre enfant...

— Au diable les autres enfants, jeta Terry.

Sa voix rauque et colérique se brisa dans sa gorge avec l'envie d'être entendue. Il avança, menaçant, et attrapa Nick par la mâchoire. La prise lui rappela la sienne, sur Copeland, mais avec la douleur en plus.

— Mon fils, vous avez dit que mon fils allait mourir.

Len étouffa un rire dans le dos de Nick. La chaleur empruntée au grand feu avait déjà quitté le corps de ce dernier, mais Len, lui, irradiait encore d'une chaleur maladive. S'il s'agissait d'une fièvre, elle aurait dû lui griller le cerveau depuis bien longtemps.

— Mais il va bien, maintenant, lâcha l'acolyte. Comme ma femme. Le prêtre les a rafistolés. Pas vrai, Terr ? Tout ira bien.

Un sentiment terrible passa dans les yeux de Terry tandis qu'il regardait par-dessus l'épaule de Nick. Du regret peut-être, ou le mépris. Il le dissimula trop vite derrière ses lunettes.

— C'est vrai. Mais, voyez, Dr Blake, on n'est pas aussi égoïstes que vous. On ne va pas en sauver certains et abandonner les autres. On en a assez pour tout le monde.

Terry tendit la main et plia les doigts. Sans relâcher sa prise sur la nuque de Nick, Len y déposa la bouteille marron qu'il avait éclusée toute la nuit. Terry la secoua et esquissa un sourire satisfait au bruit du liquide. Un gémissement bas et étranglé s'échappa de Nick.

— Assez pour vous, lâcha Len, lorsque Terry fourra le goulot dans la bouche du docteur.

Impossible de faire semblant, cette fois. Si Nick souhaitait garder toutes ses dents intactes, il fallait ouvrir les lèvres. La boisson maison lui piqua l'intérieur de la bouche, lui irrita et lui engourdit la langue et une sensation de brûlure lui remonta les sinus. Suffoquant, il s'efforça de bloquer sa gorge avec sa langue maladroite.

— Cul sec, Dr Blake, ajouta Terry, ce sentiment affreux dans son regard s'entendant à présent dans sa voix, un sentiment que Nick comprenait enfin : la pitié. Tout vous semblera mieux une fois que vous aurez l'estomac bien rempli.

Nick avait grandi – pauvre, maigrichon et bizarre – dans une banlieue où les enfants se bousculaient pour distribuer des coups. Il n'avait jamais été un battant. Mais il excellait dans l'esquive. Il remonta les genoux vers sa poitrine et frappa Terry dans le ventre, des deux pieds en même temps. Terry expulsa une bouffée d'air et vacilla en arrière, le visage livide tandis qu'il tentait de convaincre ses poumons d'inhaler.

Pendant qu'il s'étouffait, Nick sortit son pendentif en argent de sous son pull, enroula la chaîne autour de ses doigts et, du bout pointu, il perça la joue de Len à travers les couches de laine et la chair. L'homme cria, comme transpercé par un couteau, et relâcha Nick. Sans cette prise douloureuse sur sa nuque pour les retenir, les genoux du docteur flanchèrent. Il s'écroula à quatre pattes dans la neige, assez violemment pour se briser quelques articulations, et recracha autant de liquide que possible.

La mixture gicla dans le blanc, brunâtre et nauséabonde, puis Nick la vit se mouvoir. De minuscules serpents translucides, de la taille d'une épingle, se torsadaient et s'agitaient les uns sur les autres pour tenter d'échapper au froid. Il vit des cristaux de glace se former telles des écailles sur les corps frétillants. Les petits êtres se percutaient vicieusement dans leur tortillement et le venin qu'ils s'injectaient faisait fondre leur corps dans une sorte de vomi.

Nick se ressaisit et entreprit de s'enfuir, le fessier dans la neige, alors qu'il la battait de ses bottes. Il leva une main vers le clou, les vieilles habitudes revenant au galop, et se rendit compte qu'il avait disparu. La chaîne s'était rompue et le pendentif demeurait dans sa main, enveloppé dans le bout d'écharpe arraché à Len.

Son estomac força la bile dans sa bouche, pressé de se débarrasser des restes de ces choses qui agonisaient à présent dans la neige. Nick s'obligea à la ravaler et se mit debout. Il chancela et cligna des yeux, l'esprit embrouillé et pris de panique.

— Vous auriez dû boire. Ç'aurait été plus facile, siffla Terry entre ses dents serrées.

Il peinait encore à se relever, plié en deux pour se serrer le ventre, mais un sourire sinistre lui tordit la bouche lorsqu'il regarda au-dessus de Nick.

— Ne le tue pas.

Nick regarda à son tour. Et le regretta aussitôt. Sous l'écharpe, la chair entre la pommette et la mâchoire de Len manquait d'un côté, exposant des os et des dents cassées jaunissants de pus et de sérum. Sa lèvre supérieure était scindée en deux et retroussée sur les gencives, la partie « intacte » de son visage paraissait cassée et incroyablement déformée. Le tout était sec et vieillissant. Seule la déchirure sous son œil, causée par le coup de Nick, semblait encore fraîche.

Nick avait vu de pires blessures. Les gens violents déchaînaient souvent leur frustration sur le visage de leur victime et un accident de voiture pouvait facilement vous laisser un cercueil pour seule option. Néanmoins, ce genre de blessure se voyait rarement sur des gens vivants, ou du moins pas longtemps, et certainement pas doublé d'un sourire.

— Ma femme, reprit Len, en dévoilant les tendons dans la chair de son visage, avant de caresser ses lèvres en lambeaux. Elle est devenue très *passionnée*.

Nick tourna les talons et fila. Tout haletant, il aspirait la neige et la sentait fondre, froide et propre, sur sa langue. Le brouillard entre ses oreilles voilait toute autre sensation. Par deux fois, il heurta le côté d'une caravane, ne les remarquant que lorsque son corps s'écrasait contre le métal. Une fois, une seule, il avait regardé en arrière et l'espace qu'il venait de traverser en courant était occupé par une énorme caravane toute neuve.

Il connaissait tous les signes de sa folie : les doigts qui le démangeaient avec l'envie de saluer les pies pour éviter leur courroux, le besoin presque compulsif d'emprunter la même porte par laquelle il était entré, mais c'était différent. Une folie nouvelle.

— Impossible de te cacher, lui cria Len, sa voix entre le gargouillis et le grognement, sur fond de bruits métalliques provenant d'une balançoire qu'il venait de frapper du pied. Je peux te sentir, mon petit agneau apeuré.

Nick força ses jambes fatiguées à courir. Il ne tarda pas à trébucher sur un objet enneigé : un rocher, une racine, ou autre chose, et il tomba la tête la première. La poudreuse lui remplit les narines et les yeux. Il pouffa un souffle surpris et essaya de se relever. Une botte lourde plaquée entre ses épaules le colla à terre, l'immobilisa.

— Cela aurait été plus simple si tu avais bu, lui dit Len d'une voix étonnamment calme, voire détachée, puisqu'il venait de le rattraper. Après une gorgée, ça ira mieux. Tu finis… On finit par s'y habituer.

Nick doutait de sa conviction. Rien ne pouvait arranger le reflet d'un tel visage. Il ferma les yeux et enfouit la tête dans la neige, comme pour s'y plonger et s'y cacher. Néanmoins, une main attrapa une poignée de ses cheveux… puis le relâcha dans un grognement sourd.

Un liquide chaud lui éclaboussa le cou et goutta dans ses oreilles. Il sentait le cuivre, avec une note de pourri. Nick cracha un juron paniqué et s'évada rapidement, en tordant son poignet pour se gratter la nuque. Il roula sur le dos, le regard fixe, son esprit grisé par la mixture, incapable de suivre ce qui se passait. Len venait de gagner une nouvelle bouche au niveau du cou, aussi sanguinolente et torturée que celle de son visage. Les yeux écarquillés d'une légère surprise, il pressa la plaie pour tenter de la juguler.

— Doc ? demanda-t-il, croyant peut-être que Nick l'aiderait, lui qui ne pouvait plus bouger, malgré sa volonté.

Le grand homme poussa un soupir humide et tomba à genoux. Gregor se tenait derrière lui dans des vêtements volés, la neige emmêlée dans ses cheveux, un scalpel plein de sang à la main. Il saisit la tête de Len, les doigts enfoncés dans son front, et le transperça à la base du crâne d'un coup vif et sournois.

Dans sa bouche, Nick goûtait la peur et l'acétone. Son cœur tambourinait dans sa poitrine et une voix sèche dans sa tête notait que la moelle épinière de Len était sectionnée entre les vertèbres C1 et C2. Il n'en mourrait pas instantanément – une méprise courante – mais perdrait le contrôle de ses membres.

Comme prévu, ses yeux se révulsèrent indépendamment l'un de l'autre et son grand corps en sueur se ramollit. Gregor le laissa tomber dans une flaque de sang chaud : une tache sombre qui se diluait en s'étirant et prenait une teinte rose dans la neige fondue. Le dernier sang versé dans la neige dont Nick se rappelait était celui de Gregor.

— Mais on ne s'habitue pas à tout, hein, cracha Gregor.

Ses lèvres remontaient en un sourire narquois dénué de toute compassion et quelque chose en lui glaça le sang de Nick, plus profondément encore que le froid de l'hiver. Gregor piétina le corps de Len et grimaça en s'appuyant sur sa jambe blessée. Le denim de son jean emprunté formait un garrot autour de sa cuisse. Une douleur cinglante adoucit son visage, mais elle rappela également à Nick que Gregor aurait dû à peine être capable de clopiner. Et très vite, une autre petite voix lui susurrait aussi que, de toute façon, il n'aurait même pas dû survivre à la première nuit.

— C'était quoi, cette chose ? souffla Nick, haletant.

Gregor lança un regard indifférent au corps étalé dans la neige. Sous son épais manteau d'hiver et ses couches de laine et de sous-vêtements thermiques, Nick frissonnait encore. Gregor, lui, semblait confortable dans son jean et sa veste molletonnée passée sur un simple tee-shirt.

— Un monstre, dit-il calmement. Du moins, il le serait devenu, d'ici peu.

Son commentaire s'avéra moins rassurant que Nick l'aurait voulu.

— Et toi, qu'es-tu ?

Étrangement, cette question l'affecta davantage. Il s'arrêta une seconde, les lèvres scellées, puis sembla prendre une décision.

— Je suis un loup, annonça-t-il.

Ce tremblement, ce sentiment déconnecté, c'était le choc. Nick le diagnostiquait sans le moindre doute. Dans cet état, difficile de retenir les mots sur le bout de sa langue.

— Ça signifie que l'hiver de loup est là ? demanda-t-il.

Cela faisait des jours que l'idée trottait dans son esprit, depuis que les souvenirs de sa grand-mère et de ses vieux récits s'étaient échappés de leur boîte. Bien sûr, l'hiver de loup revenait le plus souvent : la plus glaciale et cruelle de toutes les vieilles histoires de sa grand-mère, qui contait comment les dieux détruisaient le monde par la glace et le feu. Nick hoqueta un rire nerveux devant le visage troublé de Gregor.

— Les loups franchissent le mur ?

IX

GREGOR ATTRAPA Nick par le col et le tira violemment debout. Le mouvement brusque lui fit perdre le peu de couleur qu'il lui restait au visage et il sentit monter un haut-le-cœur.

— Ne t'avises pas de me vomir dessus ou je t'abandonne ici, grogna sèchement Gregor, en sentant la neige clairsemée de grêle lui bombarder le visage et se glisser dans le dos de sa veste. Où as-tu entendu ça ?

Nick ferma les yeux et déglutit difficilement. Son visage paraissait cireux, grisé aux tempes et au niveau de ses joues creuses.

— Entendu quoi ?

— L'hiver de loup ? Le mur ? lâcha Gregor qui, frustré par sa lenteur, secoua Nick pour lui faire cracher le morceau. Réponds-moi, ou je te laisse là !

Le doute qu'il avait balayé se vengeait à présent de ses petites griffes assurées et affûtées dans son esprit. Il aurait dû prendre la poudre d'escampette aux premières odeurs putrides des monstres senties dans le camp et se trouver un nouveau repère où se reposer le temps de guérir de ses blessures. Un jour, une nuit de plus, et il aurait été fin prêt à partir à la recherche de son frère. Et de son loup.

Au lieu de ça, il était venu chercher Nick. En y réfléchissant, il aurait pu justifier son acte par la praticité : tant qu'il était en convalescence, privé de sa seconde nature, même l'aide humaine serait la bienvenue. Mais en vérité, le sens pratique, il n'y avait même pas songé. Il se savait juste incapable de partir sans Nick et refusait de laisser les prophètes le lui voler aussi.

Cette pensée morne suintait de la blessure qui remplaçait son loup. Si Nick se moquait de lui, il l'étriperait. Il resserra la poignée de tissu et hissa l'autre homme sur la pointe des pieds.

— Je… C'est juste une vieille histoire, bredouilla le docteur. Ma grand-mère me la racontait le soir. L'hiver de loup, quand le gel s'abat sur le monde… et que les loups d'Écosse franchissent le mur pour dévorer les petits garçons dans leur lit. Comme… des glaces à l'eau.

Il ne sentait pas de mensonge, malgré la puanteur du monstre qui couvrait toutes les odeurs, comme la peur. Même si l'idée d'un Nick agonisant au bout de ses crocs était encore fraîche dans son esprit, cette peur l'indignait. Il ne voulait pas que cet homme le craigne, du moins, pas de cette manière.

— Cesse de trembler, lui ordonna Gregor, qui lâcha son col et fit semblant de ne pas remarquer son léger mouvement de recul. Je voulais juste savoir.

Nick lâcha un rictus sceptique.

— Je ne suis pas fou, enfin je crois, dit-il. Alors, ça signifie que tout ça, c'est réel, et que tu viens de tuer…

Il comprenait assez la situation pour s'interdire d'utiliser le terme « homme ». À la place, il tendit un doigt vers l'amas de chair et d'os étendu au milieu du terrain.

— Cette chose, termina-t-il.

Gregor se concentra. Il entendait le cœur battre dans la poitrine de Nick, le martèlement caractéristique d'une proie qui cachait le cognement laborieux du cœur de la créature, faible, mais pas à l'arrêt.

— Elle n'est pas encore morte, précisa-t-il.

Nick éclata de rire et se frotta le visage.

— Voilà qui m'aide bien, ironisa-t-il. Donc, soit je tremble, soit je me pisse dessus, à toi de choisir.

Pour un loup, cette attitude de défi dépassait les bornes. Mais venant d'un humain, le commentaire perdait tout son poids et Gregor se surprit à apprécier cette faiblesse dans la réserve méfiante de Nick et dans son accent impeccable.

— On devrait y aller, proposa-t-il.

L'humain le fixa une seconde, puis secoua la tête. Il fit signe en direction du chemin inverse, vers la lueur du grand feu et des rires guillerets.

— Je dois y retourner, protesta-t-il. Terry est encore là-bas, avec l'autre. Je dois les prévenir. Je dois parler à Jepson de…

Il baissa les yeux vers la chose inerte et les mots se tarirent sur sa langue. Gregor comprenait parfaitement. Il doutait de pouvoir lui-même l'expliquer aux loups. Alors convaincre des humains qui ne croyaient en rien semblait purement impensable.

— Il est trop tard, annonça-t-il en attrapant Nick par le bras et le tirant avec lui vers les arbres. Les prophètes lâchent rarement la bride à leurs monstres. Ils viendront me chercher d'une minute à l'autre.

Nick s'emmêla les jambes et manqua de s'écraser à nouveau par terre. Gregor retint un grognement d'irritation et le hissa sans ménagement.

— Désolé, marmonna Nick, en se passant rudement la main sur le visage. Je ne peux pas... Je crois qu'il y avait un truc dans la boisson.

Voilà pourquoi Gregor préférait vivre en loup solitaire. Les autres, loups y compris, étaient toujours plus faibles. Il s'arrêta et prit le visage de Nick entre ses mains, les pouces appuyés sous le contour net de ses pommettes, pour l'étudier. À la lumière du jour, les yeux de Nick paraissaient si sombres qu'on peinait à distinguer le brun de ses iris. Sous le clair de lune, la tâche semblait résolument impossible.

— Tu vas me ralentir, souffla Gregor.

— Tu n'as qu'à me laisser là, dans ce cas, rétorqua Nick, avant de repousser son épaule pour tenter de se libérer la tête. De toute façon, c'est toi qu'ils veulent. Tout a commencé à ton arrivée. Peut-être que les problèmes s'envoleront quand tu seras parti.

Non. L'idée de devoir passer cet hiver seul, sans meute à portée des oreilles, sans loup dans lequel se loger, sans un humain maigrichon aux traits durs endormi inconfortablement sur une chaise pour veiller sur lui, lui asséchait la bouche et lui crispait le ventre. Cette faiblesse, la peur, le dégoûtait, mais refusait de disparaître.

Jack avait autorisé son chien à rejoindre l'Angleterre pour lui offrir une meilleure vie. Une vie loin de la meute, du Numitor et de ses fils, avait été le choix de Danny. Gregor devait pouvoir suivre son exemple. Jack et lui étaient des ombres d'eux-mêmes, ils puisaient chacun dans la même force pour essayer de se compléter. Les prouesses de l'un étaient surpassées par l'autre. Excepté que Gregor n'arrivait pas à rendre sa liberté à Nick.

— Tu es mon médecin, justifia-t-il avec la meilleure supplication qu'il s'autorisait. Je ne suis pas encore remis sur pied.

— Connaissant mon véritable métier, je serais plus utile si tu étais mort, grommela Nick tandis que Gregor l'emportait entre les arbres.

Le médecin gardait une main sur lui, les doigts accrochés à son avant-bras, tandis qu'ils enjambaient les racines et se frayaient un passage dans les buissons. Durant leur marche, la douleur pulsait régulièrement sans la cuisse de Gregor. Elle s'étendait à chaque pas, envoyant des décharges dans ses genoux et jusqu'à l'entrejambe. La blessure à son ventre le faisait lourdement souffrir, comme si les saignements y avaient cousu une pierre. Néanmoins, ses jambes tenaient bon sous son poids, et c'était l'essentiel.

— Len ! appela une voix lointaine. Len, tu l'as retrouvé ? Dr Blake, vous seriez-vous perdu ? ajouta la personne ensuite avec une pointe de moquerie.

Nick tressauta à la voix et trébucha. Il se retint à temps.

— Quand ils sont arrivés, ils ont dit avoir retrouvé ton frère, comme quoi c'était lui qui t'aurait blessé, après une bagarre.

— Mon frère aurait eu le bon sens de me tuer, dit-il avec un petit rire.

Les doigts de Nick se contractèrent sur son bras, mais il secoua la tête et continua sur sa lancée :

— Ils voulaient te ramener avec eux. Quand on a refusé, Terry a demandé par radio à ce qu'on amène ton frère ici.

L'information ralentit momentanément Gregor. Ramener Jack ici… était insensé de leur part. Gregor détestait peut-être son frère, mais il savait qu'il ne valait mieux pas le sous-estimer. Sans doute attendaient-ils plutôt que les prophètes reviennent jouer les bergers avec leur horde de monstres.

Il jeta un regard par-dessus l'épaule. La lueur du feu se perdait dans la neige toujours plus épaisse, mais il distinguait encore l'odeur de fumée dans l'air. Leurs grands feux ne présageaient jamais rien de bon. Ils annonçaient le malheur, plus encore qu'une comète, à plus petite échelle. Nick n'avait pas besoin de le savoir. Pas quand ses gens à lui étaient appelés à s'attrouper tout autour.

— Ils viendront les mains vides, annonça Gregor. Les prophètes font toujours ça.

Il tira sur une branche dont la couche de givre craquela et poussa Nick à travers l'espace étroit ainsi créé.

— Qui… Que sont-ils ? demanda l'humain.

— Des invités exécrables et de pires hôtes. Si tu veux tout savoir, accélère le pas.

Nick le remercia avec amertume, un sentiment certainement mérité, mais se contenta de soupirer et d'obéir. Dans d'autres circonstances, il l'aurait sans doute assailli de questions. L'absence de ces dernières facilitait les choses et tant mieux si cette tranquillité durait encore quelques heures. Gregor voulait éviter les tourbières inconnues et les routes étranges dans la nuit, ou plutôt celles qui lui étaient étrangères. Il retint Nick par le pan de son manteau.

— Tu me fais confiance ? demanda-t-il en passant un bras autour de sa taille, non sans difficulté, puisque Nick était tout en os et en angles saillants, avec des épaules pointues et des poches bombées.

— Je ne te connais pas, répondit l'autre.

Gregor renifla un rire et resserra sa prise.

— Ce n'est pas ce que j'ai demandé.

N'attendant pas de réponse, il perçut malgré tout son « oui » réticent alors qu'il appelait la Nature sauvage. Elle ne le submergeait pas comme d'habitude, tel un poisson plongeant dans l'eau. Il dut se forcer à la capter. La blessure dans son esprit pulsa comme sa cuisse et, l'espace d'un instant, il se sentit nauséeux. Pour la première fois, il tentait de toucher la Nature sauvage au lieu d'accepter passivement ses faveurs. Tel un loup adultère endurant les dents de sa partenaire pour espérer des ébats de consolation.

Elle le bouda très froidement un petit moment. Et puis, elle s'adoucit face à ses avances. Ses hautes pierres sèches et sa bruyère passèrent devant lui, se superposant à la banale réalité. Une balançoire métallique cabossée partageait l'espace spirituel d'un *Nithing* [2] putride, une tête de mouton énucléée, montée sur un pieu badigeonné de sang. À l'horizon, un bateau incomplet, blanc et à l'air fragile, demeurait ancré sur un large ruban de mer grise.

Gregor l'avait déjà vu auparavant, ce bateau construit avec les ongles des morts. Il hantait les flots aux limites de la Nature sauvage, remontait parfois les rivières ou s'amarrait dans les lacs. C'était la première fois qu'il le voyait aussi prêt à prendre le large, presque terminé.

Au creux de son bras, Nick se crispa, à tel point que Gregor le sentait presque vibrer, puis il poussa un son mouillé et apeuré, étouffé dans sa gorge. Il pouvait s'agir d'un cri ou d'une question, mais puisque le son refusait de sortir, ils n'en auraient jamais le cœur net.

— Dors, lui souffla Gregor.

Il lui insuffla la Nature sauvage par un baiser sur la tempe, un ordre et un acte de bonté, et Nick s'écroula mollement contre lui. Sa tête retomba sur l'épaule de Gregor et son visage se détendit, toujours aussi anguleux et pointu, mais aux traits plus adoucis autour des yeux et aux coins de la bouche.

Il aurait pu l'endormir avant d'appeler la Nature sauvage, mais désirait la lui montrer, elle et la façon dont il la manipulait. Elle le sermonna d'un zéphyr glacé pour sa crânerie. En réponse, comme tout amant aux

2 Tradition païenne consistant à planter la tête d'un animal sur un pieu pour maudire le clan ennemi vers lequel elle sera tournée.

faveurs retrouvées, il tira sur la corde. Il la laissa lui échapper et lui courut après, en quittant momentanément la réalité.

Au lieu d'un paysage superposé sur les repères de son monde, tout se fondait. Gregor ne voyait pas seulement le pieu maudit de mauvais présage, il en sentait aussi l'odeur de moisi et entendait le bourdonnement des mouches qui couvraient le crâne. Les premières qu'il voyait depuis la vague de froid venue des Highlands, les terres hautes. Ces conditions neigeuses ne leur convenaient pas, c'était un fait scientifique. Mais la Nature sauvage voulait des mouches, et les voilà qui apparaissaient.

— Dis à Jack que je lui sauverai la peau, à lui et à son chien, souffla Gregor, en sentant la Nature sauvage s'attarder sur lui, vaste et impassible, tandis qu'il hissait Nick sur son épaule. Les prophètes m'ont déjà assez pris. Je ne les laisserai pas me voler la mort de mon frère.

Elle prit note de sa requête, l'emporta dans un tourbillon de neige, sans promettre que Jack recevrait le message. Seul un loup idiot et arrogant pouvait se croire maître de cette force. Gregor avait beau être arrogant, il était loin d'être bête.

Il percha Nick plus solidement sur son épaule, s'agrippa à l'arrière de son jean et se mit à marcher. Il souffrait, mais il y survivrait. Les créatures engendrées par les prophètes ne pouvaient le suivre ici, tout comme certains de leurs créateurs... Mais le reste en serait capable. Par ailleurs, les loups n'étaient pas les seuls à craindre dans ce paysage. Les Sannocks, les autres non-humains qui hantaient autrefois la Grande-Bretagne – métamorphes, gobelins et monstres étranges en tous genres – se retrouvaient parfois dans l'autre monde, tués ou bannis par les loups. Ils rôdaient encore à la recherche d'un territoire à revendiquer. Surtout dans cet endroit.

La neige n'était que poudre fraîche et libre sous ses bottes. Il boitait, stoïque, vers l'horizon, où les montagnes pointaient leurs sommets édentés vers le ciel, à l'abri du vent et du temps. Si la Nature sauvage ne le mettait pas sur le chemin d'un abri, Nick serait le premier mortel, depuis des siècles, à y laisser ses os. Une sorte d'honneur que Gregor ne l'imaginait pas tellement apprécier.

Une légère odeur portée par le vent lui chatouilla les narines. Même atténuée par son nez humain, elle semblait prononcée et musquée, avec une note perçante de cuivre et d'urine riche en estrogènes. Un cadeau de la Nature sauvage ? La litière de lièvres malchanceux ? Gregor n'était certain de rien, mais c'était un début. Il s'arrêta pour étudier le paysage et renifler l'air, jusqu'à recouvrir le fond de sa gorge de cette senteur.

Par là. Il se tourna vers l'ouest et reprit la marche. La douleur élançait dans sa jambe sous les attaques du froid. Après quelques kilomètres, le sang se mit à souiller la neige derrière lui, d'abord une goutte, puis toute une empreinte de sa chaussure, mais jamais pour très longtemps. Le vent qui soufflait du Nord depuis de vastes forêts éloignées la balayait aussitôt avec une fraîche couche de poudreuse. Au loin, un loup hurla, un bruit empli de solitude et de menace. Gregor faillit s'étouffer sur le vide dans sa gorge, là où la réponse aurait dû éclater.

LORSQUE GREGOR trouva la source de l'odeur, la viande avait déjà disparu. Il ne restait qu'un terrier effondré plein de sang. La neige avait été piétinée jusqu'à la boue et des poils noirs charbonneux étaient encore accrochés aux rochers. Gregor cracha devant le bourbier.

— J'espère que tu t'es bien goinfré, marmonna-t-il à ce porc rassasié. Ce soir, mes semblables se délecteront de ton gras et pèteront tes éloges.

Il s'agenouilla maladroitement et, d'un haussement d'épaule, il fit glisser Nick sur ses genoux. Le gel teintait de blanc la pointe de ses cheveux foncés et lui scellait les cils. Pourtant, jamais Gregor ne l'avait vu plus détendu. La petite vie tranquille dont il se contentait avait été chamboulée par l'intrusion du loup. À présent, il était pourchassé par des monstres et respirait la Nature sauvage à pleins poumons, où elle s'éterniserait jusqu'à sa mort.

— Ta gentillesse te perdra, souffla Gregor.

Il joignit ses mains devant la bouche et souffla brièvement dessus. Puis, il posa les pouces sur les yeux de Nick pour y fondre le givre. L'eau coula telles des larmes sur ses pommettes ciselées. Gregor les essuya avant qu'elles gèlent à nouveau, mais sa main s'attarda sur sa joue. Le monstre l'avait marqué d'empreintes livides des deux côtés du menton, leur couleur violacée ressortait sous la belle barbe de trois jours, et puis il y avait cette égratignure sur l'arête du nez, à l'endroit où il avait heurté le sol.

— Moi, je ne le suis jamais.

Il prit rapidement ses joues entre ses mains, sentant la peau fraîche et le doux picotement des poils. Inconscient, sans le mouvement intelligent de ses traits pour créer la distraction, il n'était pas très beau. Sans doute l'avait-il été plus jeune, mais la sévérité élégante de ses os et l'étroitesse délicate de son visage ne se mariaient plus aussi bien. Gregor n'en avait que faire. Il appréciait ce visage, et depuis quand l'avis des autres comptait-il à ses yeux ?

— Réveille-toi, lui ordonna-t-il d'un baiser sur ses lèvres gercées, où persistait l'arrière-goût de la boisson utilisée pour le droguer.

Comme un prince charmant tout droit sorti d'un conte merveilleux, pensa-t-il avec une triste satisfaction, en reculant. Même Jack, avec sa sensibilité et son sentimentalisme légendaires, avait réussi à se trouver un chien à qui faire les yeux doux. Cependant, Nick refusait de lui obéir. Étalé gauchement sur les cuisses de son porteur, il gardait les yeux clos et un visage relâché.

— Debout, répéta Gregor, à la limite du grognement. Nick. Nicholas. Debout !

Il le gifla. Le bruit de sa paume contre la joue qu'il venait de caresser le fit frissonner, mais il n'obtint pas même un battement de cils en retour. Un bruit entre aboiement et rire s'échappa de la gorge de Gregor. Il se plia au-dessus de Nick, le visage enfoui dans la laine épaisse et humide de transpiration de son manteau, et peut-être était-ce cela… Chaque fois qu'il s'imaginait posséder quelque chose – son visage, la brève reconnaissance de son père, son loup – on le lui arrachait. Même cette passade avec Nick… Il fallait qu'elle soit gâchée. Pourquoi continuer à avancer, dans ce cas ?

Le désespoir se posa sur lui tel un linceul. Il aurait été plus aisé de rester là, recroquevillé autour de Nick, à attendre. Les loups craignaient moins le froid que les humains, mais finissaient par y succomber. Quel meilleur endroit pour mourir ? La Nature sauvage lui paraissait toujours plus simple, en comparaison avec le monde qu'il était censé arpenter sur ses deux jambes.

Que tout revienne à Jack.

Gregor laissa la pensée percer ce brouillard d'abattement et de pitié. Elle manquait d'espoir et de joie, mais au moins, elle criait à la rancœur. Un sentiment sombre et amer, le seul qu'il s'était vraiment approprié, celui dont il savait se servir. Au diable les prophètes. Au diable Jack. Au diable son vieux père, qui se complaisait dans sa trahison envers le Nord.

Cela résoudrait tous leurs problèmes, si Gregor se contentait de mourir en silence. Alors, il se sortirait de là même en rampant, s'il le devait, et il traînerait Nick par les cheveux, s'il le fallait. Si le monde désirait lui arracher autre chose, Gregor le mettait au défi, et pas sans se battre.

Gregor se déplia, le dos endolori comme s'il était resté couché plusieurs heures. La neige lui glissa le long des bras tandis qu'il renvoyait la Nature sauvage pour laisser les os, la chair et la fatigue tirer son corps vers le bas.

L'HIVER AU blanc immaculé de la Nature sauvage se dissipa au profit d'ornières glacées et de la puanteur du bétail mort. Gregor s'essuya le visage avec la manche, réussissant seulement à fondre le givre, et embrassa l'endroit du regard. Il faisait trop noir pour y voir, de lourds murs de pierre et un toit métallique bloquaient toute lumière, à l'exception des rares rayons de la lune. Toutefois, à en croire l'odeur, l'endroit avait servi encore récemment de porcherie.

— Ouais, merci bien, grommela Gregor à la Nature sauvage.

Peut-être l'avait-elle entendu. La blessure creuse où se cachait autrefois son loup avait été mise à vif par son voyage dans le monde extérieur. Néanmoins, il était trop à cran et exténué pour s'en soucier. Il attendit que ses yeux s'ajustent à la pénombre, puis examina Nick. Il demeurait endormi, mais son cœur battait de manière régulière dans l'obscurité, et la chaleur intime et humide de paille qui régnait dans l'abri, lui redonnait des couleurs.

— Tu m'as fait des promesses, Nicholas Blake, marmonna-t-il. Tu n'as pas le droit de te défiler. Si, pour te réveiller, je dois te traîner par la cheville jusqu'à Lochwinnoch, je n'hésiterai pas.

Une bonne menace, dans l'idée. Enfin, surtout lorsqu'on connaissait les routes abruptes et criblées de trous, à travers les champs caillouteux et difficiles, qui menaient jusqu'au territoire des Loups. Dans tous les cas, Nick ne remuait pas d'un cil.

Gregor s'adossa au mur glacé et bosselé, et fixa le sol. Il n'était sans doute pas judicieux de faire une halte ici. Les prophètes le poursuivaient encore et Jack, avec son chien, demeuraient captifs, mais même le dépit ne suffisait plus à le remettre en mouvement. Les yeux clos, les doigts entortillés distraitement dans les cheveux de Nick, il attendit.

— Ne crois pas que la mort te sortira de là, grommela-t-il à son compagnon inconscient, à travers un bâillement à faire craquer la mâchoire. Je te retrouverai d'une façon ou d'une autre.

Il ne voulait pas dormir, la Nature sauvage le conduirait inévitablement vers des souvenirs sombres qu'il répugnait à revivre, mais il finit par sombrer.

X

Nick descendit l'escalier de sa maison d'enfance, conscient qu'il s'agissait d'un rêve. Il y était trop grand, les marches semblaient plus étroites que dans ses souvenirs, et l'odeur de viande mijotée plus entêtante. Nick n'y était plus revenu depuis ses huit ans. Il s'en souvenait comme d'une maison énorme, mais dans ses rêves, elle rétrécissait à l'échelle de l'adulte. Et puis, aux dernières nouvelles, il était drogué et sur le point de mourir dans un endroit froid et improbable.

Rêverie ou pas, il enjamba l'escalier courbé qui craquait sous les pas. La maison était calme. Il valait toujours mieux apprécier les moments de silence. Un tableau poussiéreux pendait de travers sur le mur en face de la porte, constituant la première chose qu'on voyait en entrant dans la maison. Le croquis d'un homme à la mâchoire carrée et aux yeux froids vous y fixait avec comme une expression de dédain. *L'attrapeur*, se souvint Nick.

Il en avait oublié l'existence, ou s'était forcé à oublier. Évitant son regard noir, il passa en dessous en énonçant la vieille mise en garde de sa grand-mère :

— S'il te voit, il t'attrapera. S'il t'attrape, il te mangera. Alors fuis si tu le vois, mon garçon.

« ...si tu le vois, mon garçon. » L'écho rauque de ses mots le fit sursauter et il pivota brusquement. Sa grand-mère était accroupie dans le vestibule, derrière lui, un doigt pointé en direction de l'esquisse et l'autre main posée sur son épaule. Le visage de la vieille femme rappelait celui de Nick, avec de larges pommettes, un faible menton et une bouche trop encline à l'aigreur. Il se souvint de l'âge qu'il lui connaissait à cette époque-là, or ses cheveux étaient épais et tout juste méchés de gris. La grande différence était ses yeux d'un marron clair étrange qui ressortait sur son visage bronzé.

— Que dois-tu faire ? demanda-t-elle.

Il ne savait pas quelle réponse elle attendait, mais il entendit malgré tous les mots sortir de sa bouche. Certains mécanismes étaient enfuis depuis trop longtemps pour disparaître.

— Courir loin, courir à la maison te rejoindre.

Elle posa la main sur sa tête et lui ébouriffa les cheveux.

— Malin comme un singe, dit-elle. Tu as ton clou avec toi ?

— Oui, Mamie, acquiesça-t-il en tapotant sa poitrine.

L'argent entortillé atteignait presque son sternum et perçait la fine laine grise de son uniforme scolaire. Pas étonnant que les autres enfants l'aient trouvé étrange, pensa-t-il sèchement, en glissant quand même la main dans la poche de son manteau. Le clou reposait au même endroit, froid et collant de sang à moitié coagulé.

Nick en tapota la pointe avec le pouce…

…et il se réveilla sur un lit piquant et odorant qui n'amortissait pas particulièrement la surface dure cachée en dessous. Dans son dos éclata une douleur sourde qui promettait des larmes à la minute où il bougerait, mais il n'avait pas froid. Un corps lourd et chaud l'entourait, un bras était accroché à son ventre et une haleine brûlante lui chatouillait l'oreille.

Nick ouvrit les yeux, puis les plissa devant les rayons de lumière scintillants de poussière qui éclairaient l'espace et se lécha les lèvres. Sa langue, trop sèche, ne l'aida guère et il attendit que survienne la terreur.

Ses souvenirs de… la nuit dernière… étaient trop flous et fragmentés, mais assurément remplis de choses terribles, des choses s'apparentant à des hallucinations psychotiques, pourtant trop vives et réelles pour être imaginaires. Quelque part au fond de son esprit, elles évoquaient une réalité indiscutable. Ou alors, il avait la berlue et l'homme serré contre lui venait juste de tuer un étranger innocent.

Il aurait dû se sentir horrifié, tenter de tout rationaliser. Au lieu de cela, il sentait une certaine satisfaction puérile.

— Tu es un loup.

— Oui, je te l'ai déjà dit.

— Je voulais juste m'en assurer, dit Nick en lui effleurant le bras, du coude au poignet.

La main de Gregor était rentrée sous son pull, les doigts écartés sur son ventre.

— Tu comptes me manger ? ajouta Nick.

Il y eut un silence et Nick sentit la tension parcourir le corps de Gregor, la crispation de muscles lourds et allongés, à travers la peau et le tissu. Il lui fallut une seconde et une caresse langoureuse de ces longs doigts sur son ventre pour comprendre qu'il ne s'agissait pas vraiment de colère.

— Peut-être, souffla Gregor en lui titillant le cou avec son nez, avant de passer ses lèvres et ses dents sur sa peau tendre. Si tu le demandes gentiment.

Nick en eut le souffle coupé et se tortilla, son érection pointant sous son jean contre tout bon sens. Il venait d'assimiler la véritable nature de Gregor : un loup, le croque-mitaine qui avait hanté son enfance. Il tenta de tourner la hanche, mais Gregor le retint fermement avec la jambe.

— Arrête de gigoter. Je ne vais pas te baiser, à moins que tu me le demandes, reprit Gregor en changeant de jambe et heurtant du genou la bosse dure de Nick. À haute voix, ajouta-t-il d'un ton sombre et libidineux.

Nick en mourait d'envie. À l'hôpital, la distance était déjà difficile à respecter, avec Gregor étendu dans un lit, dont les draps blancs et l'odeur d'iode rappelaient au moins à l'ordre. Ici, la cuisse de Gregor pesait lourdement sur sa hanche et ses doigts chauds retraçaient les contours de sa ceinture.

— Je ne pense pas que ce soit une bonne idée, rétorqua-t-il, moralisateur.

Un grognement rauque le chatouilla dans le cou.

— Ça ne ferait que pimenter la chose.

Malgré l'assurance dans sa voix, il enleva sa main, non pas du ventre de Nick, mais de son pantalon. Le docteur ressentit une pointe de regret au fond de lui et ses bourses se crispèrent en signe de désapprobation. Il s'obligea à ignorer le manque. Avant de prendre de mauvaises décisions, il devait d'abord comprendre la situation, au minimum.

— C'est une porcherie ?

Apparemment, parmi toutes les questions qui lui trottaient dans la tête, c'était celle-ci que son cerveau préférait mettre en première ligne.

— Je crains que les porcs soient partis, répondit le loup. Nous avions besoin d'un repère, je me voyais mal te porter plus longtemps.

Nick s'apprêtait à lui demander comment ils avaient atterri là. Les mots sur le bout de la langue, il se souvint de ce paysage surnaturel et glacé dans lequel il avait pénétré, la sensation d'avoir vu quelque chose d'à la fois ancien et nouveau. Il ravala difficilement la question, comme il avalait les pilules. Certaines réponses, il devrait les découvrir par lui-même.

— Laisse-moi me lever.

L'instant où il prononça les mots, l'envie devint une nécessité. La lumière tamisée et ce poids sur lui le rendaient nerveux et il poussa sans ménagement la jambe de son compagnon.

— J'ai besoin de me lever, insista-t-il.

Gregor inspira un grand coup et, l'espace d'une seconde, présageant la violence, Nick sentit des sueurs froides dans son dos et se tendit. Le loup s'écarta en roulant, mais pas bien loin. L'espace ne le permettait pas. Soudain, remarquant la position inconfortable du corps de Gregor, le poids porté sur une hanche et la jambe tendue, bien droite, Nick grimaça en se rappelant.

— Désolé. J'avais oublié. Je t'ai fait mal ? Est-ce que ça va ?

Nick s'assit et s'agenouilla grossièrement. Il avait vu juste : son dos lancinait d'une douleur à faire pleurer, juste au-dessus des omoplates. Le pan de son manteau se coinça sous ses genoux et tira sur ses épaules. Sa laine était pleine de paille pestilentielle.

— Tu ne m'as pas fait mal. Je vais bien.

Nick pouvait retracer l'amas de muscles aux charnières de sa mâchoire et ces traits tendus annonçaient le mensonge. Néanmoins, il suffisait de le prendre au mot. Il serait tentant de…

— Je ne voulais pas. Je suis vraiment désolé.

Il plaqua sa main contre la joue de Gregor en signe d'excuse. Son pouce n'avait sans doute pas besoin de parcourir la courbe de ses lèvres, mais il fallait bien céder à quelque chose.

— Laisse-moi vérifier que je n'ai rien empiré.

Il sentit une partie de cette tension colérique se dissiper sous sa main. Néanmoins, Gregor retroussa les lèvres dans un rictus et son attitude suffisait presque à cacher les gouttes de sueur qui perlaient sur son front et sa bouche.

— Je croyais que tu n'assistais que les morts ?

— Tu as été ouvert du genou à la hanche et tu souffres d'une entaille à l'estomac, insista Nick. Pas besoin d'être un expert pour voir l'étendue des dégâts. S'il te plaît ? Ça m'occupera l'esprit, pendant que tu me raconteras tout.

Gregor tourna la tête vers la paume de sa main. Cela ne ressemblait pas vraiment à un baiser, mais plutôt à un titillement du nez.

— Si ça peut calmer tes jérémiades, accepta-t-il sèchement. Mais je ne vois pas comment tu pourrais me soigner ici.

Il se réhaussa sur un coude et se retint au mur de son autre main. Les doigts agrippés aux vieilles pierres lâchement posées, il se hissa lentement debout. Nick lui tournait autour nerveusement, se sentant inutile. Gregor planta maladroitement la jambe dans la paille gluante d'excréments de porcs pour se maintenir.

— Laisse-moi faire ! lança Nick.

Il se glissa sous le bras du loup et l'attrapa par la taille. Plaçant la main sur la saillie de sa hanche, il s'accrocha à son jean trop grand.

— Pas besoin de me grogner dessus, ajouta Nick. Il n'y a personne, non ? Quand tu raconteras tes péripéties, tu pourras dire que tu t'es relevé tout seul, comme un grand.

Gregor grommela, mais se servit quand même de son épaule comme support.

— J'leur dirai que j'ai dû te porter jusqu'ici, bravant la peur et le désir ardent. Voilà comment on raconte une histoire, le corrigea-t-il en se poussant du mur pour s'accrocher à Nick. Et si je devais te grogner dessus, tu le saurais.

Aucun des deux ne pouvait tenir debout dans la basse porcherie. Forcés de se courber et les cheveux remplis de fragiles toiles d'araignées, ils boitèrent jusqu'à la porte. Celle-ci restait entrouverte, bloquée par des glaçons et un seau cassé. Nick l'ouvrit complètement d'un coup de pied, son mouvement amorti par une montagne de neige fraîche et gelée, très récalcitrante.

Dehors, le ciel matinal brillait d'une faible lueur étrange, la version hivernale du calme avant la tempête : un moment pour reprendre son souffle avant que la prochaine vague de froid s'abatte sur le monde. Sous cette lumière, la ferme avait des allures de croquis bizarre, comme l'œuvre d'un artiste dessinant avec un fusain poussiéreux.

Un artiste légèrement porté sur le macabre.

Les fenêtres de la ferme, faites de vieille pierre et d'enduit craquelé, étaient condamnées par des planches de contreplaqué agrafées les unes aux autres, mais la porte, elle, avait été laissée ouverte. Un mouton mort gisait dans le jardin, sa toison défaite autour d'une morsure d'où se rependaient ses boyaux, et une Land Rover au capot enfoncé se tenait là, abandonnée, près du portail. Un voile blanc recouvrait l'ensemble.

— Au moins, on n'aura pas besoin d'expliquer comment on est arrivés là, dit Nick.

— Expliquer, ce n'est pas dans ma nature, rétorqua Gregor qui fit un pas, s'arrêta et lâcha un juron entre ses dents serrées. Hier, ça avait meilleure allure.

Nick lui caressa pensivement le dos. Les longs muscles se tendirent comme du fil de fer sous sa peau.

— Tu as dormi dans le froid, sur le sol d'une porcherie, lui rappela Nick. J'ai le corps tout raide et j'ai la chance de ne pas être blessé, moi.

Gregor marqua une pause et se tourna légèrement. Il plaça un doigt sous le menton de Nick pour le relever et prit un air renfrogné.

— Tu l'as échappé de peu.

Gregor glissa le dos de la main le long de sa mâchoire, mais la douleur de cet élan de tendresse rappela au docteur la prise ferme des doigts de Terry. L'*odeur* trop sucrée de viande… qu'exhalait sa sueur.

— Ils allaient te transformer en un de ces montres à la botte des prophètes.

La suggestion lui glaça le sang. Nick tenta de se détourner de cette partie de son esprit qui s'était concentrée sur le visage décharné de Len, à la recherche de marques de blessures. Il en portait sous le menton, où quelque chose s'était accroché à sa mâchoire, avant de râper ses dents jusqu'au bas du visage. Une image difficile à oublier.

— Que sont-ils ? demanda Nick avec une fascination sinistre.

Gregor lui caressa à nouveau la mâchoire.

— Les textes religieux des prophètes racontent que nous, les loups, n'étions jadis que de simples humains. Un jour, une louve a supplié la déesse de la lune d'offrir une fourrure aux humains qu'elle allaitait. Ainsi, Séléné leur a donné une fourrure et des crocs, et vous a offert Rome. Nous avons servi Rome jusqu'à ce qu'elle nous bannisse ici, derrière un mur, qu'elle nous rejette comme des bâtards, et nous servons à présent le Numitor. Aucun loup ne suivrait un prophète, alors ils doivent créer leurs propres disciples. Mais ils sont loin d'être des dieux. C'est à peine s'ils sont des loups. Voilà pourquoi leurs créations finissent en monstruosités.

— C'est… J'aurais fini comme eux ?

— Non, répondit Gregor. Ils t'auraient tué.

Il parlait calmement. Ce n'était pas une menace ou de fausses paroles rassurantes, mais un simple fait. Nick déglutit difficilement et se remit à bouger. Personne ne voulait mourir, mais il ne savait pas s'il aurait supporté de vivre comme Len. En tout cas, ses pieds étaient gelés, son jean mouillé jusqu'aux talons et le tissu trempé à cause de la neige humide.

Il fallut quelques petits sauts à Gregor pour s'échauffer les muscles et commencer à faire des enjambées. Après deux ou trois pas de plus, il libéra l'épaule de Nick, sans pour autant s'arrêter de boiter. Délesté de ce poids imposant, Nick se sentit tout chancelant, comme s'il suffisait d'une bourrasque pour l'emporter et le secouer tel un drap de lit. Lui, c'était sa bouteille de whisky qu'il regrettait de ne pas avoir emportée.

L'intérieur de la petite ferme enviait au paysage extérieur cette apparence surréaliste et fraîchement crayonnée. Les murs affichaient un papier peint délavé, ce même papier peint « rêverie de rose et géométrie » dont Nick aurait juré avoir rêvé quelques minutes auparavant, dans la maison de sa grand-mère. Les meubles semblaient anciens et se déclinait en nuances de beige. Une fine couche couleur sépia, le résultat de plusieurs années de cuisine grasse et de tabagisme, recouvrait toutes les surfaces. Une paire de bottes attendaient devant l'escalier, fourrées de pochettes odorantes, un clin d'œil à l'époque où les gens se souciaient encore des mauvaises odeurs.

— Là, proposa Nick en indiquant un lourd fauteuil en daim posé près de la fenêtre.

Des marques de brûlure étaient incrustées dans ses bras et l'assise avait été réparée plus d'une fois avec du chatterton, mais au moins, il ne semblait pas sur le point de s'écrouler.

— Assieds-toi là, je vais voir si je peux trouver une trousse de secours.

Gregor le gagna en clopinant et se posa timidement dessus, en faisant attention à sa jambe. Du sang teintait son jean, une tache d'un brun effacé qui s'étirait de la cuisse au genou. Nick sentit son estomac se nouer en pensant à toutes les horreurs dont il ne pourrait pas le soigner. Gregor n'aurait pas dû être en mesure de marcher jusqu'aux toilettes, et encore moins jusqu'à cet endroit, où qu'il se trouve. Néanmoins, si le docteur comptait accepter l'existence de monstres, de loups et de la dimension dépouillée et ancienne dans laquelle il s'était aventuré, il devait partir du principe que les règles normales ne s'appliquaient plus dans leur situation.

— Ne sois pas long, l'avertit Gregor qui tendit la jambe devant lui et la fusilla du regard, se sentant trahi. Les prophètes sont encore à mes trousses. Nous ne sommes pas allés bien loin.

Nick opina du chef et marmonna son consentement. Gregor avait raison, il n'y avait pas de temps à perdre. Pourtant, difficile d'ignorer cette vive attirance qui le ralentissait dans l'entrée. C'était puéril. Il avait déjà vu l'homme en tenue d'Adam, tous les atouts de son corps étendus sur un lit d'hôpital, même s'il n'était pas au meilleur de sa forme.

Aucune importance. Quelque chose dans ces vêtements volés donnait à Gregor un air de mauvais garçon, tandis que la lumière matinale apportait des éclats dorés à sa barbe de trois jours et que les manches remontées de son haut dévoilaient des avant-bras secs et musclés. Ils détournaient Nick de son but. Décidément, sa grand-mère avait vu juste : son intelligence ne dépassait guère celle d'un singe.

Il se força à s'éloigner et entreprit de fouiller la cuisine. Il ne mit pas longtemps à en faire le tour. On y trouvait un pot, une poêle et un couteau affûté en forme de faucille. Dépliées sur la table de la cuisine, des cartes topographiques tachées de café attirèrent momentanément son attention. Elles étaient marquées de cercles rouges et d'annotations montrant les possibles emplacements d'anciens cimetières et de sites mortuaires. L'ensemble semblait trancher avec le reste de la ferme.

La trousse de secours, de couleur rouge, pendait à l'arrière de la porte, sous une veste usée jusqu'à la doublure et une laisse pour un chien perdu. Avec un petit coup, Nick fit cliqueter le collier étrangleur et se demanda si c'était à cela que ressemblaient les « jeux coquins » avec… les loups. Ou pour Loups, plutôt. Sa grand-mère prononçait toujours ce mot de façon à insister sur le « l ». Poussé par la tentative de perversion de son esprit, il ralentit en s'imaginant une énième fois la courbe des lèvres de Gregor.

Il s'empourpra à nouveau, se ressaisit et attrapa la boite. Étonné par sa lourdeur, il commença à l'ouvrir tandis qu'il se dirigeait vers Gregor : des bandages, des antidouleurs, une bouteille de whisky et une arme à feu, clairement des indispensables pour survivre à la ferme. Nick saisit le pistolet. Il semblait peser dans ses mains, prêt à faire feu. Il le jeta dans un tiroir avec du papier aluminium.

— Bon, lança-t-il en pénétrant dans le salon, le cou d'abord ! Qui sont les prophètes et que se passe-t-il exactement ?

Il attrapa le pansement sale et Gregor leva brusquement la main pour lui immobiliser le poignet. Nick tenta de se libérer, en vain.

— Demande-moi la permission, cracha-t-il sèchement. Je suis pas un chien. Ni un enfant.

Nick déglutit. Heureusement qu'il n'avait pas fait de blague sur le collier étrangleur, finalement. Il détendit ses doigts et arrêta de se débattre.

— Il me semblait que tu connaissais déjà mes mauvaises manières envers les gens alités, souffla-t-il prudemment. Je peux ?

Il attendit. Enfin, Gregor relâcha son poignet. Le pansement n'avait pas été changé depuis sa pose. La bande de sparadrap s'était décollée de la peau, à peine retenue par des croûtes de sang séché. Nick grimaça et marmonna des excuses en en relevant les bords, la tête baissée au plus près tandis qu'il essayait de profiter au maximum de la lumière qui filtrait par les fenêtres jaunies.

— Ça pourrait faire mal, l'avertit-il. Prêt ?

Il n'attendit pas sa réponse. D'un coup brusque, il arracha la bande immonde comme un pansement pour enfants. Gregor tressauta sous la douleur vive et inattendue, puis fusilla Nick de ses yeux verts menaçants.

Nick feignit l'ignorance et se mit à tâter la blessure du bout des doigts. Il se souvenait encore de la peau en lambeaux qui pendouillait – *des ongles marron, effilochés, le piquant aux doigts* – et la pression du sang en train de gicler. Il n'en restait que des bribes : les points de suture propres de Copeland. Avec le sang, la plaie distendue s'était joliment résorbée et seule une fine pellicule de peau tendre trahissait encore sa présence. Des virgules de tissu cicatriciel en pinçaient les bords, mais ce n'était rien comparé à ce qu'il s'attendait à voir. Étrangement, cette preuve tangible – une cicatrice qu'il pouvait explorer à la main – le troublait plus que la présence de monstres.

— Ça gratte, lui confia Gregor.

— Hum, eh bien, je pense qu'on peut enlever les points de suture, marmonna Nick.

Il fouilla la trousse à la recherche de petits ciseaux. Ses doigts tremblaient au point qu'il eut du mal à les rentrer dans les anneaux, mais une fois au travail, ils se stabilisèrent. Il percevait le pouls lent de Gregor dans son cou, son léger tressautement à chaque contact froid des ciseaux.

— Ma grand-mère connaissait toutes sortes d'histoires sur les lycanthropes, comme quoi même sous forme humaine, ils restaient des loups, raconta Nick en s'activant. Elle disait qu'au premier regard de travers, ils vous déchiraient la gorge.

Gregor lâcha un grognement rauque et amusé.

— Le loup est toujours en moi, souffla-t-il en glissant un doigt le long du cou de Nick jusqu'au creux sous sa mâchoire, où il se figea.

L'observant du coin de l'œil, Nick le vit l'épier lorsque le loup ajouta :

— Et si je te prenais au cou, tu adorerais ça.

Un désir ardent le traversa de la gorge au fessier. Il dut s'arrêter une seconde et se mordiller la lèvre le temps qu'il se dissipe.

— Quand tu as la trique, tu rougis tout là, remarqua Gregor avant de glisser son pouce d'une pommette à l'autre, en passant par l'arête du nez de Nick. C'est… facile.

— Arrête.

Gregor poussa un grognement, puis un soupir exaspéré en retirant sa main.

— Si tu avais été un loup, on aurait déjà baisé.

— Si j'avais été un loup, j'imagine que j'aurais déjà eu mon cours sur les prophètes, rétorqua Nick.

Le docteur retira le dernier point de suture sur le cou de son compagnon et recula. Il dut résister à l'envie de lui frapper la main lorsqu'il se mit rapidement, et avec enthousiasme, à gratter la protubérance.

— J'ai besoin de savoir ce qui se passe, insista Nick.

« Besoin » et « envie », c'étaient deux choses différentes. Nick *voulait* se coller à Gregor, goûter cette bouche drôlement belle et cette langue râpeuse. Une lichée de mauvaises décisions pour remplacer le whisky. Le fait que, à ses yeux, Gregor ressemblait au cœur solide d'une tempête, une personne sur qui compter, ne signifiait pas qu'on pouvait lui faire confiance.

Nick en avait conscience. Seulement, il s'en fichait. Le monde touchait à sa fin. S'il fallait se retenir de prendre de mauvaises décisions maintenant, quand viendrait le bon moment ?

— Et puis merde ! jeta-t-il en se penchant et scellant la bouche de Gregor dans un baiser violent, plein d'insouciance.

XI

LES LÈVRES de Gregor étaient froides, sa langue chaude, et Nick en garda le contrôle moins de deux secondes. Il voulut rire lorsque le grognement du loup s'éleva entre eux et qu'il l'attira sur ses genoux. Néanmoins, impossible de piper mot quand Gregor le retenait par la peau du cou et lui réclamait sa bouche.

Les lèvres gercées et le goût du sang ne faisaient pas partie des penchants de Nick. Il aimait maîtriser la situation, prendre son temps, se montrer « attentionné » : des draps frais, une bouteille de vin, une musique sensuelle sur la chaîne hi-fi pour poser le décor. Pourtant, les mains bourrues sur la nuque et une bouche avide faisaient aussi l'affaire, apparemment. Une sensation chaude et électrisante lui tendait la peau et tirait sur des fils cachés directement reliés à ses bourses. En fin de compte, peut-être était-ce Gregor, son penchant ?

— Je veux quand même savoir ce qui se passe, bredouilla Nick entre deux baisers.

Gregor râla et détourna la tête, hors de portée de Nick. Ses lèvres mouillées luisaient de salive et dans ses yeux sombres brillait une faim presque effrayante. La scène figea Nick l'espace d'un instant. Il n'était pas le genre d'homme capable d'éveiller de tels désirs. Il lui restait trop de traumatismes liés à son enfance, dont il n'avait pas pris la peine de se débarrasser. À présent, il était trop tard. Il préférait affronter les conséquences ultérieurement, que changer d'avis maintenant.

Il désirait tout cela.

— Quoi, maintenant ? lui demanda Gregor d'une voix rauque et agacée.

Il resserra sa prise dans la nuque de Nick et la chaleur se propagea le long de son échine. Elle lui tirailla l'entrejambe et il fallut un moment au docteur pour trouver les mots dans cette envie pressante.

— Plus tard, grommela-t-il, haletant. Mais il faudra tout me dire.

Gregor pouffa un rire et rapprocha Nick sur ses genoux.

— J'ai vraiment envie de toi, prononça-t-il, proche des lèvres de Nick au point de les effleurer. On parlera du reste après.

Nick emprisonna le visage de Gregor entre ses mains, lui caressa le haut des pommettes avec les pousses et l'embrassa négligemment. Un baiser tout en nez écrasés, en claquements de dents et en langues entortillées. L'instant ne semblait pas délimité dans le temps, on n'attendait personne à la porte, et pourtant, le ressenti était tout autre. Le frisson dans la nuque de Nick lui dictait qu'il ne fallait pas perdre de temps.

Il se transférèrent du fauteuil à la vieille peau de mouton posée devant un vieux poêle glacé, les jambes emmêlées et les lèvres toujours collées. Le froid mordant les empêchait de se dévêtir, alors ils s'exploraient mutuellement sous les vêtements. Nick retraça les lignes du dos de Gregor, dont les muscles ses contractèrent sous son toucher, ajoutant de la texture à l'image de la peau bronzée et marquée de tatouages noirs, gravée dans son esprit. Il savait déjà que Gregor était magnifique. Pas besoin de voir pour se le rappeler.

Gregor plaquait des baisers dévorants et possessifs le long de son cou et jusqu'à l'épaule. Le genre qui laissait des marques, dont ils seraient les seuls témoins, ou les seuls à s'en soucier. Il glissa la main sur la hanche fine de Nick, puis remonta par l'intérieur des cuisses pour atteindre la montagne formée par son érection douloureuse.

— Je veux te voir, souffla Gregor contre le cou de Nick, en refermant les doigts autour de son dard, un geste qui l'obligea à s'arquer. Te voir en entier.

— Il caille, rechigna Nick qui plongea la main dans les cheveux ébouriffés de Gregor pour la plaquer contre la courbe imposante de son crâne. Tu verrais surtout mes bijoux de famille en tomber.

Il sentit le léger chatouillement du sourire de Gregor contre son cou.

— Je te réchaufferai.

Le docteur éclata de rire et, empoignant ses cheveux, il l'attira pour un énième baiser.

— Si je dois me mettre nu, alors toi aussi.

— Tu m'as déjà vu à poil, lui rappela Gregor contre ses lèvres. Tu m'as sondé jusqu'aux os.

Il semblait curieusement satisfait de sa remarque. Nick lâcha un petit rire, mais se libéra de son pull en se tortillant, avec l'aide de Gregor. La morsure du froid sur son ventre le fit frissonner et reconsidérer la situation. Toutefois, Gregor lui arracha le pull des mains avant qu'il ait pu le déplier et le remettre. Il le jeta par-dessus l'épaule et se pencha pour embrasser Nick sur la sienne.

— Tu es si pâle, remarqua-t-il. La couleur des tripes.

Le commentaire lui valut un rire de la part du docteur, un hoquet amusé qui semblait trop fort dans ce petit salon étrange. Nick le frappa à l'épaule et glissa les doigts dans le molleton épais.

— Lorsqu'on voit une personne nue pour la première fois, on est censé se montrer gentil.

— Si je n'aimais pas la vue, je n'essaierais pas de te baiser, répondit Gregor en haussant les épaules. Il n'en reste pas moins que j'ai l'impression de t'avoir trouvé sous un rocher.

Gregor traîna le doigt le long de ses côtes. Ces dernières avaient toujours manqué de rembourrage, mais Nick devait bien reconnaître qu'elles paraissaient particulièrement maigres.

— Et tu devrais te nourrir un peu plus.

Il baissa la tête et donna un coup de langue autour du téton dressé de Nick, une bande mouillée et chaude sur sa peau qui s'effaça au profit de la fraîcheur. Des dents aiguisées se refermèrent sur le bouton rose et mordirent avec juste assez de force pour couper le souffle au docteur, dont les boules se serrèrent en réponse.

— C'est le régime fin-du-monde, rétorqua Nick. Je comptais écrire un livre dessus.

Gregor hésita lorsque sa bouche rencontra la cicatrice qui parcourait le ventre de Nick. Elle était vieille et estompée : une saillie de tissu cicatriciel blanc bordé de peau légèrement pincée. Gregor leva les yeux vers Nick, le dévisageant sous d'épais sourcils couleur sable.

— Tu devrais aussi mieux prendre soin de toi. Tu as trop de cicatrices, pour un simple médecin.

— Celle-ci ne vient pas de moi, répondit Nick. Mes parents sont morts dans un accident de voiture. J'ai failli y passer aussi. On a dû m'opérer du cœur. C'est comme ça que Mamie a hérité de moi.

Gregor s'assit, les genoux ceignant les hanches de Nick. Il fit passer sa veste par-dessus la tête et la gaze collée sur la blessure à son ventre s'arracha avec. Nick ne put s'empêcher de la fixer. La ligne de tissu cicatriciel gravée sur le ventre plat et musclé de Gregor avait encore l'apparence tendre et rosée d'une peau fraîche, mais elle semblait dater de plusieurs mois, pas de quelques jours. Nick avait déjà été témoin de la guérison accélérée de son compagnon. De fait, sa bouche sèche avait plus à voir avec la vue : des épaules larges et dorées, des muscles gonflés sous une peau tannée, sublimés par les ombres et des traits francs d'encre noire.

— J'imagine qu'on est bien assortis, plaisanta Gregor en effleurant son propre ventre.

— Si ma cicatrice avait ressemblé à ça, dit sèchement Nick, Mamie aurait porté plainte.

Ils étaient assortis, c'était indéniable. Curieusement, Gregor l'aidait à se sentir… non pas plus en sécurité, car rien ne semblait certain, mais moins seul. Vu les conditions dans lesquelles il avait grandi, cette impression était nouvelle. Ce que gagnait Gregor à l'échange ? Nick n'en savait rien. Mais il y avait quelque chose. Autrement, pourquoi l'aurait-il sauvé ?

— Viens là, souffla Nick en s'agrippant à la ceinture de son jean et l'attirant à nouveau sur lui. J'ai froid et tu m'avais promis de me réchauffer.

Ils s'étreignirent sur la lourde peau de mouton, faisant fi de l'odeur de bois brûlé et de poils mouillés dont s'était imprégnée la laine poisseuse. Ils durent s'y reprendre plusieurs fois pour réussir à enlever gauchement leur jean, toujours distraits en pleine action par une morsure à l'épaule ou une cuisse ferme frottant contre une érection.

Nick frémit lorsqu'il parvint enfin à débarrasser sa cheville de cet amas de denim et de sous-vêtements thermiques. Le froid lui pinçait vigoureusement les orteils et le bout des oreilles. Il enveloppa le corps de Gregor pour lui voler sa chaleur constante et inépuisable, les mains et la bouche s'activant sur des hanches étroites et des épaules pleines de taches de rousseur. Quand l'autre homme s'éloigna de lui, Nick protesta.

Cependant, sa plainte se perdit lorsque Gregor se releva sur un coude pour faire glisser son jean mouillé sur ses cuisses élancées. Son membre pointait déjà dans la direction opposée à la cicatrice fragile qui marquait sa cuisse. Le gland brillait de liquide précieux qui, lorsqu'il se contorsionna pour jeter le jean, vint s'étala sur les rares poils qui couvraient son bas-ventre.

— Alors, j'ai le droit de toucher, maintenant ? demanda Nick.

— Ce que tu veux, répondit le loup avec un haussement d'épaules, avant de baisser les yeux vers son érection, le sourcil dressé. Mais je ne crois pas avoir besoin d'aide pour la lever.

— Et juste pour le plaisir ? s'esclaffa Nick.

Il fit courir un doigt le long de la veine saillante à la base de son membre et, avec satisfaction, il le vit tressauter. La surprise qui se lisait sur le visage de Gregor le fit hésiter.

— Quoi ? Les loups n'aiment-ils pas… ?

— Les loups ne se… donnent pas tant de mal, bafouilla Gregor après son interruption, les mots soigneusement choisis comme pour en éviter des plus crus et directs. Mais tu n'es pas un loup, observa-t-il en se mordillant la lèvre intérieure.

Effectivement, supposa Nick. Il fit glisser son pouce sur le haut luisant et collant de l'érection, puis, de sa main, il la parcourut sur toute la longueur avant de rejoindre des boules qui pendaient lourdement. Les abdominaux de Gregor se contractèrent et il jura-grogna entre ses dents serrées.

Cette excitation flagrante faisait plaisir à voir. Nick enserra la base du manche, sentant le sang chaud pulser contre la paume de sa main, puis remonta. Il empoigna également son propre dard douloureux. Il regrettait le frottement familier de ses doigts, mais s'en contenterait. En s'aidant de son pied posé par terre, il releva les hanches vers sa main.

La chaleur envahissait ses joyeuses et se déversait dans tout son corps. Il se mordit lui aussi la lèvre et, au bord de l'explosion… Avant qu'il ait pu profiter des efforts de sa main, Gregor roula sur lui. Les caresses et les dards changèrent de place et, traversé par une secousse délicieuse, Nick se mit à mâchouiller l'intérieur de sa lèvre.

— Gregor ?

— Je reste un loup avant tout, lui rappela-t-il. J'aime… que tu te donnes du mal… mais je préfère t'avoir en dessous.

Il embrassa Nick, lui croqua la lèvre au point de la marquer, puis passa un bras sous sa jambe pour la replier sur sa poitrine. La pression croissante dans sa cuisse, du genou à son fessier, semblait attiser son érection. Elle envoyait des jets rapides de douleur à travers ses nerfs, qui se confondirent avec le plaisir dans ses boules.

Gregor cracha sur sa main et se mit à lui malaxer l'ouverture de ses doigts mouillés et glissants. Au début, il eut mal : les doigts étaient trop brusques, trop impatients, mais il finit aussi par s'en délecter, convaincu à moitié par son dard, lui qui assurait à son fessier qu'ils passaient un agréable moment, et à moitié par l'adrénaline, provoquée par l'effort intense des muscles.

— Je ne suis pas en sucre, jeta Nick en attrapant Gregor par les épaules et enfonçant ses doigts dans des muscles tendus. Allez, prends-moi. S'il te plaît ?

Gregor émit un rire, Nick le sentit résonner dans son derrière.

— Moi qui croyais que tu aimais les préliminaires.

Il étala de la salive sur son manche avec un air inhabituellement résolu et pressa le gland contre l'ouverture de Nick. Tout à coup, une peur panique enracinée dans son esprit domina son désir et son ardeur pour lui crier un rappel : le préservatif. Nick y réfléchit, même si ce fut court, mais ne voulut pas les arrêter en pleine action pour partir à la recherche d'un bout de latex fourré dans un tiroir de la ferme, où il prenait la poussière depuis dix ans. Par ailleurs, c'était la fin du monde. L'hiver de loup sonnait déjà comme un dénouement fatal, alors Nick se dit qu'il n'aurait pas le temps de regretter un mauvais lancé de dés.

Gregor se poussa lentement à l'intérieur. Il semblait plus gros que prévu, assez dur et épais pour que Nick le ressente dans ses hanches, et ce malgré le flot enivrant de plaisir qui descendait jusqu'à ses bourses, dans une chaleur accablante et fiévreuse. Au début, le docteur se sentit un peu irrité par la réaction inhabituelle de son corps. Toutefois, Gregor finit par se loger entièrement en lui, son érection appuya solidement sur sa prostate et alors, cette pointe de ressentiment se dissipa avec toutes ses autres pensées.

Gregor posa son avant-bras près de la tête de Nick et afficha un sourire en coin.

— Alors, ça valait le coup d'écourter les préliminaires ?

Nick s'étira pour déposer un baiser léger et piquant sur ses lèvres.

— Repose-moi la question quand on aura terminé, le provoqua-t-il.

Gregor rit et lui empoigna les fesses. Il serrait ses miches fermes tandis qu'il se retirait et se replongeait en lui. Nick l'enceignit de ses jambes et appuya ses talons contre son fessier pour le presser à le pénétrer plus profondément. En même temps, le docteur baissa une main pour attraper sa propre érection. Il effectuait des mouvements avec chaque va-et-vient qui l'écrasait contre la laine rugueuse du tapis. Sous les compressions et les roulements, son membre gonflé semblait brûlant entre ses doigts.

À chaque coup de reins, le dard de Gregor frappait sa prostate et lui arrachait des frissons de plaisir. Ils s'installaient entre ses jambes, vifs et irréguliers, et il ne savait plus s'il en voulait encore ou s'il désirait simplement jouir au plus vite. Comme pour répondre à la question, Gregor lui saisit les poignets et les immobilisa au-dessus de sa tête, contre le sol, laissant son érection dressée et lancinante sur son bas-ventre, au bord de l'orgasme.

— Tu pourras jouir quand je te le dirai.

— Je veux… Gregor, s'il te plaît…

— Que veux-tu ? grogna l'intéressé d'une voix rauque, en resserrant cruellement la prise autour de ses poignets. Dis-le, Nick. De quoi as-tu besoin ?

Il ne voulait pas céder. La vérité le mettrait au grand jour devant Gregor, lui révélerait toutes ses faiblesses. Cela ne lui ressemblait pas. Mais il en mourait d'envie. S'il ne jouissait pas très vite, il craignait que son cerveau ne fonde dans ces remous de chaleur et de désir.

— Toi, bredouilla-t-il. C'est toi que je veux.

Gregor parut content de lui et changea de position de façon à les aligner sur le côté. Il balançait des hanches contre le fessier de Nick dans une étreinte lente et maîtrisée, et fit passer un bras par-dessus le corps du docteur pour lui saisir les bourses. Il referma sa prise, provoquant un plaisir intense.

« Bordel de merde ! » Nick se mordit encore l'intérieur de la joue et goûta du sang. Il y était presque. Il sentait la pression de son orgasme sous les doigts de Gregor. Un orgasme qui gonflait à chaque lent coup de reins le remplissant, avant de remonter le long de son échine. Il poussa un gémissement obscène et désespéré, puis tendit le bras derrière lui pour empoigner le fessier de son amant.

Enfin, Gregor relâcha sa prise et Nick fut secoué par un orgasme si puissant que le monde devint flou autour de lui, alors qu'il se répandait sur le tapis. Il sentit Gregor jouir quelques secondes après, les cuisses fermement collées aux siennes et sa semence se déversant chaudement en lui.

— Bien réchauffé ? lui demanda Gregor en lui titillant l'épaule avec son nez.

Nick rit et se retourna pour lui mettre un bras autour du cou. L'idée semblait toujours aussi mauvaise et son histoire se terminerait mal, mais il s'en fichait. Pour le moment.

XII

Nick roula le jean taché d'hémoglobine et le jeta dans la poubelle. Un geste inutile : le propriétaire semblait être parti depuis longtemps et personne n'attendait le ramassage des ordures avant le retour du printemps, mais Nick ne put se résoudre à le jeter simplement dans un coin de la pièce. Il s'essuya les mains sur un torchon, étalant le sang de Gregor sur l'image passée d'un château, et regarda par-dessus son épaule.

Dans l'embrasure de la porte, il aperçut un postérieur ferme et musclé et un dos tatoué qui le firent rougir. C'était bête, il en avait vu d'autres, mais l'effet était différent.

— Tous les… loups… guérissent-ils aussi rapidement ? demanda-t-il en se détournant et feignant un intérêt pour le torchon.

— Tu veux gâcher une réponse là-dessus ? rétorqua Gregor.

Nick jeta également le tissu sali dans la poubelle et se retourna. Il s'appuya contre le plan de travail, les mains posées derrière lui sur la porcelaine froide d'un évier carré, et observa son amant tout en pesant le pour et le contre. La partie de lui l'ayant encouragé à érafler les cicatrices noires qui pinçaient la peau tatouée voulait savoir. Mais il y avait des sujets autrement plus pressants.

— Les prophètes, dit-il plutôt. Que sont-ils ?

Gregor s'assit sur une table basse mouchetée de cercles de café pour enfiler ses bottes.

— Des prêtres. Des criminels. Les pires d'entre nous.

Nick attendit. Gregor faisait ses lacets. Visiblement, il ne comptait pas compléter sa réponse. Il n'aimait pas parler. Plus les questions devenaient nombreuses, plus les phrases que Gregor daignait prononcer se raccourcissaient.

— Que te veulent-ils ?

— Avant, ils me voulaient mort, répondit-il en haussant les épaules. Maintenant, je ne sais plus ce qu'ils recherchent.

Nick râla en silence et se poussa de l'évier. Apparemment, il ne suffisait pas de coucher avec lui pour le rendre plus accommodant. Il y avait trop de tasses dans la cuisine et, de fait, trop d'occasions de lui en envoyer une dans la tête. Nick se mit donc à faire les cent pas autour de la table, en roulant des cervicales. Le craquement des vertèbres dans sa nuque fut sa seule satisfaction de toute l'heure qui avait suivi leurs ébats.

— Ma grand-mère connaissait de nombreux récits : « L'Hiver de loup », « L'Attrapeur », « Les loups au-delà du mur », récita-t-il sans tous les énumérer, car sa grand-mère ne tarissait pas d'histoires. Elle les disait tous véridiques : des loups qui marchent parmi les hommes, des dieux qui font construire des monuments sur nos os, un hiver sans fin...

Gregor leva la tête vers lui, ses yeux verts finement plissés.

— J'aimerais bien rencontrer ta grand-mère.

— J'en doute. Personne ne l'appréciait, répondit Nick. C'était une vieille mégère, même si elle avait bien raison sur les monstres.

Les traits droits couleur sable qui servaient de sourcils à Gregor se froncèrent.

— Ce ne sont pas les loups, les véritables monstres.

— Elle disait que vous nous traqueriez comme du gibier, que vous transformeriez les villes en terrain de chasse et que vous jetteriez nos os dans les plaines du Norfolk.

— Fenrir, le corrigea Gregor, en courbant la langue sur la dernière syllabe. Dans la gueule de Fenrir. Ta grand-mère rapportait surtout trop de fausses histoires.

— Et sur quel point se trompait-elle ?

Gregor se gratta la mâchoire.

— Je ne les laisserais pas te faire du mal.

Le rire qui démangeait Nick n'avait pas lieu d'être. Rien de ce sujet ne prêtait à la plaisanterie. Il se pinça l'arête du nez et le ravala.

— En résumé : les loups comptent nous dévorer dans nos lits et les prophètes veulent vous arrêter, clarifia-t-il avant d'inspirer un bon coup. Je crois que je suis dans le mauvais camp.

Pas vraiment. Sa langue brûlait encore à cause de la boisson amère que Terry l'avait forcé à avaler et l'image du visage mobile et écorché de Len lui donnait des cauchemars. Néanmoins, cela ne signifiait pas non plus qu'il se trouvait du bon côté.

— Les prophètes ne cherchent pas à arrêter quoi que ce soit, lança Gregor en se levant et gagnant la cuisine.

Il boitait toujours. Sous la peau cicatrisée, le muscle semblait encore endommagé, mais ses mouvements ne paraissaient pas moins gracieux. Nick aurait dû s'éloigner avant son arrivée, placer la table entre eux. Gregor n'était pas humain. Mettre de la distance entre eux était une question de survie. Néanmoins, le temps que l'idée germe dans l'esprit du docteur, Gregor avait déjà une main posée sur sa nuque.

— Ils veulent seulement devenir les instigateurs du mouvement. C'est de ça qu'il est question. Lorsque Fenrir descendra parmi nous, il s'attendra à nous voir nous rassembler pour le suivre : une meute pour courir à ses côtés pendant qu'il chassera les dieux. Les prophètes comptent l'accueillir avec leurs monstres et les quelques loups minables qui accepteront de suivre leur « Numitor » de pacotille, en espérant que le fils de Loki tombera dans le panneau, expliqua Gregor sur le ton du mépris. Et ton seul camp, c'est le mien, ajouta-t-il d'une voix rauque et possessive.

Nick se dit intérieurement qu'il était trop tard pour se soucier de son instinct de survie. Il posa les mains sur les hanches de son amant et se colla à lui.

— Dans ce cas, que font-ils ici ? s'inquiéta-t-il. Il n'y a rien dans ce coin.

— Pour les humains, s'esclaffa Gregor. Le territoire du Numitor s'étend au nord d'ici, là où les légions romaines nous ont exilés, comme s'ils nous avaient trouvés sur ces terres, et pas rapportés avec eux. Pour les loups, ce territoire représente le cœur du pays. Les prophètes savaient que nous allions devoir le traverser pour rentrer chez nous. Ils nous ont tendu un piège et ils ont eu Jack.

— Et toi aussi, lui fit remarquer Nick, en se mordant la lèvre inférieure. Ça signifie que mes amis et moi sommes… quoi ? Des dommages collatéraux ?

— Exact. Et ils ont aussi besoin de chair et de sang pour créer leurs monstres, compléta-t-il. Ce ne sont pas des dieux. Ils ne sont même pas les meilleurs parmi les loups. C'est pourquoi leurs créatures ne sont pas toujours réussies.

Gregor exsudait l'assurance, mais sa réponse semblait étrangement… travaillée. Nick tenta de chasser le doute, car après tout, Gregor devait mieux s'y connaître. Pourtant, ses paroles tournaient en boucle dans son esprit. Le loup n'avait sans doute pas tort. Cependant, plus d'une fois on lui avait rapporté des cadavres à la morgue dont les causes évidentes de décès servaient seulement à masquer les raisons véritables. Ici, à défaut d'être fausse, son explication semblait incomplète.

— Et Terry, alors ? l'interrogea-t-il. Il n'était pas comme Len. Et ce liquide qu'ils faisaient boire à tout le monde, la nuit dernière, c'était…

Gregor l'embrassa avant qu'il ait pu finir sa phrase. Il resserra sa poigne, le prit par la peau du cou et plaqua violemment sa bouche contre la sienne. L'envie parcourut le corps de Nick, terminant dans ses bourses, et toutes ses bonnes intentions s'envolèrent. Il glissa les mains dans les poches du jean volé et attira Gregor à lui. Il sentit alors le poids d'un dard à la chaleur tangible contre son ventre.

Le goût de l'acétone et du poison qui lui avait irrité la langue s'effaçait enfin, remplacé par celui de la salive, de l'épuisement et d'une pointe de cuivre : les souvenirs d'une nuit passée à fuir et à s'abriter dans une vieille porcherie. Et parmi ces saveurs, il distinguait le goût musqué et entêtant de son amant.

Cependant, même s'il ne sentait plus la boisson sur sa langue, il s'en souvenait encore. Son goût, la sensation de brûlure dans son nez lorsqu'il l'avait recrachée, les petits vers qui s'étripaient dans la neige ; cela avait semblé réel. Si tout le reste l'était, ces vers vaporeux qu'il avait vu gigoter dans le liquide renversé devaient l'être aussi.

Une vive douleur éclata dans sa lèvre inférieure, forçant Nick à se concentrer sur le corps ferme collé à lui et sur le frottement d'une petite barbe contre sa joue.

— Aïe, bredouilla-t-il contre Gregor, sa lèvre toujours coincée entre des dents aiguisées.

— Je ne partage pas, grogna son amant en la relâchant et se penchant en arrière pour lui tapoter la tempe. Même pas avec ce qu'il y a là-dedans.

Nick l'attrapa par le poignet et l'éloigna de sa tête.

— Crois-moi, ce qui se cache là-dedans ne me quitte jamais. Que je le veuille ou non.

Il céda à une envie pressante et embrassa Gregor sur l'intérieur du poignet. La peau y était fine et il perçut les pulsations du sang sous ses lèvres. L'espace d'un instant, Nick se sentit content de lui : tout ce que Gregor lui faisait, il le lui rendait, mais très vite, son enthousiasme fut sapé par la culpabilité, lorsqu'il se rappela :

— Qu'ont dû faire les prophètes au reste de mon équipe, en apprenant que tu t'étais échappé ?

Il y eut un silence, puis Gregor lui caressa très délicatement la joue avec le dos de la main.

— Rien que je puisse arranger, lui confia-t-il. Mais toi, tu peux m'aider. Ils détiennent encore mon frère et son chien.

Nick ferma les yeux. La culpabilité lui tiraillait le ventre, d'autant plus qu'il lui avait fallu si longtemps avant de penser aux autres, pour une fois. Ses yeux piquaient, comme s'il était sur le point de pleurer, et peut-être que payer un genre de tribut lui aurait allégé la conscience. Malheureusement, pleurer n'avait jamais été son fort. À aucun moment de sa vie cela ne lui aurait été utile.

— Merde, souffla-t-il.

Il sentit Gregor reculer et le froid s'engouffrer dans l'espace ainsi créé.

— Je n'aurais pas dû demander, jeta sèchement le loup. Ce n'est pas ton problème.

Nick renifla, goûtant le sel et la morve sur sa langue. C'était trop égoïste de sa part de ne penser qu'à lui. Il ouvrit les yeux et haussa une épaule.

— Maintenant, ça l'est, répondit-il. Ça n'a rien à voir avec ton frère, c'est juste que j'ai l'impression…

Son aveu se bloqua derrière ses dents : s'il n'avait pas écouté Gregor durant la première nuit, s'il n'était pas intervenu, s'il avait raccompagné Copeland à sa caravane, au lieu d'aller l'avertir… Mais Gregor n'avait pas besoin d'entendre ses reproches. Nick ravala le sel dans sa gorge.

— J'imagine que je tenais à mes collègues plus que je le croyais, dit-il. Mais je t'aiderai à retrouver ton frère, si c'est dans mes cordes. Cela dit, je ne sais pas en quoi je pourrais t'être utile. Je ne suis pas… Je n'ai jamais été bon bagarreur.

En parlant, il ouvrit les bras et son manteau révéla un corps maigre aux os saillants. Il n'était pas pour ainsi dire en mauvaise condition physique : il pratiquait l'escalade, le yoga et réussissait à tenir sur le tapis de course le temps d'une playlist complète de chansons agressives, mais il était clairement bâti pour esquiver les ennuis et non les affronter.

— Tu es tout ce qu'il me reste, répondit simplement Gregor.

Un rire de surprise se coinça dans sa gorge, l'étouffant comme du tissu. Son sens de l'humour s'était assombri depuis le début de ses péripéties, même s'il avait toujours eu le chic pour rire des mauvaises choses, comme lui avait si bien fait remarquer un de ses parents adoptifs.

— Ça me va, reprit Nick. Par où on commence ?

— Si je le savais, j'y serais déjà, rétorqua Gregor. Ne pose pas de questions idiotes.

— Il n'y a pas de questions bêtes, lança Nick par pure habitude, même si, normalement, sa remarque servait à rassurer un jeune docteur, et pas à se défendre.

— Tu te trompes, lâcha Gregor en le fusillant du regard.

Il se retourna, se mit à fouiller les placards de la cuisine et découvrit une cachette où des oignons séchés et une boîte humide de cornflakes avaient été abandonnés. Nick se renfrogna devant ces larges épaules impassibles. Apparemment, le temps des câlins et des baisers torrides était dépassé. Mais il fallait se rendre à l'évidence : Gregor parlait toujours de manière franche et sans détours. C'était simplement plus facile à tolérer dans le cadre de la chambre à coucher.

— Tu connais les prophètes, proposa Nick. Que pourraient-ils lui faire ?

Gregor s'accroupit pour regarder sous l'évier. L'arrière de son jean s'abaissa et afficha un bout de tatouage noir et un début de raie. Nick s'empourpra et s'empêcha de le fixer. Il parcourut les papiers qui gisaient sur la table. Une lettre était rangée entre les cartes et les listes de sites archéologiques. Elle provenait de l'hôpital et pressait un certain M. Robbie Dewey à prendre rendez-vous pour le prochain scanner. La manière dont la lettre était tournée suggérait que M. Dewey n'en obtiendrait aucune bonne nouvelle.

Cela dit, Nick connaissait ce nom. Il lui fallut une minute pour le retrouver, mais il finit par sortir les clés de sa poche. Robbie Dewey, ce bon papa. Un crochet pendait au mur pour ce trousseau de clés et Nick les y accrocha avec la satisfaction du travail bien fait.

— Personne ne connait les prophètes. Mon père, peut-être, réfléchit Gregor.

Il tourna les talons et souleva tout un plateau de soupes en boîte.

— Ce sont des rebuts. On les consulte seulement quand c'est nécessaire, sans plus. On ne tape pas la discussion avec eux.

Il lâcha les boites de conserve sur la table : essentiellement des soupes à la tomate, de marque premier prix. L'épaisse couche de poussière sur le dessus faisait plus penser aux achats habituels d'un fermier absent qu'à des réserves urgentes pour l'hiver.

— Voilà pourquoi ils adorent tant leurs monstres, ajouta Gregor en sortant le couteau en forme de faucille du tiroir pour en transpercer le couvercle en métal. Ce sont les seuls êtres sur terre qui souhaitent leur présence.

Il but la soupe froide de tomate directement de la conserve. Nick grimaça et détourna le regard, partagé entre le dégoût et la faim. Son ventre grommela en réponse.

— Ça n'aide pas vraiment à comprendre…

Sauf que si. Nick ravala le reste de sa phrase et fronça les sourcils.

— Quoi ? s'étonna l'autre homme en s'essuyant la bouche avec le poignet.

L'idée n'était pas difficile à expliquer, mais les lèvres de Nick refusaient de prononcer les mots. Quelque part, il était plus facile d'accepter le monde étrange décrit par sa grand-mère. Malgré les thérapies, les cachets et son mantra : « Mamie était folle, mais pas toi », il n'avait jamais cessé de la croire. Certaines choses étaient trop ancrées en lui pour changer.

Mais l'expliquer à quelqu'un d'autre ? Nick avait déjà essayé, par le passé, et il pouvait attester d'une chose : voir des monstres était bien moins affligeant que d'interagir avec des gens qui vous croyaient fou. Que Gregor soit le Prince des loups, à la tête du côté nordique du monde, ne facilitait rien. Si ce n'est que des piques et des grands yeux de sa part risquaient de le blesser davantage.

— Crache le morceau, jeta Gregor.

— Girvan, bredouilla Nick. Quand on est allés y faire un tour, l'autre jour, la moitié de la ville avait déserté. Ils ont tous migré vers l'hôpital.

— C'est normal, répondit Gregor d'un air dubitatif. Le temps se rafraichit, la nourriture va commencer à manquer.

— Sauf qu'on n'a même pas été autorisés à passer la porter pour discuter. C'était bizarre. Ils étaient tous bizarres. Et Terry Muir s'y trouvait aussi. Terry, l'homme qui est venu au parc, la nuit dernière, pour convaincre Jepson de les laisser t'emmener.

— Si un prophète s'y cachait, je le saurais, le contredit Gregor en secouant la tête. Et ils auraient pu me suivre dans la Nature sauvage. Enfin, certains d'entre eux.

— Le fils de Terry est mourant, insista Nick, avant de se corriger. Était mourant. Je l'ai vu pendant le tri pour l'évacuation, et je l'ai revu hier. Il n'était plus malade, ou du moins pas de la même manière. Les prophètes auraient-ils pu promettre à Terry de guérir son fils en échange de son aide ?

— Ils en sont incapables.

— Et s'ils avaient menti ? Tu as vu le monstre de la nuit dernière ? Il avait la moitié du visage déchirée. Il aurait dû mourir après une telle hémorragie, ou agoniser de douleur. Pourtant, il courait tranquillement.

Si les prophètes avaient montré ces miracles à Terry en lui disant qu'ils pouvaient en faire de même pour son fils...

Gregor arborait souvent un air renfrogné. Cela rendait ses rares sourires d'autant plus agréables, mais enlevait aussi un peu d'impact à son regard foudroyant, puisqu'il s'agissait de son visage neutre. Cette expression-là était différente et les coins relevés de ses lèvres cachaient une tristesse réelle et sombre.

— J'espère sincèrement que tu te trompes, pour ce garçon.

GREGOR PLAQUA les mains contre le capot de la Land Rover et sa botte contre le vieux mur de pierre. Les muscles de son dos se contractèrent lorsqu'il poussa et le molleton de sa veste se tendit autour de ses épaules.

Le moteur gronda sous le métal cabossé lorsque Nick appuya sur l'accélérateur, une main sur le volant et l'autre posée fermement sur le levier de vitesse lâche pour enclencher la marche arrière. Il sentait l'odeur du métal chaud et de l'essence brûlée alors que la voiture rebondissait et déviait vers l'arrière.

Quittant momentanément Gregor des yeux, il jeta un regard par-dessus son épaule. À travers la vitre sale, il voyait la neige voler sous les roues, blanche au début, puis se teintant progressivement de marron à mesure que le caoutchouc creusait dans la boue.

Le véhicule recula avec réticence, ralenti par une soupe de boue et de poudreuse, avant d'atteindre le goudron compact de la cour. Il fusa alors brusquement sous les jurons paniqués de Nick, dont le cerveau refusait de réagir.

— Les freins, se rappela-t-il. Relâcher la pédale d'accélération.

Il exécuta les deux actions une seconde trop tard et l'arrière de la Land Rover s'emboutit contre le mur de pierre de la porcherie où ils avaient passé la nuit. L'impact le projeta en avant et il manqua de peu de se briser le cou sur le repose-tête.

— Putain...

Nick s'affala dans le siège et se massa les poignets. Le pare-brise était couvert de paillis et de givre. Il eut besoin de ses deux mains pour abaisser la vitre. Elle oscilla jusqu'à la moitié, puis se coinça. Il sortit alors la tête et grimaça en voyant Gregor à genoux dans la neige.

— Désolé. Ça va ?

Gregor prit une seconde pour se remettre, puis grogna :

— Ouais.

Néanmoins, il eut l'air de souffrir en se redressant. Il inspira avec une main posée sur le ventre, balaya la neige sur ses genoux et monta dans la voiture.

— Tu sais où on va ?

— Oui, répondit Nick.

C'était en partie vrai. Il connaissait l'endroit. Mais trouver le moyen de le rejoindre semblait plus délicat. Gregor mit la voiture au point mort et laissa le moteur tourner. Intérieurement, Nick essayait de mesurer la force de son amant. Évidemment, il n'était pas Superman, autrement il se serait contenté de soulever la voiture, mais sortir une Land Rover – un vieux modèle en métal lourd – de la boue, en la poussant, restait une sacrée prouesse.

Toutes les provisions récupérées dans la vielle ferme étaient empilées devant la porte. Nick se sentit un peu honteux de voler, mais ils étaient dans le besoin et le fermier n'était plus là. Plus depuis un moment, d'ailleurs. Une fois que tout serait terminé, si les loups et les prophètes ne les dévoraient pas tous dans leur sommeil, peut-être pourrait-il rembourser le vieil homme.

Ils détenaient un carton pourrissant rempli de denrées dénichées dans la cuisine : de la soupe en boîte pas chère, des sachets d'avoine, du pâté de jambon en conserve qui, encore une fois, lui rappelait sa grand-mère. Personne n'en mangeait jamais. Il restait là, au fond du placard, pour l'éternité. Nick avait également vidé le séchoir de ses draps et ses couvertures, et avait jeté la trousse de secours avec le reste. Gregor semblait certain que Jack ne serait pas blessé, mais Nick en doutait.

Le pistolet pesait lourdement dans sa poche. Il ne savait pas pourquoi il l'avait pris. En plein combat, il avait plus de chance de se tirer dessus que de tuer quelqu'un d'autre. Il ouvrit le coffre de la Land Rover et y jeta d'abord les rouleaux de draps. Gregor le rejoignit en boitant, préférant s'appuyer sur sa jambe saine, et attrapa le carton de nourriture.

— Quand on arrivera sur place, reste à l'écart, ordonna-t-il à Nick. Tu vas me gêner et tu risques de me ralentir.

— Crois-moi, je n'ai aucune envie de me battre contre un truc comme Len.

Gregor lâcha un rictus et se tourna pour glisser la nourriture à l'arrière.

— Len n'avait même pas chargé de toutes ses forces. Les monstres sont beaucoup plus…

Il se figea, les yeux rivés au-dessus de l'épaule de Nick. Après tout ce qu'il avait traversé, c'était troublant de voir son visage pâlir de stupéfaction. Nick se tendit en sentant le retour de ce chatouillement dans sa nuque. Il serra la couverture qu'il tenait.

— Quoi ? s'inquiéta-t-il.

Gregor cligna des yeux, le visage grave. Il attrapa la laine entre les mains de Nick et la jeta dans la voiture.

— Monte dans la bagnole.

— C'est encore la femme morte ? demanda Nick, la gorge serrée. La femme toute fripée qui est arrivée avec toi, la première nuit ?

Gregor détourna les yeux de l'objet de sa surprise et dévisagea Nick d'un œil critique.

— Elle en cachait des choses, hein, ta grand-mère ? Monte dans la voiture.

Il contourna la Land Rover à reculons, son attention tournée vers ce qu'il observait, et ouvrit lentement la portière. Nick jura dans sa barbe et se força à regarder. C'était un porc. Une grosse truie rose de la taille d'une Smart, mais rien de plus qu'une truie.

Cela aurait dû être un soulagement, comme après une farce un peu cruelle. Mais Gregor n'avait pas une tête de farceur. Nick regarda derrière la truie et retraça ses pas jusqu'à la colline. Il y distingua d'abord des porcelets, rapides, poilus, et barrés de noir tandis qu'ils trottinaient dans la voie dégagée par leur mère. Derrière eux suivait un énorme sanglier gris, fumant et plein de graisse. Il se dandinait lourdement, gonflé de muscles et d'effort, mais semblait survoler la neige, sans en casser la croute. Si la truie faisait la taille d'une petite voiture, le sanglier, lui, pouvait facilement renverser la land Rover.

— Oh merde.

L'adrénaline lui fit l'effet d'une gifle et le poussa à réagir. Il tressauta sous le claquement bruyant du coffre fermé, puis contourna le flanc du véhicule pour monter à l'intérieur. Gregor l'empoigna par le col et le tira dans l'habitacle lorsque son pied glissa.

— Te chie pas dessus, lâcha son compagnon. Contente-toi de prendre le volant.

Nick ferma violemment la porte et boucla difficilement sa ceinture. Un regard rapide à travers la fenêtre toujours ouverte l'informa que le sanglier l'avait entendu. Il tourna son énorme tête, les défenses blanches comme des os et tachées de sang, et entreprit de traverser le champ.

— C'était quoi, ça ? jeta Nick en enclenchant la première. Qu'est-ce qu'il veut ?

— S'envoyer en l'air, apparemment, répondit Gregor.

Le moteur vrombit, puis cala. Nick ferma les yeux dans une rapide prière improvisée et le relança. Cette fois, la voiture démarra et roula vers l'avant. Le docteur gardait les yeux rivés vers l'horizon tandis qu'il fendait les arbustes et la neige pour atteindre le portail. Mais malgré tous ses efforts, il percevait du coin de l'œil l'ombre imposante du sanglier approchant de la muraille. En plein mouvement, elle semblait tiraillée par le vent : une silhouette aux contours flous, mais ses détails se précisèrent lorsque l'animal s'arrêta au mur.

Il aurait pu passer au travers, même par-dessus, mais sembla se contenter de regarder Nick prendre la fuite. L'arrière de la voiture zigzagua lorsqu'ils roulèrent sur l'asphalte, comme une tentative de dérapage au ralenti. L'engin rencontra un rocher sur l'accotement de la route et s'ébranla, mais Nick réussit à reprendre le contrôle du volant.

Il l'agrippait avec des mains en sueur. Le sanglier ne semblait pas aussi effrayant qu'une sorcière décrépite ou le visage serein et à vif de Len, mais étrangement, il paraissait plus... dérangeant. Il lui rappelait cette peur désarçonnante, fiévreuse, ressentie à la vue du monde blanc et vaste dans lequel Gregor l'avait entraîné la nuit précédente. C'était l'assurance semi-consciente que quelque chose clochait.

— D'où il sort ce putain de mastodonte ? croassa-t-il en jetant une œillade paniquée à son passager.

— Tu le sais déjà, lâcha Gregor.

Apparemment, le sanglier fumant ne méritait pas qu'on gâche sa salive dessus. Gregor regarda par-dessus son épaule, puis se détendit contre son siège. Nick inspira un grand coup. Il sentait le porc, cette odeur graisseuse de BBQ lui enveloppait la langue.

— Pourquoi... ?

Nick se mordit la langue devant l'expression frustrée de Gregor. Il retira une main du volant et la frotta sur son jean. Une réplique cinglante et joliment articulée perçait dans son esprit, le genre de remarque piquante qui lui avait valu sa réputation d'homme au cœur de pierre. Elle se changea en pleine formulation, diluée avec un mélange de fatigue, de frustration et de traumatisme.

— Tu me soûles à la fin ! Réponds à ma question ! insista Nick.

Gregor lâcha un rire rauque et tendit le bras pour attraper tranquillement Nick par la peau du cou, comme s'il s'apprêtait à gronder un chiot.

— Personne ne me parle sur ce ton, lui grogna-t-il.

Nick se crispa, les épaules relevées et les mains fébriles, préparé à ce que des doigts s'enfoncent dans sa peau. Ils n'en firent rien. Gregor se contenta de poser une main brûlante sur sa nuque, la peau exposée entre ses cheveux et son col. Elle maintint Nick plus que nécessaire.

— Il n'aurait pas dû se trouver là. Pas aussi tôt. Normalement, il y a un ordre à respecter, et ce n'est pas ce qui était prévu. D'abord l'hiver, puis la Nature sauvage.

Sa remarque soulevait encore plus de questions. Nick se retint de les poser, conscient que les réponses ne feraient que l'accabler davantage.

— Il va nous poursuivre ? demanda-t-il. Parce que, clairement, ce n'est pas le genre de mort que je voudrais voir sur mon rapport d'autopsie.

— Il a une truie et une queue, lâcha Gregor. Il nous voyait simplement comme des intrus sur son territoire.

Voilà une bonne explication, se dit Nick. Il serra les poings autour du volant et se pencha en avant pour scruter les panneaux à travers le pare-brise rayé. Cependant, seuls les panneaux en carton du marché de Noël de Ayr restaient visibles. Il se racla la gorge pour se distraire et tenta d'autres questions avec Gregor.

— Si ton frère se trouve à Girvan, comment allons-nous entrer dans l'hôpital ? essaya-t-il. Les habitants ont barricadé la porte et ils ne laissent personne passer.

Gregor plia et déplia les doigts sur les tendons tendus dans les épaules de Nick. Sa voix s'abaissa à un souffle rauque :

— Je n'ai pas besoin de leur demander la permission.

XIII

La **puanteur** des monstres inachevés des prophètes planait tel un brouillard sur la ville. Elle n'avait pas cette puissance vomitive dont Gregor avait fait l'expérience à Durham. Cette odeur-là vous rongeait les os, jusqu'à vous donner envie d'en déchirer la source. Non, ici, on sentait un parfum dérangeant qui retombait avec la neige et gonflait inopinément au coin des rues. Il vous retournait l'estomac comme de la viande avariée et vous tapait sur le système au point de vous pousser à mordre quelqu'un pour en finir.

Gregor toussa grassement et cracha dans la neige.

— Tu sens ça ? demanda-t-il.

Du coin de l'œil, il vit Nick ralentir, s'essuyer le nez et renifler l'air.

— Non, répondit-il, hésitant et, après un moment, il renifla à nouveau pour changer sa réponse. Peut-être. Ça sent comme... un aquarium ? De l'eau stagnante et des algues.

Ces relents ne rappelaient pas la même chose à Gregor. La seule autre fois où il avait distingué une odeur similaire était à la chasse : une biche ouverte en deux, à l'intérieur de laquelle moisissait un faon. Une bulle de gaz rance avait alors explosé sous la lame du couteau.

— Avec un nez pareil, on pourrait s'attendre à un meilleur odorat, ironisa-t-il.

Nick lui lança un regard offensé et se frotta le bout du nez comme pour se défendre.

— Je charcute les morts, jeta-t-il. Un nez trop sensible ne serait pas très avantageux.

La Land Rover volée était garée dans l'obscurité humide d'un vieux pont ferroviaire. Le gel s'infiltrait dans les pierres, estompait les lignes de quelque profanités passées et arrachait le mortier dans les interstices. Dans le champ broussailleux, des plants d'ortie et des tiges de chardons ressortaient à moitié sous la neige, ainsi qu'au milieu de l'herbe et du bois autour de l'hôpital squatté. Au-dessus de leur tête, le ciel était sec et ensanglanté, meurtri par la promesse d'une tempête brutale.

Gregor se tint au bout du tunnel et observa les bâtiments. Ils se trouvaient trop loin pour entendre quoi que ce soit, même avec une ouïe de loup, mais lorsqu'il toucha la Nature sauvage, elle lui sembla… inerte, comme s'il n'y avait rien de chaud ou de vivant pour la raviver.

— Tu ne m'avais pas dit que toute la ville s'était rassemblée ici ? demanda Gregor.

— La plupart des habitants, répondit Nick en pliant ses mains devant la bouche pour souffler sur ses doigts, le lourd manteau et les épaisses couches qui élargissaient sa silhouette délicate ne suffisant pas à le protéger du froid lorsqu'il restait immobile. Ceux qui sont restés. On ne voit rien d'ici.

— Non, acquiesça Gregor. Toi, tu ne vois rien.

Le petit rire reçu en réponse courba légèrement les lèvres de Gregor. Il lui pardonnait ce manque de respect bon enfant, puisque Nick n'était pas un loup, ni même un chien, et, ne ressentant pas le besoin de grogner, Gregor se surprit à apprécier ses piques. C'était le genre d'échanges chaleureux dont profitait habituellement Jack.

— Tu devrais rester ici, lui conseilla-t-il.

Nick fourra ses mains dans les poches et voûta les épaules. Son visage étroit, beau à nouveau, depuis qu'il avait repris du mouvement, fit la moue.

— Et si ton frère était blessé ? demanda-t-il. Il pourrait avoir besoin d'un médecin. Je devrais t'accompagner.

Gregor faillit s'étouffer avec le grognement qui vibra dans sa gorge. L'idée de trouver Nick au chevet de Jack, tout inquiet et aimable, les yeux brillant pour le meilleur des deux frères, lui hérissait le poil. Jack était assez gâté. Il pouvait se remettre sur pied tout seul.

— C'est un loup. Il n'a pas besoin de ton aide.

— Tu en as eu besoin, toi.

Gregor exprima son avis avec un rictus. Même privé de son loup, il pouvait guérir sans points de suture ou eau oxygénée sur ses entailles. Mais une voix brute de sincérité dans son esprit soufflait le doute. Il se souvint de la femme sombre évoquée par Nick, même si pour le loup, elle ne ressemblait pas à un cadavre. Il se rappelait les yeux foncés, les mains impatientes et les promesses que ses lèvres pincées n'articulaient pas.

Tu peux t'enfoncer plus profondément dans la Nature, tu sais ? Viens avec moi. Je te montrerai la voie. Je te montrerai des choses que lui *ne verrait jamais.*

Mais ce furent des mains hâtives et une voix à l'accent écossais, babillant à ses oreilles, qui le détournèrent de ses propositions douteuses.

— Je ne resterai pas ici tout seul, insista Nick. Je peux aider. Je ne suis pas inutile.

Si, mais Gregor savait déjà qu'il céderait à sa demande. La raison en était la voix légèrement cassée de Nick, ce chevrotement de peur à peine perceptible. Il ne voulait pas être abandonné et Gregor le comprenait mieux que personne.

— Cette fois, si tu te blesses, l'avertit Gregor, je ne te porterai pas. Tu vas devoir ramper.

En entendant le grave avertissement, le visage de Nick se fit sérieux. Déterminé, il pressa les lèvres et opina du chef. Gregor soupira et capitula. Il l'attrapa par le poignet et l'attira à lui pour un baiser froid, aux lèvres mouillées. Surpris au début, Nick s'abandonna progressivement contre lui et empoigna fermement sa veste.

Il n'avait jamais eu de telles envies auparavant, mais c'était ce qu'il désirait à ce moment-là. Enfin, pas *tout* ce qu'il désirait.

— Je ne te lâcherai pas, lui souffla-t-il d'une voix rauque.

Ses lèvres heurtaient celles de Nick en s'exprimant. Il glissa une main dans ses cheveux ébouriffés et colla son front au sien.

— Mon frère te plaira. Il sait se faire apprécier.

Nick expira, son souffle était chaud sur la bouche de Gregor.

— On ne sait même pas s'ils le retiennent vraiment là-bas, s'inquiéta l'humain. C'était juste une intuition.

— Il y sera.

Gregor n'avait aucune certitude avant de prononcer la phrase à haute voix. Peut-être était-ce la Nature sauvage ? Ou bien ce lien étroit qu'ils avaient tenté de briser dès lors qu'ils s'étaient rencontrés dans le ventre de leur mère ? La certitude de la présence de son frère était comme ancrée au fond de lui.

— Si on tombe dans une embuscade, essaie de ne pas me tirer dessus.

Nick lâcha un rire tremblant et tapota timidement sa poche.

— Il y a plus de chance que je *me* tire dessus.

— N'hésite pas, répondit Gregor en caressant l'hématome sur la mâchoire de Nick, étalé comme de la confiture sous sa barbe naissante. Ce sera une mort plus propre.

— Mamie dirait le contraire, souffla Nick avec un bref sourire. Elle disait que la mort te laissait nu dans l'obscurité, face aux monstres.

Gregor avait un frère à sauver et assez de colère amassée comme ça. Il n'avait pas de temps à perdre avec une vielle mégère qui terrorisait les enfants, mais il répondit malgré tout :

— Ta grand-mère était juste une garce, lâcha-t-il, impassible. Il ne suffit pas de connaître deux ou trois choses pour prétendre être omniscient.

Nick sembla perplexe, mais ne rajouta rien. Ils empruntèrent le chemin le plus long pour traverser le terrain, en évitant le voile neigeux et en longeant les haies et les clôtures. Un grondement vibra dans la terre, au point de soulager quelques branches de gros morceaux de neige. Ils explosèrent, poudreux, au contact du sol.

Aux aguets, Gregor regarda autour d'eux et appela son loup avant de se rappeler de son handicap. Il ressentait encore une douleur « fantôme », comme avec une dent cassée. Il jura et cligna des yeux pour chasser le rouge qui lui obscurcissait la vue.

— C'est un train, précisa Nick, en pointant du doigt la locomotive rouillée qui ébranlait le pont, suivie par des voitures sans numéros dont les flancs présentaient des marques fraîches de soudure. Il passe par là deux fois par mois, s'arrête ici, mais les gens à l'intérieur refusent de dévoiler leur destination ou son contenu. Ils ne laissent personne monter. Jepson a essayé de les convaincre de prendre quelques évacués à bord…

Il sentait la culpabilité monter à la seule évocation de cette femme. Il grimaça et fixa le train en finissant sa phrase :

— Ils ont menacé de tirer sur nous. D'après elle, ils ne plaisantaient pas.

— Les humains, soupira Gregor. On dirait des écureuils, toujours à voler les provisions les uns des autres en prévision de l'hiver.

— Les loups, rétorqua Nick. Toujours à créer une armée de monstres en prévision de l'hiver.

Gregor rit de bon cœur, l'haleine fumante entre ses lèvres. Un point pour l'humain. Il regarda une dernière fois le train – cette chose segmentée qui semblait se prolonger à l'infini – s'éloigner bruyamment et se demanda où ces gens pensaient pouvoir s'abriter de l'hiver.

Bien sûr, ils rêvaient, mais peut-être Nick serait-il plus en sûreté avec eux. Il était plus intelligent et brave que nécessaire, pour une personne si fragile, mais commençait déjà à trembler et à sautiller d'une jambe sur l'autre à cause du froid.

— Comment tu comptes le retrouver, ton frère ? demanda Nick lorsqu'ils repartirent.

Il envisageait de le chercher à l'odorat. Son nez n'était pas aussi affûté sous cette forme, mais il pouvait encore distinguer l'odeur de son sang, du moins il le pourrait, si la puanteur des monstres ne couvrait pas tout.

— Je ne sais pas, grogna-t-il.

Il n'aimait pas planifier. C'était à cela que servaient les chiens. Mais, tout à coup, il se sentit nerveux et pris au dépourvu. C'était comme si l'humain se substituait à la sûreté de son loup, et cela l'irritait profondément.

— J'improviserai.

Nick s'apprêtait à parler, mais se ravisa. Lorsque Gregor se retourna pour le fusiller du regard, il haussa les épaules.

— Je n'ai pas de meilleure idée, lui assura-t-il. Va pour l'improvisation.

Le vent se levait à mesure qu'ils approchaient du bâtiment. Il leur sifflait dans les oreilles, son froid les mordant au lobe, et leur soufflait dans le dos comme pour les pousser à trébucher. Dans le ciel s'agitaient de sombres nuages nuancés de rouge.

— C'est... normal, ça ? bafouilla Nick, en redoutant une réponse qu'il soupçonnait déjà.

Gregor lâcha une injure lorsque le vent l'enveloppa et lui gifla les yeux. Il baissa la tête dans son col et attrapa Nick par la manche pour le tirer derrière lui.

— Je ne sais pas ce que préparent les prophètes, mais ça attire la Nature sauvage, dit-il sans trop savoir si Nick entendait les mots que le vent lui arrachait de la bouche, tels des secrets inavouables. Et ils ont réussi à provoquer son attention.

Lorsque Nick se colla à lui, il sentit plus qu'il n'entendit sa question :

— Elle est en colère contre eux ou contre nous ?

— Imagine que des fourmis rampent sur toi, lança Gregor en haussant les épaules. Tu t'énerves contre celle qui te mord ? Ou tu les écrases toutes ?

Le vent battait à l'arrière de l'hôpital, il secouait les lourds volets de métal déroulés sur les fenêtres et bousculait une épaisse porte coupe-feu dans son encadrement. Gregor tira Nick à lui et enfonça la porte avec un coup de pied. L'encadrement solide et les verrous en acier lui résistèrent, mais le bois fissuré par le froid craquela. Lorsqu'il frappa à nouveau, son talon passa à travers et la porte se brisa.

Gregor arracha les éclats de bois jusqu'à former un trou assez large pour s'y faufiler. À l'intérieur du bâtiment, une odeur pestilentielle de mort, de maladie et de chou réussissait enfin à percer à travers la puanteur dégagée par les monstres. Il attendit que Nick s'introduise par le trou, des échardes se logeant dans ses épaules et ses cheveux, avant de l'attraper par le col et le redresser.

— Tu es médecin. Tu travailles à l'hôpital. Où enfermerais-tu un prisonnier ?

Nick réfléchit un temps, puis bafouilla :

— La morgue, j'imagine ? Je ne sais même pas si cet hôpital en dispose.

Nick grommela et glissa une main dans ses cheveux tout en observant l'endroit. Le couloir était étroit et blanc, monotone, et à quelques mètres de là, il se divisait en trois. Après une seconde de réflexion, Nick haussa les épaules et indiqua le côté gauche.

Ils traversèrent l'hôpital à pas de loup, passant devant des images quelconques de paysages écossais et d'occasionnels gribouillages d'enfants. En dehors d'un hurlement venteux, l'endroit était silencieux. On n'entendait pas même des bruits de pas éloignés.

— Je t'assure que la moitié de la ville était là, se défendit Nick après quelques minutes.

— Plus maintenant, lâcha Gregor.

Il ralentit brièvement et renifla l'air. Tout l'endroit empestait. La misère rongeait sérieusement les murs, mais l'odeur venait… d'ailleurs. Il ignora le « tout droit, par ici » de Nick et décida de tourner à gauche.

La pancarte au-dessus des portes battantes indiquait le service de radiologie. Gregor ignora la question inquiète de Nick et poussa les portes. L'air renfermé à l'intérieur relâcha l'odeur qui avait attiré son attention et il finit par l'identifier : les vieux cadavres et la terre fraîche. La moitié de la ville se trouvait bien là. Du moins, la moitié morte.

L'accueil de l'autre côté de la porte était d'un bleu et d'un blanc stériles d'hôpital, et rempli de vieux corps. Certains avaient été installés sur des chaises – sans doute l'humour macabre des prophètes, plus que l'œuvre de leurs monstres, devait penser Nick –, mais d'autres avaient été allongés par terre ou adossés aux murs.

— Mon Dieu, souffla Nick contre l'épaule de son amant, une prière faible et fervente que Gregor n'eut pas le cœur d'entacher, car s'il y avait bien un dieu qui régnait sur cette misérable petite pièce, c'était Hela, ce dont il devait déjà se douter. Pourquoi faire une chose pareille ?

— Je ne sais pas, avoua Gregor à contrecœur, avant de se laver le nez de cette puanteur à coup d'éternuements. La folie ?

127

Il enjamba un cadavre desséché, étendu tel un tapis rouge devant les portes, et se dirigea lentement vers la réception. Ses pas résonnaient trop bruyamment entre les murs.

La mort ne le dérangeait pas, c'était seulement du sang versé et de la viande qui se raidissait soudainement. Néanmoins, à la vue de ce tas de corps rassemblés par les prophètes, il se sentit… malvenu. À un moment donné, le monde se devait de laisser les morts tranquilles et la plupart de ces corps – de la viande sèche sur des os effrités, habillés de haillons funéraires – reposaient depuis trop longtemps sous terre pour côtoyer les vivants.

— Ils ont dû déterrer tous les sites funéraires de la ville, dit-il, perplexe. Mais pourquoi ?

— Pour un feu de joie ? plaisanta Nick, plein de mépris. Au moins, ils ne risquent pas de tomber à court de petit bois. Il y a de quoi brûler, non ?

Gregor se tourna avec un grognement prêt à éclater dans sa gorge. Ce dernier faiblit lorsqu'il vit son partenaire, droit comme un piquet et si pâle que ses yeux ressemblaient à des trous perforés dans un linge, si froid aussi que son souffle ne fumait plus.

— Dégage, vieux truc mort, jeta Gregor en avançant d'un pas.

Ce n'était plus Nick qui étirait le coin de ces lèvres.

— Un chien mort, petit prince. Autrement, je ne me serais pas donné la peine d'apparaître devant toi. Ou n'aurais pas pu.

La colère prit le dessus sur le désarçonnement de Gregor. Il ne ressentait aucune affection pour les chiens, la lie quasi humaine de la meute écossaise. Néanmoins, ils en faisaient partie et leurs morts n'aiguisaient pas l'appétit des prophètes.

— Si c'est un enterrement que tu veux, reprit Gregor, je m'en occuperai, mais je dois d'abord trouver mon frère.

— Il ne reste que de vieux os, soupira Nick, pas même un bout de peau à se mettre sous la dent. Peu importe l'endroit où ils gisent. Les vivants se trouvent au-dessus, dit-il en indiquant le plafond, avant de se mettre à trembler et de se prendre dans les bras, en claquant des dents. C'est moi ou ça s'est rafraîchi ?

Gregor le saisit brusquement à la gorge et le projeta contre le mur. Il sentait son pouls fébrile sous la paume de sa main et voyait la peur lui écarquiller les yeux. C'était la deuxième fois que Nick le regardait de cette manière.

— Que vient-il de se passer ?

Nick le repoussait des deux mains contre les épaules.

— De quoi parles-tu ? se débattit-il. Lâche-moi !

Gregor baissa la tête pour le sentir au creux du cou, là où les odeurs imprégnaient sa peau : une note de décomposition s'accrochait à lui, accompagnée du parfum de miel et de musc qui provenait de ses vieux vêtements et de sa transpiration. Il sentait l'humain, et Nick. Excepté qu'une entité qui se disait être un chien venait juste de le posséder et de le quitter à nouveau.

— Qu'y a-t-il au-dessus ? le pressa-t-il.

— Je ne sais pas ! répondit Nick, avant d'inspirer profondément et de souffler doucement. Gregor, c'est bon, lâche-moi.

Sa voix était légèrement tendue. Elle semblait sur le point de se casser. Gregor le relâcha et recula. Il observa son compagnon tandis qu'il se décollait du mur et arrangeait son manteau. Nick n'était pas un loup, mais il n'aurait pas dû être autre chose non plus. Le Royaume-Uni constituait le territoire du Numitor, de John O'Groats, le village situé à l'extrême nord, jusqu'à la frontière des Cornouailles. Même au-delà du pont, on n'entendait que de vagues rumeurs parlant seulement d'humains et d'endroits inhospitaliers.

Bien sûr, cette côte représentait le dernier triste lopin de terre dans les Highlands occupé par les Sannocks, leur dernier point de résistance sur le rivage rocailleux. Conscients d'être voués à disparaître, peut-être avaient-il laissé quelques bâtards derrière eux à la charge des loups. Personne ne pouvait leur en vouloir, pas après le massacre. Cela expliquerait pourquoi Nick voyait plus qu'il ne devrait et pourquoi sa grand-mère rappelait davantage une vieille sorcière.

— Qu'est-ce qui t'a pris ? demanda Nick, en se frottant la gorge et plissant la marque rouge déposée par Gregor. Que s'est-il passé ?

Lui dire, ou se taire ? Gregor pesa le pour et le contre et décida que cela pouvait attendre. S'il y avait quelque chose à l'étage supérieur, si ce chien mort avait bien existé, peut-être que Nick devrait savoir. Mais pas sûr. À quoi bon lui expliquer que dans son sang coulait un huitième d'une race que le peuple de Gregor avait décimée ?

— Rien.

Gregor jeta un dernier regard aux cadavres en attente – maintenant qu'il y pensait, le rassemblement rappelait davantage un jury – et poussa un Nick grognon vers la porte. Ils avaient dépassé l'escalier deux virages plus tôt, alors il revint sur leur pas dans le couloir résonnant d'échos.

— Attends là, ordonna-t-il à Nick lorsqu'ils arrivèrent au pied de l'escalier.

Nick le dévisagea et balaya son ordre d'un rictus. Il le suivit de près lorsqu'ils montèrent l'escalier. Plus haut, les marches étaient craquelées, comme frappées par quelque chose, et du liquide noir s'était infiltré dans le béton.

Les morts se trouvaient dans la première salle : des rangées de corps sauvagement distordus, attachés à des lits d'hôpital. Il y avait un temps où leurs draps souillés de sang et pire, avaient été blancs. Les châssis en métal sur lesquels reposaient les matelas étaient gondolés et tordus, presque affaissés par endroits. Les cadavres empestaient, mais seulement le moisi.

— C'est à ça qu'ils ressemblent ? demanda Nick d'une voix chevrotante. Les monstres... qui ne réussissent pas ?

Gregor ne savait pas. Sans doute trouveraient-ils d'autres pièces remplies de morts torturés venant de là à Durham, des familles entières sacrifiées pour créer une seule créature. Il serra douloureusement les dents. Même l'odeur de cadavres suffisait à lui donner envie de déchirer quelque chose, mais il avança vers les lits.

Des bouts de peau à la croûte épaisse commençaient à pousser autour des sangles qui les immobilisaient, tandis qu'ailleurs sur leur corps, ils pendaient sur de la chair flasque. Certains présentaient une mâchoire saillante, des muscles gonflés par des inflammations et durcis sous la peau, là où essayait de percer un museau.

— Peut-être qu'ils étaient trop peu robustes pour changer de peau, dit-il. Ou assez forts pour rejeter le changement.

Aucun de ces monstres ne semblait âgé. Sous les muscles difformes et les os brisés, on remarquait une peau fraîche et les traits délicats d'une jeunesse bien nourrie. La plupart d'entre eux devaient approcher l'adolescence, mais ils pouvaient passer pour des adultes, assez pour vivre et mourir en toute autonomie. Néanmoins, un corps au fond semblait différent. Impossible de se mentir sur son âge.

Le jeune garçon remplissait à peine le lit dans lequel on l'avait allongé. À la différence des autres, il n'était pas sanglé et son corps n'était pas tordu, n'ayant pas offert assez de temps aux prophètes pour le tourmenter. Un ours en peluche avait été glissé sous son bras bandé, sa fourrure couleur crème tachée de saletés. Voyant l'ensemble, Gregor faillit s'étouffer de rage.

Il se contint, s'accroupit devant le lit et plaça sa main sur la joue du garçon. Un voile de givre couvrait sa peau livide, comme si l'hiver, dans sa grande mansuétude, avait accéléré sa mort. La glace fondit sous la chaleur de ses doigts.

— Les loups ne croient pas au péché, dit Gregor. Mais je n'ai pas d'autre mot pour ça.

XIV

La cicatrice l'écorchait de la clavicule au sternum. D'après l'épaisseur de la chéloïde, l'ouverture avait servi plusieurs fois de point d'accès au cœur de l'enfant. Le garçon ne faisait pas partie de ceux que Nick avait dû renvoyer. C'était un véritable soulagement. Dans cet état, il lui aurait probablement refusé le passage.

— Son cœur a certainement lâché, devina-t-il. Il n'a pas dû souffrir.

Gregor poussa un grognement qui s'attarda dans sa gorge et la fit vibrer.

— C'est un mensonge.

— C'est un mot de réconfort, répondit Nick après quelques secondes.

D'un geste tendre, Gregor dégagea vers l'arrière les cheveux qui tombaient sur le visage du garçon.

— C'est lui qui est mort. Quel est son réconfort ?

— Rien ne peut consoler un mort, dit Nick, avant d'avancer d'un pas hésitant et de poser la main sur l'épaule de Gregor, sans savoir s'il serait bienvenu. On réserve les mensonges pour les vivants.

— Quel parent laisserait un prophète faire ça à son gamin ? ragea Gregor.

Il extirpa l'ourson des bras de l'enfant et en nettoya les taches. Une fois la peluche aussi propre que possible, Gregor l'étudia entre ses mains. C'était un ours en nylon pas cher avec des yeux recousus et une truffe effilochée.

— Qui penserait se racheter avec un simple jouet ?

— Gregor... souffla Nick.

Il s'agitait et tournait frénétiquement la tête : il ne savait pas si c'était réel ou si sa vieille paranoïa lui jouait des tours, mais sa nuque grattait comme si on l'épiait.

— Cette personne devait avoir peur et s'imaginait certainement que ça le sauverait, tout comme le fils de Terry, ajouta-t-il. Il ou elle a fait de son mieux.

Gregor replaça l'ourson sous le bras de l'enfant.

— Quand ma fille est née, on savait qu'elle mourrait bientôt, dit-il. Ça se sentait à son odeur. Elle était mal faite. Les prophètes voulaient l'emmener dans la Nature sauvage, la livrer en pâture. Je me suis interposé. Elle était à moi et la laisser mourir seule m'était inconcevable. Mourir gelée alors qu'elle ne savait rien de tout ça…

— Je… Je suis désolé, essaya Nick, abasourdi.

Il connaissait bon nombre de platitudes ayant fait leurs preuves auprès des parents. Toutefois, elles ne semblaient pas appropriées pour une personne dont il se sentait proche.

— Pourquoi ? Ce n'était pas *ta* fille, souffla Gregor.

Nick ravala la boule dans sa gorge et s'agenouilla devant le lit. Il passa un bras autour de ses épaules et se pencha vers lui.

— Ça ne change rien.

— Je l'ai enfouie bien haut entre les roches, confessa Gregor, là où ils ne la trouveraient pas. Je voulais m'assurer que les prophètes ne lui mettent jamais la main dessus, que son premier souffle dure. Je ne pouvais rien faire de mieux. À part les éloigner d'elle.

Nick plaça le menton sur l'épaule de son compagnon et soupira.

— Tu as fait ton possible, dit-il d'une voix lasse.

Combien de parents ayant pleuré leur enfant se trouvaient être la raison de leur mort ? Pas en tant que leur meurtrier, mais indirectement.

— Certaines personnes font de leur mieux, ajouta Nick, et malgré tout ça ne suffit pas. Peu importe ce qu'ils ont fait, cet enfant est en sécurité, maintenant.

Il tendit la main et tira une couverture sur le visage du garçon. La glace fondue sur ses joues imbiba le tissu telles des larmes. Peu après, Gregor lui ébouriffa les cheveux et haussa les épaules à son commentaire.

— Qu'il soit en sécurité ou pas, ce qui est fait est fait, conclut-il. J'imagine mal un chien s'extirper du Hel pour me dire d'observer des enfants morts.

— Quoi ? s'étonna Nick, troublé.

Gregor lui jeta un bref regard, la mâchoire serrée. Puis, il râla et secoua la tête.

— Rien, viens.

Soudain, Nick sentit un froid percer dans sa tête. Un peu comme une céphalée de la crème-glacée, mais enfouie sous les plis de son tronc cérébral. Il se frotta le front, très loin du centre de la douleur, mais impossible de s'en rapprocher plus.

— Attends, dit-il.

— Si ta ville revient avant... commença Gregor, impatient.

— Juste une minute, insista Nick en levant la main.

Il était facile de pleurer l'enfant, lui qui restait reconnaissable, mais les monstres avaient eux aussi été des personnes, autrefois. Nick se tourna pour les étudier. Les gens ne mouraient pas comme ça, d'un coup. Il y avait toujours une raison derrière leur décès et, sept fois sur dix, il arrivait à faire une hypothèse avant même d'ouvrir le corps. Combien de fois s'était-il dégoûté d'un rancard rencontré via Tinder en établissant le diagnostic de la mort la plus plausible ?

À quoi ces monstres avaient-ils succombé ?

À première vue, les dégâts grossiers et incohérents infligés à leur anatomie rendaient le diagnostic impossible. Pour la plupart, le genre pouvait se décider à pile ou face, et le stéréotype à la couleur de cheveux ou au vernis à ongles. Certains souffraient de graves dislocations des articulations, d'autres d'importantes malformations sous-cutanées qui pouvaient révéler des organes rompus. Néanmoins, à la palpation, Nick découvrit que des os s'étaient développés sous la peau.

— Ça suffit, lança Gregor d'une voix rauque. Ils sont morts. Quel bien ça leur ferait ? On doit retrouver Jack et son clébard, et ficher le camp d'ici.

— Une minute, insista Nick.

Le seul point commun entre les cadavres semblait être ces étranges zones localisées de muscles atrophiés. Elles apparaissaient à différents endroits : une à l'avant-bras, deux sur le haut du bras, une au ventre. Il marqua une pause, frappé par une idée effroyable...

— Je... Tu as peut-être raison. On devrait y aller.

— J'ai toujours raison, renchérit Gregor, dont les pas résonnèrent sous le haut plafond, lorsqu'il s'éloigna. Nick ? le rappela-t-il en s'arrêtant.

L'intéressé voulait se retourner et le suivre, sauver son frère, ne jamais plus revoir ces monstres. Il avait beau s'être persuadé pendant des années qu'il ne voyait pas ces choses dans le noir, elles étaient encore là. Il ne suffisait pas de détourner le regard pour faire disparaître l'objet de son inquiétude.

La jeune fille sur un lit du fond présentait une plaie enfoncée sur le ventre, qui s'étendait de la cage thoracique jusqu'aux os saillants et disloqués de ses hanches. D'épaisses plaques poilues s'étiraient sur sa peau et, l'espace d'un instant, Nick songea au fait que... ce changement de peau… aurait pu ronger le muscle pour produire des poils. L'hypothèse collait avec les autres altérations du squelette.

Il fit courir un doigt sur les bords de la blessure. La peau était lâche aux endroits où la chair s'en était détachée, mais Nick sentait encore les fibres du collagène cicatriciel en-dessous. La forme de la cicatrice n'était pas particulièrement inhabituelle, mais le contexte laissait Nick perplexe.

La main de Gregor sur son bras le fit sursauter. Il leva les yeux et nota soudain les relents poisseux d'une décomposition ralentie par le froid. Son ventre se contracta brusquement et la bile lui monta à la gorge. Elle remplit ses sinus d'une odeur amère et acide. L'espace d'une seconde, il se crut sur le point de vomir sur son premier corps depuis l'école de médecine.

— On n'a pas le temps pour ça, s'impatienta Gregor, le tirant par la manche.

Un tatouage parcourait son avant-bras et marquait son poignet de trois lignes nettes. Nick se rappela les corbeaux rencontrés en chemin, en train de se disputer un bout de peau. Il avait pensé que c'était celui de Gregor, mais…

— Ton frère a aussi des tatouages ? demanda-t-il.

Gregor hésita, les sourcils plissés par l'incompréhension, et acquiesça enfin.

— Les mêmes. Il n'y a pas une ligne pour nous différencier. Pourquoi ?

Le trait noir pouvait passer pour de la décomposition, mais pas à la palpation. Là, c'était clairement de l'encre, et non une simple décoloration.

— C'est une greffe de peau, expliqua Nick d'un ton trop calme pour le sujet. Ils en ont tous. À en juger par la nécrose et la fonte musculaire, la technique utilisée par les prophètes pour créer leurs monstres ne survit pas au rejet d'organe.

— Ou bien la Nature sauvage rejette leurs altérations, proposa Gregor, une rage dévastatrice contenue dans sa voix blanche. Et ils ont utilisé ma peau pour ça ?

Nick déglutit. Sa gorge lui fit mal, endolorie à l'intérieur comme à l'extérieur par la prise de Gregor. Ce que Nick s'apprêtait à lui dire risquait de le faire à nouveau exploser d'une colère noire. Néanmoins, l'horreur et la peur prenaient trop de place dans son esprit pour réfléchir aux conséquences.

— Il y a là trop de peau, lâcha Nick. Je pense qu'ils ont…

Le terme qu'il souhaitait utiliser, précis et clinique dans le cadre d'une autopsie, était « prélevé ». Il était difficile de l'employer en présence du frère de la victime, mais Nick peinait à trouver un synonyme plus

135

compatissant. Gregor serra la mâchoire, l'horreur obscurcissant son regard, puis se lança lui-même :

— Ils ont dépouillé mon frère et ont recousu leurs abominations avec sa peau. Ils ont tenté de transformer leur création bâtarde en une version monstrueuse du loup écossais.

Sa rage éclata au grognement du dernier mot. Il attrapa le châssis en métal et l'envoya valser à travers la pièce. Le lit s'écrasa contre le mur dans un fracas assourdissant. Toujours attaché au matelas, le triste cadavre du monstre croupissant pendait mollement sur ses liens en toile.

Nick tressauta au bruit, qui réveilla autre chose dans l'hôpital. Un son rauque et mouillé, entre le grognement et le cri, résonna entre les murs blanchis à la chaux, rejoint très vite par une cacophonie d'autres voix. Certaines étaient encore assez humaines pour en comprendre les mots, malgré les bafouillements.

— Aide. À l'aide !

— J'ai mal ! Ça fait maaaaaal !

— Papa ! Papa, s'il te plaît, pardonne-moi !

Une porte claqua, puis claqua encore. Quelqu'un poussa un hurlement. La première voix s'éleva à nouveau, incompréhensible et colérique. Elle semblait se rapprocher. Gregor se tourna pour fixer Nick.

— Tu le crois encore ? lâcha amèrement le loup. Que les gens font de leur mieux ?

Au lieu d'attendre une réponse, il attrapa Nick et le poussa aux épaules pour avancer. Nick le mitraillait de questions tandis qu'il le presser dans le couloir.

— Et ton frère, alors ? S'il n'est pas là, je ne sais pas où le chercher.

Il se contorsionna pour regarder par-dessus l'épaule, même s'il n'était pas certain de vouloir voir ce qui s'y trouvait. L'ombre d'une créature immense et immonde était à peine visible à travers le verre givré de la porte de derrière. Ses semblables décédés la firent hésiter.

— Un chien de garde, ça ne sert pas à empêcher les cadavres de s'échapper, dit Gregor en arrêtant brusquement Nick devant une porte étroite, flanquée d'un écriteau vierge. Je vais l'éloigner. Toi, retrouve mon frère !

Gregor ouvrit la porte, poussa Nick à l'intérieur et lui claqua le contreplaqué en pin norvégien au visage, malgré ses protestations. Nick attrapa immédiatement la poignée pour ressortir, mais se figea en entendant la porte de l'autre côté du couloir s'ouvrir violemment. Plus tard, peut-être, il pourrait prétendre que cela faisait partie du plan hâtif de Gregor, mais à ce moment précis, il savait que la peur le retenait. Elle lui donnait des crampes d'estomac, comme une gueule de bois, aigre et pesante.

— Regarde-toi, entendit-il Gregor s'esclaffer à travers le bois. Les prophètes t'ont fait à leur image : hideux et châtré.

Le monstre s'égosilla à nouveau. Un objet mouillé heurta le sol. Focalisé dessus, Nick rata la première raillerie de Gregor, ne retenant que ses derniers mots :

— …quand même un meilleur loup que toi.

Nick s'accroupit pour les observer par le trou de la serrure. Au début, il ne vit rien. Puis, Gregor réapparut dans son champ de vision. Après deux enjambées à reculons, il virevolta et s'élança dans une course. Si sa jambe le faisait encore souffrir, la chose qui le pourchassait devait être un sacré antidouleur.

Elle dépassa la cachette de Nick sur des bras douloureusement étirés et des pieds enflés par les cassures. Le docteur ne réussit qu'à en voir une partie par le petit trou, mais il n'en fallait pas plus. La peau accrochée à ses bras s'était fendue et pelait sur des muscles gonflés qui laissaient des traces glissantes et sanglantes dans son sillage. Sa queue n'était qu'un fouet épais fait de vertèbres lâches, traînant une corde effilochée de nerfs ensanglantés. C'était comme si quelqu'un s'était amusé à resculpter grossièrement une personne pour représenter l'image d'un loup, vu par un enfant.

Nick eut à peine le temps de l'analyser avant de la voir disparaître. Se rendant compte qu'il retenait sa respiration, il lâcha un souffle tremblant qui embua la poignée en métal. Aussi effrayante qu'ait été cette femme qui s'était accrochée à Gregor, avec sa peau sèche et les raisins flétris qui lui servaient de globes oculaires, elle ressemblait au moins à… une chose intacte, pas à un monstre horrible assemblé au hasard.

Nick resta caché un temps, puis ouvrit précautionneusement la porte. Le couloir empestait le vieux penny et l'infection. Il grimaça et enjambe maladroitement les empreintes de sang et de viande étalée sur les carreaux. Il s'essuya la bouche sur la manche et, dans un moment de faiblesse, il se demanda s'il ne pouvait pas simplement s'échapper par la fenêtre.

Il étudia les vélux penchés qu'on avait condamnés avec du scotch, pour isoler du froid. Les traces droites des pattes d'un oiseau entamaient la neige posée dessus. Lorsque Nick plissa les yeux, un bec s'abattit sur le verre. L'épaisse couche de neige craquela et glissa pour révéler un volatile aux yeux de jais et au bec blanc anormal. Le vent lui tiraillait les plumes, leur faisait prendre des angles douloureux et les arrachait de sa peau. Le gel s'insinuait entre les lignes sculptées de son bec et formait des croûtes autour de ses paupières.

Nick frissonna en se rappelant que, partout où il irait, il se retrouverait seul face à la morte desséchée et aux corbeaux, sans parler des monstres. Il se déroba au regard du corbeau suspect et se força à retourner dans la pièce remplie de cadavres. Les lits avaient été bousculés, jetés contre les murs, et les corps écrasés. Nick se sentit presque coupable, comme après avoir abandonné Copeland, tandis qu'il slalomait entre, sans une pause pour leur accorder son aide.

Il remonta aisément les traces de sang laissées par le monstre à travers les portes enfoncées et le long couloir. Nick trottinait par à-coups, de peur que le bruit de ses pieds couvre une attaque éventuelle. Le hurlement continu et creux du vent à l'extérieur lui mettait les nerfs à fleur de peau, dans l'attente qu'une tempête éclate. De temps en temps, il entendait le « clic-clic » distinct et puissant d'un bec d'oiseau contre le verre ou une tuile au-dessus de sa tête.

Deux salles qu'il vérifia renfermaient des lits vides et tachés d'hémoglobine. L'une d'elles présentait quelques enfants recroquevillés sur des matelas disposés par terre. Ils arboraient un visage inexpressif et incurieux – comme celui de Len, mais sans la dégradation – sous des bonnets à pompons et des protège-oreilles roses, et semblaient encore humains.

Nick pressa un doigt contre ses lèvres pour encourager le silence. Une petite fille imita docilement son geste. Lorsqu'elle sourit, elle dévoila du sang sur ses dents. Nick tenta de conserver son sourire tandis qu'il reculait hors de la pièce. Malgré la basse température, il sentit des sueurs froides lui tremper le pull. Il referma la porte et la bloqua à l'aide d'une chaise.

— Pas du tout flippant, bredouilla-t-il en s'essuyant les mains sur le manteau.

Nick fit un pas, puis se figea lorsqu'il entendit le « clic » prudent et distinct d'une porte se refermant derrière lui. Un frisson lui parcourut l'échine comme une dizaine d'insectes gelés, alors il se retourna brusquement. Son manteau virevolta avec lui et lui frappa la hanche avec le poids de l'arme. Il avait failli l'oublier. Il la sortit et l'agrippa des deux mains, conscient d'avoir l'air ridicule à copier un flic vu à la télé, mais il ne savait pas comment tenir son arme autrement.

Avec le pistolet pointé nerveusement devant lui, Nick remonta le couloir en traînant des pieds. Ce fut un souffle fumant à travers le trou de la serrure qui trahit la présence de l'inconnu. Quiconque se cachait derrière n'avait pas pensé à retenir sa respiration. Nick inspira et poussa la porte.

À la vue de la *chose* de l'autre côté, ses joyeuses se serrèrent de peur. Il leva son arme et la pointa grossièrement en direction du crâne recousu en patchwork. Ses doigts s'enroulèrent autour de la gâchette qui commença à s'enfoncer.

Tout à coup, le monstre se mit à pleurnicher. Il plia les bras autour de sa tête et renifla de peur entre ses coudes. Nick hésita. La seule chose qu'il ait jamais tuée était un rat. Des enfants l'avaient mis au défi de le frapper avec une pierre et, ayant réussi son coup, il en avait fait des cauchemars pendant des années. Tuer un monstre sanglotant le hanterait bien plus longtemps encore.

— R... Recule ! bégaya-t-il.

La chose s'éloigna de lui en vacillant.

— Ne... Ne me faites pas mal, gémit-elle en se recroquevillant dans un coin. S'il vous plaît, je retournerai dans ma chambre !

Le manteau orange qui s'étirait sur ses épaules gonflées de muscles ne se fermait plus au niveau de la poitrine. Nick lâcha un soupir chevrotant et abaissa son arme de quelques centimètres.

— On ne s'est pas croisés l'autre jour ? demanda-t-il, la gorge sèche et irritée. Tu es le fils de Terry... de l'agent Muir.

La créature, ou plutôt le garçon, baissa les bras juste assez pour scruter Nick derrière ses poings serrés. Ses yeux étaient pâles et injectés de sang, à force de pleurer.

— Jimmy, bafouilla-t-il. Vous allez me faire du mal ?

Les mots n'étaient pas limpides. Depuis leur dernière rencontre, sa lèvre supérieure s'était complètement fendue en deux. Sa mâchoire aussi présentait des déformations, ses articulations gênées par deux grosseurs visiblement douloureuses. Des abcès, diagnostiqua le docteur. Des défenses, jurait son petit Nick intérieur, la tête remplie d'histoires.

— Je... non. Si je peux éviter, répondit Nick. Et toi ?

Jimmy commença à rire, puis regarda ses mains. Dans l'ensemble, elles y ressemblaient encore, mais leur dernière articulation avait été remplacée par les courbes épaisses d'une sorte d'os pointu. Jimmy les cacha sous ses coudes.

— Non, marmonna-t-il. Je veux pas. Je veux blesser personne. Je veux juste rentrer à la maison.

Les larmes coulèrent sur son visage. Nick hésita encore, puis replaça le pistolet dans sa poche.

— Il y a quelqu'un d'autre, ici ?

— Le doc' Davies, avoua Jimmy, son visage plus si simiesque se tordant tristement. Et le pauvre monsieur.

Le sérieux dans sa voix rappela à Nick que, malgré son apparence, Jimmy pensait encore être un petit garçon. Gregor avait raison. Il n'y avait qu'un mot pour ça : le « péché ».

— Tu pourrais me montrer où se trouve ce monsieur ?

Nick se prépara psychologiquement. S'il était capable de disséquer des corps, d'y plonger les mains et de peler des crânes, alors il pouvait bien y arriver. Ainsi, sa main ne trembla pas lorsqu'il la tendit à Jimmy.

— Je suis pas censé le dire, chuchota le garçon, le regard fuyant. Papa dit que ça a l'air difficile, mais le pauvre monsieur, il est comme Jésus. Il va avoir mal, mais ce sera vite fini et… et après, on le relâchera.

— J'ai comme l'impression que tu en doutes, souffla Nick, la main tendue. C'est pas bien, tu sais ?

Une dernière larme coula sur le visage de Jimmy. Elle tomba de son nez et éclaboussa la bande noire toujours collée à son manteau.

— Vous avez dit que j'allais mourir.

— Je le pensais.

— Le prêtre a dit qu'il me guérirait, qu'il nous aiderait tous à aller mieux. Tout ce que papa avait à faire, c'était l'aider, lui confia-t-il en le regarde avec les yeux éperdus d'un enfant qui croyait moucharder. Mais… je suis pas censé le dire. Papa et le prêtre disent qu'ils dorment, mais tous les autres enfants sont morts. Tous mes amis.

— Je suis désolé.

Jimmy s'essuya le visage avec la manche, renifla et accepta la main de Nick. Très prudemment. La paume du garçon était chaude et sèche, rugueuse comme la patte d'un animal.

— Je vais te montrer où il est, le monsieur, annonça le garçon. Mais faudra tenir ta langue. Faire du mal aux gens, c'est pas bien. Voilà pourquoi papa est policier : pour pas que les gens se fassent blesser.

Sa façon de parler rappelait Nick, quand il disait aux gens que sa grand-mère était gentille. Vous étiez prévenus, vous saviez que c'était faux, et pourtant, difficile de croire qu'il s'agissait totalement d'un mensonge.

140

— Je ne veux faire de mal à personne, insista Nick. Mais il faut nous dépêcher. D'accord ? Avant que quelqu'un revienne.

Jimmy boita rapidement à travers le couloir. Il traînait Nick derrière lui, plus qu'il ne le laissait le suivre.

— Papa a prévenu qu'ils partiraient pour toute la journée, le rassura Jimmy. Le prêtre était très en colère qu'ils n'aient pas réussi à retrouver la dame étourdie. S'ils ne la retrouvent pas, on lui sera inutiles.

— C'est qui, cette dame ?

Jimmy secoua la tête sans regarder autour de lui. Il poussa la porte d'une salle et Nick se crispa, mais derrière le rideau plastique, la pièce se révéla vide. Un des lits semblait avait été occupé. Des taches de sang souillaient le matelas et de la boue couvrait le châssis. Son occupant, lui, avait déserté.

— Chais pas. C'est juste une dame qui est étourdie. Le prêtre la connaît, mais elle se cache de lui, expliqua Jimmy en regardant rapidement par-dessus son épaule, avant de confier dans un murmure sec et fâché : Je la comprends, à sa place, moi aussi je me cacherais s'il tentait de me faire un bisou.

Surpris, Nick toussa un rire.

— Oui, pareil. D'après ce que j'en ai entendu.

Deux virages plus tard, Jimmy s'arrêta devant une porte. Il retira sa main de la prise de Nick et recula nerveusement. Derrière la porte en bois, Nick percevait des cris d'agonie : des respirations humides et haletantes, et le mouvement gêné et agité de corps en souffrance.

— Le pauvre monsieur est là-dedans, chuchota Jimmy. Avec eux. Papa m'a interdit d'y entrer. Il dit que je ne devrais pas regarder.

Nick non plus n'avait aucune envie de voir, mais il ne pouvait pas se contenter d'attendre que Gregor le retrouve.

— C'est n'est pas grave, le rassura-t-il. Jimmy, quand on partira, je t'emmènerai avec nous, si tu veux. Tu veux ?

Jimmy baissa les yeux vers ses pieds. Ses bottes couvraient à peine les changements de son corps, et la couture était marron, le long de la semelle. Le garçon secoua la tête.

— Non, répondit-il. Papa s'inquiéterait. Papa... Mon papa, il a fait ça pour moi.

— Ton papa l'a fait pour lui-même, le corrigea Nick. Tu n'es pas responsable.

141

Jimmy se contenta de hausser les épaules et de reculer encore. Plus facile de se renvoyer la faute que de blâmer un proche. Nick le laissa partir. Il avait envie de le retenir, mais il ne savait même pas où emmener l'enfant. Ni même si la pitié de Gregor pour sa fille morte, abandonnée, s'étendrait à un garçon monstrueux et vivant.

XV

Nick ferma les yeux et inspira profondément. Il tenta de trouver son calme intérieur, l'état dans lequel ses mains s'arrêtaient de trembler avant de disséquer ou d'altérer irrévocablement un corps. Impossible. Le vent s'était frayé un chemin jusqu'à sa tête, il poussait un sifflement dans son crâne et balayait sa concentration comme il balayait les feuilles.

Il ouvrit malgré tout la porte.

L'endroit empestait la mort, l'odeur distincte d'un corps vidé sur une table d'autopsie, sauf que les corps gigotaient encore. Il aurait été préférable qu'ils soient des monstres, mais ils ressemblaient encore à des humains ; des hommes brisés, mais des hommes tout de même. Nick discernait le claquement des muscles se déchirant et l'éclatement des tendons libérés de leurs os. Les plaies ouvertes suppuraient et s'étiraient sur les bras et les cuisses, la chair ulcérée au plus près des os semblait noire de saletés. Les petits serpents vus dans la boisson que Terry avait tenté de le forcer à boire se tortillaient tels des asticots dans la viande à vif.

La pièce était froide. Tout était gelé, mais différemment. Un froid assez mordant pour geler l'haleine entre ses lèvres et qu'il sentit jusqu'au fond de lui, au cœur de sa peur. La morte, avec ses cheveux boueux et emmêlés de glace, et ses stalactites au bout des doigts, rampa de sous le lit. Elle s'agenouilla difficilement, ses coudes pointus s'enfonçant dans le matelas, et leva un doigt contre ses lèvres gercées. Mais le doigt n'était pas le sien.

Chuuuut.

Nick agrippa son vieux talisman. Il l'avait récuré pour enlever le sang de Len et se l'était raccroché autour du cou, mais il restait caché sous plusieurs couches de vêtements. Pendant qu'il le cherchait, la femme plongea les mains dans la plaie ouverte d'un des monstres et en extirpa une poignée de minuscules serpents. Elle les enserra fermement, au point de faire éclater les écailles de pus et de sang dont ils s'étaient parés et de répandre leurs entrailles vaporeuses.

— Êtes-vous la femme qu'ils recherchent ? souffla Nick, en un murmure.

Elle lui sourit et aspira la gelée des serpents entre ses doigts. Il referma le poing autour du talisman, serra à s'en faire mal. Il préférait encore le tétanos à ça. Le fer rouillé lui entailla le pouce, et les vers avec la femme se dissipèrent. Seuls restaient les monstres et la froide certitude que les pires horreurs étaient à portée de main, à l'abri des regards.

La main serrée autour du clou, il traversa prudemment la pièce par le milieu. Il marchait lentement et sagement, chaque pas aussi feutré que possible. Les futurs monstres grognaient dans leur lit et s'agitaient à son passage. Mais difficile à dire si c'était à cause de sa présence ou des tourments de la femme morte. Ni l'un ni l'autre ne le rassurait. Il souhaita, avec ardeur et puérilité, que Gregor soit là, non pas parce que, lui au moins, ne risquait pas de se faire dessus en entendant un fracas, mais parce que Nick se sentait mieux à ses côtés.

Idiot. Il devait certainement exister une légende de bonne femme qui conseillait de ne pas voler de la nourriture à une fée ou de ne jamais s'enticher d'un loup.

— Doc ! Doc, j'ai mal, râla un des patients.

Sa tête roula sur le côté et il ouvrit les yeux. Ils tenaient bizarrement dans leur orbite et la lumière se reflétait, brillante et rouge, dans une pupille. Il fixa Nick, mais ce n'était pas à Nick qu'il tendait sa main suppliante. Peu après, son bras retomba mollement et pendit au bout du lit.

— J'ai soif. S'vous pouviez…

Nick bredouilla une parole rassurante, en empruntant le ton des voix des infirmières de garde, qui se voulait réconfortant et discret auprès des patients. Ainsi, il se déplaça furtivement jusqu'à la porte au fond de la salle.

« Salle de traitement B » déclarait formellement la pancarte. Nick posa les doigts sur la vitre givrée et se pencha pour écouter à travers. Quelqu'un maugréait de l'autre côté, trop bas pour distinguer les mots. Le simple marmonnement frustré d'une personne chargée d'un travail qu'elle n'appréciait pas. Nick inspira profondément, leva son arme et poussa la porte.

Gregor pendait, sanguinolant, au mur, sa chair exposée et le corps incisé de lignes nettes. Seul son halètement mouillé et pénible trahissait des signes de vie. La vision d'horreur arracha un bruit choqué et douloureux à Nick et il s'élança d'un pas hâtif et impulsif.

— Que…

Une main sanglante l'attrapa par le poignet et le tordit jusqu'à provoquer un bruit sourd de douleur. Nick tenta de conserver son arme,

144

mais ses mains refusaient de coopérer. Elle tomba au sol avec fracas et, distrait, Nick s'inquiéta de voir partir une balle perdue. Un coup de pied à l'arrière des genoux le fit vaciller en avant.

Sa dernière rixe remontait à très longtemps. Il ne lui restait que de vagues souvenirs de quelques bagarres, pleines de panique et de sueur, dans un coin ou une pièce vide. La leçon la plus importante à en tirer : ne jamais laisser l'ennemi vous mettre à terre. C'était donner le champ libre aux coups de pied.

Nick se jeta en arrière dans ce qu'il supposa être le fameux Doc. Davies. Il le heurta de son épaule entre le ventre et la hanche et ils s'écrasèrent tous les deux contre un mur. L'impact fit claquer la porte et réveilla les monstres. Des plaintes et des gémissements s'élevèrent au-dessus des hurlements du vent. Nick tendit le bras au hasard, attrapa le premier objet qui lui passa sous la main et abattit à l'aveugle une agrafeuse sur le visage du docteur.

L'homme grogna sous la force du choc et Nick réussit à s'éloigner de lui pour se jeter sur son arme. Il la ramassa maladroitement en se redressant, la main engourdie et chauffée par la douleur lorsqu'il tentait de bouger les doigts. Certainement une fracture du scaphoïde, devina-t-il en tentant de transférer l'arme dans sa main gauche. Mais avant qu'il ait le temps d'appuyer sur la gâchette, Davies lui empoigna les cheveux et le jeta en avant. Son visage buta contre le mur, assombrissant le monde l'espace d'une seconde. Il goûta du sang au fond de sa gorge et une chaleur moite éclata autour de son œil ; un futur œil au beurre noir.

Davies le frappa une deuxième fois contre le mur. Nick vit l'homme accroché au mur lever la tête et lutter pour focaliser ses yeux verts vitreux. Ce n'était pas Gregor, réalisa-t-il. Un fait qui, dans son état embrumé, sembla important ; un soulagement dans la souffrance. Il ne voyait pas clairement la différence, peut-être un détail dans sa mâchoire ou le vert de ses yeux. Cela aurait aidé, si Gregor avait pensé à lui préciser qu'ils étaient de vrais jumeaux.

— Bien joué, prophète, siffla Jack à travers ses lèvres écorchées. Tu as battu un petit gars. Quand mon frère arrivera, il te fera bouffer ta moelle.

— J'ai retiré son loup, lança une voix sèche et basse.

Une peur froide et atroce cascada le dos de Nick jusqu'à ses jambes, les réduisant en bouillie. Elles menaçaient de plier sous son poids tandis qu'on le traînait vers l'arrière.

— J'ai peur qu'il me trouve difficile à mâcher, sans ses crocs.

— Si tu crois que ça va l'arrêter, c'est mal le connaître, rétorqua Jack en aboyant un rire rauque. Il se limerait les dents jusqu'à la gencive, s'il le faut. Les fils du Numitor ne vous serviront pas de repas.

— Les fils du Numitor étaient un bon compromis, lâcha le prophète.

Il entortilla les doigts dans les cheveux de Nick et rejeta sa tête en arrière. Son cuir chevelu était en feu et sa nuque semblait sur le point de se briser. Le sang et la morve lui couvraient la gorge tandis qu'il fixait le visage flétri et grave de la femme.

— Mais voilà l'oiseau rare qu'on cherchait.

Le trait de rouge à lèvres corail avait disparu de sa bouche et ses cheveux avaient poussé, argentés et droits comme du métal, de la permanente bon marché qu'il lui connaissait. C'était ce visage fantôme, luisant de crème de beauté, qui venait seulement le soir, lui raconter des histoires tragiques et lui lancer des avertissements. Mais c'était bien elle.

— Grand-mère, souffla-t-il.

Il aurait dû ressentir autre chose : de l'affection, malgré les tourments qu'elle lui avait fait subir, et le sens du danger qui en découlait. Pourtant, il se sentait vide, les jambes ramollies par le choc. Tout irait bien, pensa-t-il inconsciemment. Sa grand-mère le bercerait de ses mots, comme à l'époque, dans son enfance.

Elle lui pinça le menton entre ses doigts, le pouce et l'index appuyant précisément à l'endroit où les blessures se fondaient dans sa mâchoire. Lorsqu'elle sourit, elle dévoila des dents tortues et acérées.

— Regarde-toi, comme tu as grandi ! s'émerveilla-t-elle.

Une sorte de joie sincère filtrait à travers ses paroles. Pas de l'amour, même si Nick se souvenait de l'époque où il le croyait, mais de la fierté, comme si sa « création » avait évolué au-delà de ses espérances.

— Combien d'années se sont-elles écoulées ? Vingt ? Plus. J'ai erré dans la Nature sauvage. On s'y perd facilement.

— Trente ans, répondit-il machinalement, avant d'avaler la boule de coton qui lui encombrait la bouche et de réfléchir. Ça fait trente ans. Je te croyais morte.

Elle sourit, les dents toujours aussi pointues. Nick se souvenait de la manière dont elle les claquait lorsque, dans ses histoires, les monstres attrapaient les petits garçons. À présent, elles paraissaient plus affûtées encore.

— J'avais prévenu les humains qui t'ont enlevé de force que je te retrouverais, souffla-t-elle. J'ai promis aux autres prophètes que tu retrouverais ta Mamie par toi-même, sans l'aide du chien.

Elle glissa un doigt squelettique et brûlant sous son col et en sortit le clou tordu. Il pendait, métallique, rouillé et taché de sang, devant le nez de Nick.

— Qu'est-ce que je t'ai toujours dit ? Cours chez toi. Cours retrouver Mamie et elle te protégera. Et n'est-ce pas ce que j'ai fait ?

Elle tira violemment et la chaîne entama la nuque de Nick avant de se briser. Sa grand-mère lécha alors le sang sur la pointe avec sa langue pâle et boursoufflée. Nick inspira l'air glacé et les effluves de son vieux corps, une odeur de savon parfumé qu'il avait toujours associée à son départ.

— Gregor avait raison, dit-il.

Les yeux de la femme s'enflammèrent brièvement d'excitation et elle se pencha comme si elle espérait des louanges de la part du loup. Nick retroussa ses lèvres dans un sourire cruel qu'il lui emprunta sans le moindre regret, pour une fois.

— Tu es vraiment une sale mégère.

Elle recula brusquement, pâle de colère, sa peau flétrie teintée d'un beige grisâtre qui blanchissait, en dehors du trait de couleur en travers de son nez.

— Tu me facilites la tâche, mon garçon, dit-elle en le jetant contre le mur.

Nick le heurta de plein fouet et sentit ses os céder sous sa peau avec un craquement distinct. Sans doute les côtes, potentiellement l'épaule. Il en saurait plus à la douleur. Alors qu'il tentait de se redresser, sa grand-mère se débarrassait du duffel-coat miteux dont elle était vêtue.

La peau cachée en-dessous était tannée, semblable à du cuir recousu au plus proche de son corps dans une mosaïque de chair vieille et de peau fraîche, effritée. Nick jeta un regard aux traits noirs qui marquaient une plaque en particulier, située sur son flanc, puis observa Jack. Se servant de Gregor comme patron, il retraça sur son jumeau l'endroit d'où venait la plaque en question. Cela ne faisait que rendre la chose plus terrible. Sa grand-mère tendit le bras vers l'arrière et tira une capuche sur son visage.

Excepté qu'il ne s'agissait pas d'une capuche. Nick le savait déjà, mais espérait pouvoir se persuader du contraire. Votre grand-mère pouvait bien être le diable incarné, jamais vous ne devriez avoir à regarder le visage pelé d'un homme se balancer au-dessus de ses yeux. Et c'était du travail de boucher. Les yeux et le nez avaient été enlevés, laissant des trous déchirés dans ce masque, et une bouche ouverte pendait lâchement, imitant une envie de crier.

La grand-mère ferma les yeux et prit une bouffée d'air rapide et exaltante. Il y avait presque un côté lascif dans la satisfaction de son souffle pâteux, qui s'apparentait plus au sexe qu'à une chose si horrible que Nick en venait à regretter la femme morte aux yeux desséchés.

De la fourrure apparut en plaques fines et galeuses sur les joues de sa grand-mère et s'étirèrent jusqu'à son cou. Rouges à l'origine, elles se tordirent au contact des coutures et bourgeonnèrent de marques noires et fauve. La grand-mère se recroquevilla pendant que son visage se tordait et se refaçonnait pour créer un masque d'épouvante en forme de loup. Des dents creusées par la pourriture jaillirent de ses gencives et un ruban noir et sec lui servant de langue remplit sa bouche.

— Dépêche-toi de crever, lui conseilla Jack du fond de la pièce, sa voix rauque et lasse. Épargne-toi la douleur et moi, ma peau.

Nick se poussa du mur et tenta de fuir. Il n'alla pas bien loin. Mamie le rattrapa par les épaules, enfonça ses doigts profondément dans ses muscles et le traîna en arrière. Il sentit son haleine rance à en vomir, avant qu'elle plante ses dents immondes et affûtées dans son épaule et à travers la chair, où elles raclèrent l'os.

Nick vibra sous le choc, comme électrifié. Il ouvrit la bouche pour crier, mais le son refusait de sortir de sa gorge. La chaleur se déversa sur son bras et sa poitrine, un flot de rouge qui le surprit curieusement lorsqu'il baissa les yeux. De son bras sauf, il alla chercher en arrière et agrippa les formes anormales du visage distordu de la femme. Ses ongles s'accrochèrent aux coutures qui retenaient la peau et lui arrachèrent une poignée de poils secs et fragiles. Il retenta sa chance et, cette fois, ses doigts trouvèrent le bout pointu d'une oreille qui dépassait d'entre ses cheveux emmêlés.

Ma mère-grand, que vous avez de grandes oreilles ! Nick s'étouffa avec un rire au goût de rouille. S'il était le Petit Chaperon rouge, où donc se trouvait son chasseur ? Il tourna les doigts autour de l'oreille et tira violemment dessus. Elle grogna de douleur, les dents toujours ancrées dans son épaule, et le bruit résonna en lui comme une claque. Il réveilla la douleur tempérée par l'état de choc, qui éclata en une chaleur nauséeuse sous sa peau.

Cette fois, le cri se força un passage dans sa poitrine. Nick lui tirailla à nouveau l'oreille et l'arracha de son crâne avec un bruit humide de déchirure. Le liquide étrange qui s'en écoula sembla froid et visqueux sur ses doigts.

Sa grand-mère secoua la tête tel un chien avec son jouet, puis lâcha prise. Il tenta de se jeter sur la porte, mais son corps se plia sous son poids et le sol vint à sa rencontre. La chaleur bouillait sous sa peau et il regarda l'hémoglobine s'étendre sur le sol.

— Laisse-le mourir en paix, pria Jack d'une voix écorchée.

Nick s'y refusait. Il ne voulait pas devenir un monstre, mais encore moins mourir, pas maintenant qu'il avait cette impression horrible que la mort ne marquait pas la fin. Il s'appuya sur un coude et rampa jusqu'à la porte à travers une flaque de son propre sang. Chaque centimètre était une progression payée à la douleur et à la sueur de son front. Nick s'essuya le visage à l'aide de son bras et, lorsqu'il leva la tête, la femme morte était réapparue.

Allongée par terre, le menton coincé entre ses mains écorchées, elle le regardait ramper avec des yeux marécageux. Un centimètre plus tard, elle tendit sa main dans sa direction. Du bout de ses doigts rongés par les insectes, elle l'attirait à elle et Nick ne savait plus qui il devait craindre : elle ou sa grand-mère.

— Le tuer ? s'esclaffa cette dernière, en aboyant un rire saccadé, avant de l'attraper par la cheville pour le traîner à nouveau vers le milieu de la pièce. Il faudrait être idiot. C'est la chair de ma chair, alors imagine tout ce que je pourrais faire avec ça.

La femme morte retira lentement sa main et le monde s'effaça autour de Nick.

XVI

LES LIMITATIONS de la peau et des os humains gênaient Gregor tandis qu'il fusait à travers le couloir. Avec son loup, le combat serait déjà terminé. En groupe, les monstres des prophètes présentaient un grand danger, mais livrés à eux-mêmes, ils ne savaient pas d'instinct se battre avec des crocs et des griffes.

Il ignora l'escalier aux marches fissurées et se jeta à la place sur la rampe. Les paumes de ses mains épousèrent le plastique courbé et glissèrent sur sa propre sueur, mais son corps le fit planer lorsqu'il se hissa dessus et se laissa retomber de l'autre côté. Au moins, il n'avait d'humain que l'apparence.

Il heurta le sol dans un bruit sourd et ses genoux plièrent pour absorber l'impact. Ses jambes faisaient l'affaire, assez pour courir, assez pour se battre, mais il ne voulait pas tester ses limites avant d'y être forcé. Il se recroquevilla et roula sur le dur linoléum, où une odeur forte d'eau de Javel et de vomi acide lui nettoya les sinus, puis se redressa pour faire le point.

Ses côtes pulsaient d'une douleur lancinante à chaque inspiration et ses oreilles sonnaient encore, depuis qu'un coup surprise asséné par un énorme poing l'avait envoyé rebondir contre un mur. Surtout, il était blessé dans son orgueil, mais puisqu'il n'y avait personne pour assister à sa fuite face à l'abomination maladroite des prophètes, il s'en remettrait.

Par ailleurs, se rappela-t-il sèchement, il ne combattait pas sous le regard de la meute, avec un nouveau rang et le respect à la clé. Il s'agissait d'une chasse et seul un loup stupide se montrerait fair-play avec sa victime.

Gregor cracha du sang sur les carreaux et se hâta vers la porte principale. Il entendit la chair du monstre s'écraser contre la rampe et du métal se briser, mais ne regarda pas en arrière. La double porte était condamnée par un cadenas et des chaînes entortillées autour des poignets, rendant le nœud de métal renforcé aussi épais que la tête de son père. Les chaînes trop serrées semblaient inviolables et même Fenrir s'en trouverait ralenti.

Gregor donna un coup de pied dans le verre. Il craquela sous son talon et une toile d'araignée se dessina à partir point d'impact, mais le reste résista. Il frappa, encore et encore, sa jambe secouée du talon à la hanche par le choc. Le verre craquela et trembla, mais tint bon.

Tant pis.

Gregor regarda enfin par-dessus l'épaule. Au lieu d'enjamber la rampe, le monstre était passé à travers et en traînait une section derrière lui, sous une pluie d'éclats de béton. Cela dit, il ne semblait pas y prêter attention. La chose roula pour se remettre debout, toujours prise dans la rampe en métal, et s'ébroua pour chasser la poussière grise. Ses lèvres se tordaient et se retroussaient comme des manches sur ses gencives à vif et sa gueule saillante, mais elle tentait encore de sourire.

— Tuer t'oi, louuu, bafouilla le monstre en avançant d'un pas gauche et bruyant. Tuer t'oi. Et 'ver est à nous… Onde, à nous.

La créature semblait presque fière. Gregor s'en amusa.

— À vous ? cracha-t-il à nouveau. Tu n'es pas l'enfant adopté des prophètes, monstre, mais un simple avortement qu'ils dévoreront avant que les dieux arrivent pour constater les dégâts.

Le monstre secoua la tête et étala des filets de bave sur les murs. Il s'élança et manqua de trébucher sur le métal qui l'entravait. Sa gueule ouverte mâchouillait ses mots, mais peinait à les articuler. Il ne restait en lui qu'un brin de raison, incapable de rassembler des concepts pour attaquer verbalement.

— Tuer t'oi !

La créature prit de l'élan et le chargea. Les bouts pointus de la rampe cassée raclèrent le sol et déchirèrent le linoléum avec de longues rayures, révélant le béton dissimulé en-dessous. Gregor se prépara à l'impact et étira ses lèvres dans un grognement. La vibration au fond de sa gorge sembla étrange sans le timbre du loup, mais il s'en contenterait. Loup ou pas, il n'en demeurait pas moins le fils du Numitor et refusait de perdre contre un monstre.

La créature le frappa de plein fouet, mais il s'agrippa à sa tête glissante et enfonça les pouces dans les articulations de sa mâchoire. Elle claqua des dents et ses gencives aux os saillants lui broyèrent les articulations. Tous deux percutèrent la porte, son verre fragilisé se courba sous leur poids… et résista. Gregor sentit la nausée acide monter dans sa gorge, et puis le verre céda enfin.

Toujours enchevêtrés, ils s'écrasèrent sur le trottoir, à l'extérieur. Des éclats de verre piquèrent la tête et les omoplates de Gregor, sans l'entailler profondément, mais suffisamment pour le blesser. Le vent les giflait de ses doigts glacés, tirant Gregor par les oreilles et lui heurtant les yeux.

Le monstre, avec sa peau nue et sa chair pelée, faiblit au contact du froid. Gregor se contorsionna et enfonça ses pieds dans le ventre de la créature. Les muscles de ses épaules s'étirèrent, il ressentit une douleur chaude et humide dans ses entrailles, puis projeta le monstre au loin. Ce dernier percuta le sol et glissa sur la glace, avant de venir s'étaler contre la longue paroi vitrée. L'impact décrocha des stalactites de la fenêtre et elles vinrent s'abattre sur l'abomination.

Gregor se rapprocha en roulant et se redressa d'un mouvement presque fluide. La force incroyable d'une bourrasque réussit à le faire vaciller. Elle lui vola son souffle et tirailla ses vêtements.

— Tu pourrais le tuer pour moi. Tu l'as bien fait pour Jack.

Une sensation épineuse dans sa nuque le persuada que la Nature sauvage l'avait entendu. Visiblement, elle restait insensible à sa demande en faveur de l'égalité, car le monstre se releva, prêt à en découdre. La neige s'infiltra entre ses plaies, teintée de rose comme de la viande congelée. La créature ouvrit sa gueule et lui hurla dessus. Des os apparurent aux endroits où sa mâchoire avait râpé le sol, dévoilant des défenses ratées. Gregor pouffa de rire devant l'indifférence de la Nature sauvage.

— Très bien. De toute façon, je n'ai jamais eu besoin d'aide pour tuer.

Le monstre s'ébroua. La guirlande métallique tinta et la créature chargea à nouveau. Gregor se retourna et se hâta vers l'épave d'une voiture abandonnée, à moitié carbonisée dans la neige. Son pied se posa sur de la glace noircie et glissa sous son corps. Il s'écroula violemment dans la neige. Plus dure que prévu, elle était faite de glace et de pierres.

Gregor jura dans sa barbe et se hissa difficilement. Il perdait son temps. Entendant un long croassement, il scruta les environs et remarqua un énorme oiseau noir au bec blanc presque invisible sur la neige, en train de fondre sur le monstre. L'oiseau plia une aile et passa derrière la créature. Il enfonça brutalement son bec dans les muscles épais qui paraient son l'épaule et en ressortit de longs et larges tendons. La chose s'égosilla et virevolta pour attraper le volatile en plein vol, mais ce dernier poussa un cri moqueur devant tant d'efforts et se laissa porter par le vent avec son butin.

Gregor bondit sur le capot de la voiture. Le métal fragilisé par le froid céda et s'enfonça. Le loup monta alors sur le toit et s'accroupit dans la neige. Le monstre claqua des dents dans le vide une dernière fois et rapporta son attention sur Gregor. Le loup sourit, survolté même sous sa forme humaine, et attendit qu'il charge. La créature bondit sur ses pattes et écrasa ce qu'il restait de sa main contre le toit. Les griffes faites d'os au bout de ses doigts pénétrèrent et lacérèrent le métal.

Gregor le frappa au visage et lui cassa quelques dents. Juste pour le plaisir. Il sauta de la voiture et se jeta sur le dos du monstre, en atterrissant sur la rampe tordue. La bête se débattit dans tous les sens et tenta de l'attraper, mais ses bras disjoints en étaient incapables. Gregor passa un bras autour de sa gorge, attrapa sa gueule de l'autre, la paume de sa main transpercée par les dents irrégulières, et tira vers l'arrière.

Un gargouillis atroce se fit entendre dans la gorge étirée, puis le cou se brisa. Le grand corps distordu s'immobilisa et pencha en arrière. Il s'étala maladroitement par terre et emprisonna Gregor sous sa chaleur gluante.

La chose n'était pas encore morte. Elle roula de l'œil vers Gregor et expulsa du sang par les narines. Après quelques heures, le corps pourrait même se ressouder, vu la manière dont les os cassés s'épaississaient et dont ses doigts se transformaient en griffes. Gregor ne lui accorderait pas ce temps. Il attrapa une des rampes soudées à sa chair et l'en libéra.

Au-dessus de lui, le monstre se mit à se contracter. Gregor enfonça le métal telle une lance à travers sa gorge et tourna en le ressortant. La créature lâcha un faible soupir et se ramollit. Elle semblait morte, morte de ses blessures et d'une décomposition datant de plusieurs jours. Néanmoins, Gregor préférait de loin cette odeur à la puanteur infecte qui s'en dégageait encore un instant plus tôt.

Le loup posa la tête dans la neige et resta là une seconde. Puis, claqué au visage par les cristaux glacés du vent, il décida de se relever sur ses coudes. Il poussa le lourd cadavre allongé sur son pied, attendit que passe la sensation piquante du sang renvoyé de la cuisse au genou, puis se redressa à grand-peine.

L'oiseau plongea du ciel. Il atterrit dans la neige et s'approcha du cadavre avec une démarche particulièrement guillerette, puis bondit jusqu'à un bras étendu. Du sang tachait déjà le blanc de son bec, incrusté dans les creux.

— Vas-y, prends-le, l'encouragea Gregor.

Il dut résister à l'envie d'effrayer l'oiseau, de protéger sa proie, même s'il n'avait que faire de cette viande corrompue. Elle n'était bonne qu'à souligner sa magnanimité.

— Bourre-toi le gosier et nous serons quittes.

L'oiseau se moqua de lui avec un joyeux croassement et Gregor le laissa picorer. Il reprit le chemin de l'hôpital pour retrouver... Qui au juste ? Cela aurait dû être Jack, par loyauté envers son sang ou la haine qu'il lui vouait, ou même les prophètes, pour leur rendre la monnaie de leur pièce.

Néanmoins, il voulait Nick. Il renifla un petit rire. Après avoir passé autant de temps dans cette peau, il était devenu trop sentimental. Ça, ou bien il avait laissé un humain devenir trop important aux yeux du loup qu'il était. Au lieu de chercher une réponse, Gregor se mit à courir.

LES MONSTRES avaient disparu, leurs sangles étaient détachées, et leurs lits tachés de sang vidés. Il ne restait qu'un corps dans la salle. Il pendait au mur comme un bout de viande avec un canif planté dans le cœur.

— Jack...

Ses mots furent rugueux comme de la pierre. Gregor détestait son frère. Il détestait partager son visage avec lui, sa marche, sa voix et, pourtant, Jack réussissait à le surpasser. Que Jack ait encore son loup l'insupportait. C'étaient des faits que tous deux comprenaient, les bases de leur fraternité. Mais la haine vous consumait autant que l'amour et, une fois disparue, elle laissait en vous un grand vide.

Gregor se rua vers son frère sur un sol glissant d'hémoglobine et hésita, les mains figées en plein mouvement, ne sachant pas quoi toucher d'abord. Des bandes et des loques de peau avaient été pelées des épaules aux cuisses sur le corps de son jumeau, la peau neuve en dessous à peine solidifiée. Après un moment, il passa un bras autour de sa taille et supporta son poids le temps d'arracher les pieux qui lui transperçaient les mains. Assommé, Jack retomba sur les épaules de son frère. La poignée dure du canif appuyait contre l'épaule de Gregor et le sang se répandait dans son dos. Encore chaud.

Gregor grogna et déposa sans ménagement le corps mou de Jack sur un brancard étroit couvert de plastique bleu, situé sur le côté de la pièce. C'était étrange de se voir mort, de voir son visage se relâcher en l'absence d'une âme consciente. Gregor se lécha le dos de la main et le tint devant la bouche de Jack. Aucun léger souffle ne lui titillait les articulations. Il obtint le même résultat lorsqu'il pressa ses doigts sous le menton râpeux de son frère.

— Es-tu rancunier à ce point, mon frère ? grommela Gregor, en enveloppant la poignée en os du canif de ses doigts et s'appuyant contre l'épaule de son frère de sa main libre. Tu préfèrerais vraiment mourir plutôt que de me devoir la vie ? Je sais que moi, oui, mais tu es censé être le meilleur de nous deux.

Il retira violemment le canif. La lame avait perforé son sternum et elle l'érafla à sa sortie. Pour retenir son frère sur le brancard, Gregor dut appuyer son coude sur le sien, le faisant dangereusement craquer sous le poids supplémentaire. Il parvint enfin à retirer la lame et la jeta dans un coin de la salle. Le sang s'épancha de l'entaille, mais peut-être à cause de sa pression sur le torse de Jack. Gregor recula, s'essuya la bouche avec sa main et attendit.

— Allez, Jack, souffla-t-il avant de poser la main sur son épaule écorchée et en serrer les muscles. Je n'en ai pas fini avec toi. À quoi bon gagner, si tu n'es plus là pour perdre ?

Rien. Puis un nouvel écoulement de sang tandis que le cœur apathique tentait de battre, et encore un. Jack happa l'air et ouvrit les paupières. Son habituel regard émeraude semblait poussiéreux, comme si les prophètes lui avaient également volé le brillant de ses yeux. Gregor esquissa un sourire triomphant et s'apprêtait à jubiler. Avant qu'il ait pu piper mot, Jack s'accrocha à sa nuque et l'attira dans une étreinte mouillée et désespérée. Ses doigts s'enfoncèrent sous l'oreille de Gregor et sa respiration devint frénétique contre son cou.

— J'ai mal au cœur.

— Tu avais un couteau planté dedans, annonça Gregor, courbé bizarrement tandis qu'il tentait de conserver une certaine distance entre eux. Juste une égratignure.

Jack renifla un rire. Sans lâcher prise.

— Je savais que tu n'étais pas mort, dit Gregor. Que ça te plaise ou non, on partage la même chair et le même sang.

Ce n'était pas grand-chose, mais c'étaient les mots les plus tendres qu'ils s'autorisaient à échanger. Jack acquiesça, ses cheveux gras glissèrent contre la joue de Gregor et il finit par lâcher. Il s'affala contre le matelas étroit et toucha timidement la bande rêche sur son ventre.

— Plus de sang que de chair, je dirais, ironisa Jack. Ils m'ont dépiauté pour ma peau, l'ont laissée repousser, m'ont dépouillé encore.

Gregor détourna le regard. Ne pas profiter de la faiblesse de Jack lui paraissait étrange, mais à ce moment-là, il voyait en lui un allié et non un simple rival.

— Ils m'ont pris mon loup.

Pourquoi le dire à haute voix ? Ce n'était pas un secret. En regardant d'assez près, tout loup remarquerait ce vide en lui. Cherchait-il simplement la sympathie de Jack ? Pour retourner en arrière et effacer la haine ? Mais bien sûr ! Son frère ne lui en donnerait pas l'occasion.

— Il faut toujours que tu essaies de me surpasser, hein, Gregor ? soupira Jack avant de se relever sur un coude et de se figer, pâle et transpirant d'effort. Le prophète…

— Il peut attendre, l'interrompit son jumeau. Je dois d'abord trouver quelqu'un, mon…

Y avait-il un mot pour ça ? Seulement s'ils avaient tous les deux été humains, ou loups, or ce n'était pas le cas. Jack le tira de son désarroi :

— L'homme aux cheveux noirs, conclut-il. Avec le nez pointu. Il portait ton odeur.

— Nick. Il t'a retrouvé ?

Gregor dévisagea Jack et sentit son ventre se nouer lorsque ce dernier acquiesça avec des yeux sombres, curieusement illisibles. En retrouvant son frère, Gregor avait d'abord supposé que Nick se cachait quelque part dans l'hôpital, à l'abri d'une porte verrouillée. Autrement… Il serra les dents de frustration. Voilà ce qu'on gagnait à s'enticher d'une personne si fragile, humaine et trop brave.

— Où est-il parti ? Me retrouver ?

Il fallut un moment, mais Jack finit par secouer la tête.

— Il est parti avec la prophétesse, dit-il. Ils se connaissaient et… elle l'attendait.

« Elle. » Gregor toucha distraitement la cicatrice sur son cou, la pression tranchante des crocs encore fraîche dans ses souvenirs.

— Comment Nick pourrait-il connaître une prophétesse ? s'interrogea Gregor. Il est humain.

— Comme tous les autres, ici, précisa Jack.

Il se redressa enfin et se pencha en avant, les coudes posés sur ses cuisses dénudées. Ses mains torturées aux doigts crochus comme des pattes d'araignée, à cause des trous laissés par les pieux, pendaient tristement devant son membre viril.

— Du moins, ils l'étaient au début. Ils ont passé un pacte avec les prophètes, Gregor, et maintenant, ils demandent leur dû. Et puis d'abord, depuis quand tu te soucies des humains ?

— Je m'en fiche. Ce qui compte… Je suis juste redevable envers Nick, c'est tout, et il ne ferait jamais ça.

156

Même lorsque les mots quittèrent sa bouche, le doute le tirailla. Il passa la langue sur l'arrière de ses dents et se rappela l'odeur amère et intense du poison dans l'haleine de Nick. On l'avait forcé à boire, d'après lui, mais Gregor n'avait pas assisté à la scène.

— Il m'a aidé. Pourquoi l'aurait-il fait s'il servait les prophètes ?

Jack glissa prudemment du lit et se mit debout. Ses jambes tremblèrent sous son corps et les tendres croûtes qui bordaient ses blessures se déchirèrent et saignèrent.

— Peut-être... qu'il ne le faisait pas de son plein gré, Gregor. Les gens d'ici ont certainement passé ce marché volontairement, mais il leur reste peu de volonté, à présent, qu'ils aient été libres ou achetés chèrement.

La compassion dans la voix de Jack lui hérissait les poils et il serra les poings. Il voulait la lui faire ravaler d'un coup dans les dents et nier qu'elle lui était destinée. C'était comme reconnaitre une faiblesse. *C'était* de la faiblesse. Il le savait parfaitement.

— Ils tenaient son groupe, lâcha-t-il d'une voix rauque. Ses collègues de travail. J'aurais dû savoir que les prophètes s'en serviraient contre lui. Après tout, je l'ai ramené ici pour venir te chercher, moi, et pourtant je ne t'apprécie même pas. Seulement, on ne s'attend pas à tant de loyauté de la part des humains.

— Non, l'interrompit Jack en levant une main hésitante. Gregor...

— Assez. Il a choisi son camp, celui qui a eu la présence d'esprit de ficher le camp d'ici, jeta-t-il. On devrait suivre l'exemple. Il faut encore qu'on récupère ton chien chez les prophètes et qu'on rentre à la maison avant que notre vieux finisse en tapis de fourrure.

— Oui, acquiesça lentement Jack qui baissa la main avant de répéter plus distinctement : Oui, tu as raison. Ce qui est fait est fait. Mais j'en suis quand même désolé.

JACK APPUYA son épaule contre le métal froid du casier pour garder l'équilibre, le temps d'enfiler un treillis récupéré d'une triste collection d'affaires abandonnées par les anciens habitants de la ville. Une longue trace de sang tachait le vert morcelé du pantalon.

— Trois prophètes, dit-il. Ils ont pris Danny et m'ont cloué au mur comme un putain de trophée de chasse. Depuis qu'ils se sont mis à me charcuter, je n'ai que de brefs souvenirs. Je ne sais même pas ce qu'ils voulaient.

— De meilleurs monstres, répondit Gregor.

— Je ne comprends pas. Tu développes ?

Jack pâlit lorsqu'il remonta le pantalon sur ses cuisses écorchées. Son frère sentit une douleur dans sa propre jambe, où le tissu cicatrisé raccordait sa peau. Ils allaient devoir retatouer leur rang. Finalement, ils n'arriveraient jamais à obtenir quoi que ce soit sans l'autre. Et cette idée ne l'enchantait pas.

— C'est une notion.

— Une théorie, le corrigea Jack. Danny appellerait ça une théorie.

Certainement. De même que Nick. Gregor ravala sa peine et enfouit profondément toute pensée du docteur, avec les souvenirs de sa fille et du nom jamais prononcé dont il l'avait baptisée, là où personne ne les retrouverait.

— Les monstres sont incomplets, précisa-t-il en haussant les épaules et s'adossant au mur.

Il souffrait comme jamais après un combat et se sentait anormalement exténué, le genre de fatigue qui donnait juste envie de se terrer dans un repaire creusé dans la roche et d'y attendre le sommeil, ou la mort. Son père aurait appelé ça le « chagrin ».

— Ce sont des représentations du loup imaginées par un esprit malade. Les peaux des morts rendent leur loup aux prophètes. Alors, à ton avis, qu'ont apporté nos peaux à leurs monstres ?

Jack passa un pull gris complètement taché par la tête et retroussa les manches.

— Qu'est-ce que cela leur a apporté ?

— La mort, annonça Gregor, sa colère bousculant la fatigue et bouillant à l'intérieur de lui. Ils se sont servis d'enfants et les ont laissés mourir dans la terreur.

— Les prophètes, quand on ne les pense pas capables de tomber plus pas, les voilà qui se creusent un trou, ironisa Jack.

— Pour déterrent les morts, ajouta son frère.

Devant le regard inquisiteur de son frère, Gregor indiqua le couloir où attendaient les cadavres. Il aurait pu lui montrer, mais il sentait au fond de lui qu'il fallait les laisser en paix.

— Ils ont vidé les cimetières et ramené les morts ici.

— Ils cherchaient quelque chose, se rappela Jack en plissant les yeux et s'essuyant le front avec le dos de la main. Ou quelqu'un ? Il me semble avoir entendu qu'ils envoyaient des gens fouiller les tombes damnées des suicidés. Mais pourquoi ? On sait qu'ils dépouillent nos morts, mais à quoi leur serviraient des humains, une fois morts ? Et enterrés depuis longtemps…

— Quelle importance ? conclut Gregor. On récupère ton chien, on tue les prophètes et on laisse leur plan pourrir avec leurs monstres.

Jack grommela de frustration et abattit son poing contre le casier. Sous la force de l'impact, il enfonça le métal et faillit vaciller sur ses jambes flasques. Il réussit à se rattraper et ferma momentanément les yeux.

— Danny dogue, siffla-t-il à travers ses dents serrées. On doit le retrouver en priorité. Je ne sais pas où ils l'ont emporté ni pourquoi. Et tuer les prophètes ? Tu nous as bien regardés ? Ton loup est muselé et je tiens à peine debout. À nous deux, nous étions à deux doigts d'y passer, à Durham. Sans la Nature sauvage, on se fera dépecer et Job aura l'embarras du choix pour une nouvelle peau, lorsqu'il ira tuer notre père.

Gregor l'attrapa par le col et le hissa sur ses pieds. Il se colla à lui, nez contre nez, un reflet de son frère jusque dans les taches de rousseur. Le vert dans le regard de Jack brillait de colère et sa lèvre se courba.

— La seule raison pour laquelle je ne t'ai pas tué à Durham est…

— Que tu en es incapable, termina Jack.

— …que la Nature sauvage t'a choisi pour achever les prophètes. Si tu as baissé les bras, que tu préfères rester là à pleurer ton clébard, alors qu'il est encore en vie, quelque part dans la nature, alors tu ne nous es plus d'aucune utilité.

Jack le repoussa. Encore trop faible, il peina à y mettre du muscle, mais Gregor recula malgré tout.

— Je n'ai pas abandonné, rétorqua l'intéressé. Je ne sais juste pas par quoi commencer.

— Alors réfléchis, le motiva Gregor, ne sachant pas lui-même. Tu es le préféré de papa, le plus sensé de nous deux. Maintenant, prouve-le. Que cherchent les prophètes dans cette petite ville minable, et où ça se trouverait ?

— Je n'en sais rien, hurla Jack dont la voix raisonna entre les murs blancs dans une vaine tentative d'écho. Comment suis-je censé le savoir, alors que même les prophètes se le demandent encore ? Ils doivent chercher un truc mort, je suppose.

Ce furent ses souvenirs de sa fille décédée et du premier sentiment de déception ressenti vis-à-vis de son père qui soufflèrent la réponse à Gregor. Il se rappelait une odeur de cuir et un goût amer dans sa bouche, le petit corps de sa fille, tordu dans ses bras. « Les morts reposent là où ils sont et je garderai ce secret, avait dit son père. Même si je le pouvais, je ne te dirais rien, mais crois-moi : ce n'est pas un endroit pour les âmes sensibles. »

— Papa doit le savoir, reprit Gregor, en ignorant le regard impatient de Jack. Mais il refuserait de dire où ces morts sont enterrés, pas aux prophètes. Ni même à moi.

La compréhension illumina le visage de Jack.

— Les morts des Sannocks ? Non. Ils n'oseraient pas. Nous avons volé leurs terres, leur place et puis nous avons déniché leur cachette, et les avons tués jusqu'au dernier. Ce n'est pas pour rien que papa les a enfermés dans la Nature sauvage. Morts, ils pouvaient mieux nous détester que vivants. Même les prophètes ne seraient pas assez bêtes pour faire ça.

C'était là un mensonge, et tous deux le savaient.

— Ils ont la ville entière pour faire leur sale boulot, rappela Gregor. Grâce à eux, on retrouvera les prophètes… et, si tu as encore les faveurs de la Nature sauvage, peut-être qu'elle te guidera avant qu'ils tombent sur les Sannocks.

Il proposa à Jack de s'appuyer sur son épaule lorsqu'ils prirent la direction de la sortie. La scène ne lui rappela pas Nick, la dureté de son épaule sous son bras et ses mains prudentes sur son dos, car il s'y refusait. Comme toutes les douleurs, le chagrin devait être enduré et oublié.

Les prophètes auraient seulement le temps d'endurer. Il les tuerait avant qu'ils oublient.

XVII

ÇA NE faisait plus mal. Un lent pincement de chaleur et de faiblesse avait remplacé la douleur extrême de la peau et des os éprouvés. Nick n'allait pas s'en plaindre, mais cela signifiait malheureusement qu'il était assez conscient pour sentir le danger.

— Buvez, pressa une voix sèche avec un accent de l'Ayrshire, tandis que le goulot d'une bouteille appuyait sur ses lèvres.

Il ouvrit les yeux. Le monde était encore teinté de ce noir clairsemé de rose qu'il voyait à travers ses paupières. Peut-être étaient-ils restés clos, après tout. Il retenta et, cette fois, il réussit à décoller ses cils soudés par les larmes. Terry Muir le fusillait du regard, le visage aigre et renfrogné autour des lunettes qui dissimulaient ses yeux.

— Buvez, insista-t-il en inclinant la bouteille dont le liquide coula sur les lèvres fermées de Nick, puis dans son nez, où il le sentit lui chatouiller les sinus. Ça facilitera les choses, Dr Blake.

Il était sans doute inutile de résister, mais Nick détourna la tête.

— Très bien. Dans ce cas, vous n'avez qu'à crever, lâcha Terry qui s'éloigna pour s'adosser au flanc du véhicule tout-terrain.

Il leva la bouteille, en prit une gorgée, s'essuya la bouche avec sa manche et jeta un regard noir à Nick. Les petits serpents nichaient, recroquevillés, au fond de sa langue et se mirent à gigoter lorsqu'il ajouta :

— Voilà. Il n'y en a plus. Rappelez-vous-en, quand vous déciderez de supplier.

— Vous… Vous n'êtes pas…

Il eut tort de vouloir parler. Ses mots réveillèrent la douleur dans sa gorge déchirée. Nick s'interrompit et ferma les yeux une seconde, en attendant l'apaisement. Là seulement, il leva le bras et se désigna faiblement.

Il était allongé sur un bout rêche de bâche sale à l'arrière d'une lourde Jeep qui tressautait et s'ébranlait pendant sa conduire… vers un endroit inconnu. Le gel ornait les arêtes métalliques et les rivets à l'intérieur et Nick entendait le bruissement du vent qui en cinglait l'extérieur. Quelqu'un l'avait bandé pendant qu'il était inconscient. Vraisemblablement, s'il était mort de manière prématurée, le processus de transformation n'aurait pas abouti. Mais le bandage n'aidait pas beaucoup. Le sang avait coulé à travers la gaze entortillée à la va-vite, séché pour former une croûte brunâtre, puis s'était à nouveau répandu. Il distinguait même l'odeur cuivrée de la chair tailladée et la puanteur douceâtre de l'infection.

— Pas encore, répondit Terry, assis contre le passage de roue, le dos courbé et la jambe appuyée contre Nick pour lui éviter de glisser lorsque la Jeep penchait. Ils ont encore besoin de moi.

— Mais… ils le feront… un jour.

Terry fit courir son doigt autour du goulot. Il en lécha l'épais résidu.

— J'y compte bien, répondit-il. C'est ce que m'a promis mon ami. Une fois que ce sera fait, une fois qu'ils auront « réparé » les Changés, je me joindrai à eux. On survivra ensemble, les autres peuvent bien brûler ou geler, j'en ai rien à faire. Tout ce qui m'importe, c'est mon fils, et ils l'ont sauvé.

— Vous lui avez… demandé son avis ? bafouilla-t-il.

Il peinait à parler, il peinait à tout faire d'ailleurs, avec la mort qui approchait, pensait-il, ou à cause des supplices infligés par sa grand-mère. Néanmoins, la culpabilité voila le visage de Terry. Il crispa la mâchoire et la rejeta.

— C'est un enfant. Il ne sait pas ce qui est mieux pour lui. Moi, si. Ils le guériront, d'une manière ou d'une autre. Ils ont promis. Ils nous aideront tous. Et même s'ils échouent… mieux vaut vivre dans la peau d'un monstre que mourir dans celle d'un petit garçon.

Nick pouvait objecter. Il avait vu assez de cadavres allongés sur la table de la morgue pour savoir que la mort, bien que triste, était plus douce. D'autant plus qu'il connaissait maintenant l'existence d'un monde après le leur, certes plus froid et obscur que l'au-delà promis à l'époque où il fréquentait encore l'église.

À la place, il s'évanouit encore. Du moins, il le supposa, lorsqu'il cligna et rouvrit les yeux dans la Jeep à l'arrêt. La déception lui traversa l'esprit, distante sous la douleur. Une partie de lui s'attendait à voir Gregor le sauver à nouveau, tel son loup gardien. Mais il aurait dû savoir que c'était peine perdue. Au bout du compte, malgré les promesses, tout le monde, famille d'accueil comme amants, protégeait en priorité ses arrières.

Le hayon de la Jeep s'ouvrit et laissa entrer le froid. Sa grand-mère se tenait juste devant, à fusiller du regard un homme plus vieux, aux cheveux brun terne, fins et touffus autour des oreilles. Il promenait son chien avec lui, une bête grosse et dégingandée, avachie au bout d'une laisse en cuir rigide, l'air morne et intimidé. Une petite muselière était bouclée autour de sa tête, si serrée qu'elle aplatissait la truffe et lui pliait une oreille.

— Dans ce cas, Lewis, tu es un idiot, lui disait franchement sa grand-mère. Et je n'ai pas de temps à perdre avec les idiots.

Les joues déjà rougeâtres de Lewis s'assombrirent. Aucune trace des serpents sur lui, mais tout comme Gregor et sa grand-mère, il semblait légèrement plus net que le reste du monde, plus vif et aux contours plus marqués. Cela dit, pensa Nick tandis qu'il léchait avec insouciance la sueur sur ses lèvres, cette impression pouvait très bien venir de la fièvre.

— Grâce aux « changés », nous aurons nos esclaves, dit Lewis avec raideur.

Le chien eut un mouvement de recul et il le tira vigoureusement à ses pieds. L'homme n'était pas vieux, pas plus que Nick, mais lorsqu'il ouvrait la bouche, on remarquait ses dents manquantes. Nick se souvint du dentier de sa grand-mère, récuré et rose dans le verre posé à côté dans son lit. Elle n'était pas plus âgée, à l'époque. Et curieusement, elle ne l'était pas plus à présent.

— On tient le chien. Peut-être que Job avait raison…

— Un autre imbécile, s'esclaffa Mamie. Et mort, qui plus est.

— Nous disposons d'armes ! Nous avons la Nature sauvage, protesta Lexis. Il n'en faudrait pas plus à un loup !

Mamie recula et le gifla au visage. Le bruit fit tressauter Nick et envoya Lewis par terre, hors de son champ de vision. Nick s'appuya à l'aide de son coude et se releva, tiraillé par la douleur, il sentit la bile lui brûler la gorge. Il réussit à apercevoir Lewis au sol, étalé dans la neige criblée de trous, le corps fusillé par la grêle.

Le chien bondit loin de lui, sa laisse s'échappa aux doigts surpris. Boitant sur sa patte arrière, la peau éraflée et boursouflée, il fusa en direction de la forêt. Terry s'avança, imposant et musculeux dans sa tenue de policier, mais beaucoup moins terrifiant que les deux autres. Il tenta d'attraper le collier du chien et manqua sa cible. Soudain, il abattit le pied et réussit à coincer la boucle de la laisse. La fuite du chien s'arrêta brusquement et l'animal s'écroula dans la neige sur son flanc. Un signe des doigts gantés de Lexis ordonna à Terry de se rapprocher et de traîner le cabot avec lui.

— Nous sommes des prophètes, gronda la grand-mère. Les loups nous crachent dessus, ils nous pissent dessus ! Même la Nature sauvage nous méprise, les préfère à nous. Nous sommes condamnés à lécher les

163

pieds sales des dieux, pendant que le Numitor se targue d'être au-dessus d'une telle révérence.

Lewis essuya sa lèvre fendue sur sa manche.

— Au-dessus de *vous*, oui, marmonna-t-il, mais pas assez bas.

Mamie le frappa à la hanche, il glapit et se recroquevilla.

— Je le hais, lui en premier. Il m'a trahie. Il m'a forcée à devenir une prophétesse. Mais crois-tu que j'abhorre moins le reste d'entre eux ? Les prophètes rampent dans la merde des dieux depuis des années. On est marqués jusqu'à l'odeur, dit-elle. Si tu ne pues pas assez, peut-être as-tu encore trop de loup en toi pour ce jeu, Lewis.

— Non, lui assura Lewis en se remettant debout pour la dévisager. J'ai autant rampé dans la boue que vous, Rose. Je ne suis pas un faible. Je me demande seulement si c'est judicieux.

— Job était sage, et il était futé. Il a même découvert comment nous créer nos propres monstres, jeta d'un ton sarcastique la grand-mère, ou Rose, un prénom qui déroutait un peu Nick, lui qui avait été trop jeune et trop apeuré à son placement en famille d'accueil pour se l'imaginer. Et est-ce que ça lui a réussi ? La sagesse ne t'apportera pas la couronne, Lewis. Le pouvoir, si, et grâce à tout ça, du pouvoir, nous en aurons assez pour que j'aille moi-même arracher la couronne au Numitor.

Elle monta à l'arrière de la Jeep et attrapa Nick par le col ensanglanté de son manteau. Le monde se grisa à nouveau sous l'agonie, ses pensées vagabondes retrouvèrent brutalement son corps trop fiévreux et endommagé, lorsqu'elle traîna sa carcasse hors de son lit de fortune et la jeta dans la poudreuse. Il s'égosilla. Cet étalage de sa faiblesse était embarrassant, mais cela ne serait pas la première fois. Lewis le rattrapa en plein vol et le retint debout. Il enfonça les doigts dans ses bras sanguinolents.

— Votre propre petit-fils, articula-t-il en observant Nick. Heureusement que vous avez un cœur de pierre, Rose.

— Crois-tu que ce soit facile ? demanda-t-elle.

— Vous avez tué votre fille pour l'obtenir, expliqua Lewis. Je doute que ça vous coupe le sommeil.

Au fond, sous la douleur et la moiteur de la fièvre, Nick s'accrocha à cette information. Elle était importante. Il le sentait. Sa grand-mère entortilla les doigts dans ses cheveux et tira sa tête en arrière. Elle le scruta avec un visage sévère. Puis, sa bouche tressauta.

— Dans ce cas, tu es aussi stupide que faible. Si ça m'était égal, ce ne serait pas un sacrifice, dit-elle. Ça va me briser le cœur de devoir l'abîmer et c'est pour cette raison que ça marchera. Les dieux adorent nous voir perdre notre dignité, nous saigner en leur faveur. Maintenant, dépêche-toi. Nous avons déjà perdu assez de temps. L'hiver n'attend pas.

Elle tira Nick par les cheveux, il perdit l'équilibre et s'effondra, les jambes repliées grossièrement sur la neige. Elle se mit alors à le traîner derrière elle, la neige se glissant par son col et dans le dos de son jean. La sensation le soulageait presque de la chaleur sèche de sa peau.

Lewis les suivait en boitant, avec Terry et le chien sur ses talons. L'herbe giflait le visage de Nick, chaque brin couvert de givre tranchant comme une lame balayée par le vent. Au-dessus de sa tête, la nouvelle lune partageait le ciel avec le soleil couchant aux allures de parenthèse.

Rose atteignit le haut de la colline et grogna, malmenée par rafale. Elle se pencha pour y faire face, les cheveux fouettés par le vent, et poussa Nick de l'autre côté. Il dévala la colline en roulant et rebondissant sur les solides monticules herbeux et les pierres profondément enfouies. Des mains froides et rêches l'attrapèrent en bas et le retournèrent sur le dos.

— Dr Blake, souffla Copeland, son visage étroit se précisant.

Des cheveux boueux et emmêlés encadraient son visage, et des égratignures paraient sa mâchoire et sa tempe. Les mains qui lui tenaient le visage paraissaient rugueuses et sales, ces doigts doués pour les opérations délicates étaient abîmés, leurs ongles cassés. Sur son visage sale et battu, sa bouche se tordit dans une courbe colérique tandis qu'elle l'étudiait.

— Vous ne pourriez pas faire attention, gros bêta ? Vous êtes tombé !

— Courez, lui marmonna-t-il, ou du moins il essaya.

Nick roula sur le côté et tenta de se relever en s'aidant de la manche de Copeland.

— Vous êtes blessé, remarqua-t-elle en retirant ses doigts de son bras et le laissant retomber dans la neige. Vous avez besoin de vous reposer. Je peux… Je peux vous aider.

Son visage se radoucit lorsqu'elle le fixa. La colère s'effaça brièvement et l'inquiétude lui pinça les sourcils et l'obligea à se mordiller une lèvre inférieure déjà gercée.

— Je peux aider, répéta-t-elle indistinctement.

— Laisse-le tranquille, jeta Rose qui glissa de la colline et le rattrapa par le col du manteau, avant de le mettre à genoux. Tu n'es pas là pour soigner, mais pour servir de témoin.

Copeland protesta. L'étrangeté de la situation monta enfin à son cerveau embué et elle tenta de suivre Rose, tandis qu'elle traînait Nick sur le sable mouillé, à moitié gelé, au milieu du public. Terry entraîna la jeune femme vers l'arrière, la secoua et, lorsque cela ne suffit pas, il lui fourra une bouteille entre les mains. Elle but, toussa et jeta un regard mauvais dans la direction de Nick avant de se fondre dans la masse.

— C'était quoi, comme boisson ? s'interrogea Nick.

Il distinguait à peine sa voix dans le mugissement du vent et le grondement de la mer. C'était un simple chuchotement dans le fond de sa gorge. Mais sa grand-mère, elle, l'entendit. Elle baissa les yeux vers lui et poussa un petit rire.

— Toujours aussi fouineur, dit-elle en écartant violemment un homme amputé de l'avant-bras, dont le moignon était couvert d'un sachet tenu par du scotch.

L'homme, surpris, recula et bouscula quelqu'un d'autre en se retournant. La femme lui rendit son geste et lui cria « connard ! » au visage. La rage couvait entre eux, presque tangible, la colère dans leurs mots aussi frivole et vicieuse que la tempête. Rose leur tourna le dos.

— Le voilà, ton problème, mon garçon. Combien de fois te l'ai-je répété : l'animal le plus intelligent de la ferme, c'est le cochon, et crois-tu que ça le rende plus heureux lorsqu'il part à l'abattoir ?

— Je ne pensais pas que tu parlais d'abattoir au sens littéral, s'esclaffa-t-il avec un petit rire fou, avant de tousser du sang.

Elle le jeta dans le sable, contempla le ciel, puis le retourna du pied jusqu'à ce qu'il se trouve face à la mer, avec la lune brillant derrière lui.

— La garce est aveugle, ce soir, lâcha la grand-mère. Parfois, elle plisse les yeux, et on ne voudrait pas qu'elle voie ça.

Elle recula et se dévêtit pour révéler une peau marron burinée, marquée de cicatrices saillantes qui viraient au bleu, comme si, par le passé, on avait tenté d'y apposer des tatouages. Nick détourna le regard, inutilement, pensa-t-il, puisqu'il n'aurait certainement pas le temps de développer un traumatisme émotionnel. Il préféra admirer l'océan. Ce dernier se brisait à moitié gelé sur le rivage, déposait de l'écume et des poissons morts sur le sable.

— Ce n'est qu'une boisson, expliqua Rose.

Interpellé, il se reconcentra sur elle. Elle pencha une flasque métallique toute bosselée vers lui, puis en but une gorgée. Ses paupières se fermèrent et elle laissa le liquide glisser dans a gorge.

— Une simple drogue qui rend… plus insensible.

— C'est faux. J'ai vu les serpents.

Elle ouvrit brusquement les yeux et lui lança un regard étonné. Un sentiment proche du doute, du moins pour une personne normale, traversa ses yeux jaunâtres, et fut progressivement remplacé par la satisfaction.

— C'est à la fois vrai et faux. Une fois, les dieux en ont récompensé les prophètes, quand nous nous sommes humiliés en leur honneur, au-delà de leurs espérances. On la dit extraite des cloques venimeuses qui poussent sur le visage de Loki, à moitié poison et à moitié son étrange progéniture. Le liquide peut aider un loup à voir plus loin, plus profondément, dit-elle en embrassant du regard son audience.

La foule éparse s'était rassemblée à mesure qu'elle parlait et s'agglutinait dans un cercle formé autour d'eux. La plupart de ces gens étaient encore humains, avec des lèvres brûlées et des yeux rêveurs, mais quelques monstres s'accroupirent maladroitement sur le sable pour observer la grand-mère avec une expression vide, pleine d'adoration.

— Ils s'insinuent dans le cœur des humains et en dévorent les parties qui tiennent aux choses. Ils transforment les porcs pleurnichards en bestiaux enragés, que je change à mon tour en monstres. Le procédé ne fonctionne pas toujours. Certains gardent des choses trop à cœur pour oublier, mais chez la plupart, le changement s'opère… plus facilement.

— Je vais en boire, promit Nick d'une voix suppliante et, bien qu'il n'eût pas l'impression de pleurer, il pouvait goûter ses propres larmes. Je te le promets, Mamie, je prendrai mon médicament !

— Trop tard. Et je préfère que tu restes éveillé. Ça fait partie du rituel.

Elle recula à nouveau. Ses pieds nus s'enfonçaient dans le sable jusqu'aux chevilles tandis qu'elle marchait. Elle leva brièvement les yeux vers le ciel, cracha et fit un doigt d'honneur à la lune.

— Finissons-en, jeta-t-elle en contractant impatiemment les doigts. Apportez-la-moi !

Jepson était trop têtue pour crier. Elle se débattit tout du long, mais en vain. Lewis la tira simplement par le coude, tordant les mains attachées dans son dos, puis balaya ses jambes d'un coup de pied pour l'agenouiller devant Rose.

Le chien se mit à aboyer frénétiquement, des sons étranglés tandis qu'il s'agitait au bout de sa laisse. Terry dut l'agripper des deux mains et ramener l'animal vers l'arrière. Il se tenait sur ses quatre pattes, presque aussi imposant que l'agent, tandis qu'il se démenait.

— Tu…

Il s'agissait de ce même couteau au manche en os dont Nick se souvenait dans son enfance, du même geste tranchant et précis de la main de sa grand-mère. La voix de Jepson s'évanouit dans un gargouillis surpris et le sang se déversa sur sa poitrine.

— Elle aussi devait rester consciente, souffla Rose.

D'un coup de pied, elle envoya Jepson se vider de son sang sur Nick. Il fixa ses yeux marron et articula fébrilement des excuses pendant qu'elle rendait sa vie sur son épaule. Elle ne mit pas longtemps à succomber. Sa grand-mère maniait parfaitement le couteau.

— Ouvre la bouche.

Nick savait qu'il devait refuser. La provocation était son seul atout, mais il voulait vraiment oublier ce qui venait de se produire. Si sa grand-mère souhaitait le prendre en pitié, il l'accepterait volontiers. Il ouvrit la bouche et la toux le prit à la gorge au contact du froid, tandis que Rose le gavait de plumes noires et d'os affûtés.

Il faillit s'étouffer et cracha, mais elle les enfonça dans sa gorge de ses doigts durs. Il eut un haut-le-cœur, mais elle referma sa bouche et lui pinça le nez.

— Sois un bon garçon, Nicholas, l'encouragea Rose, dont les rares moments de gentillesse étaient restés gravés dans la mémoire de son petit-fils. Dépêche-toi de mourir.

XVIII

Il ne faisait pas froid. Nick se tenait aux côtés de la femme morte, les pieds nus posés sur le sable chaud et sec, et observait la marée. Même là, c'était l'Écosse, et l'eau semblait grise et gelée.

— J'avais peur de toi, dit-il.

Elle devait déjà le savoir, mais ne semblait pas lui en tenir rigueur.

— Suis-je mort ?

Dans son esprit, Nick entendit Gregor lui grogner : « question stupide ». Il sentit un frisson de douleur à ce souvenir et se frotta l'épaule. Il aurait voulu, par exemple, faire ses adieux, ou au moins le revoir une dernière fois. Il s'assit sur le sable. Un sable fin dont les grains lui rappelèrent du sucre en poudre, lorsqu'il y glissa les doigts.

— Tout va se barrer en sucette dans une minute, c'est ça ?

La femme se contenta de fixer la mer. Nick l'interpréta comme une confirmation. Il s'en doutait un peu.

— Tu es ma mère ?

Il ravala de la morve salée et des larmes, avant de lever les yeux vers elle. La mort volait toute individualité aux visages, elle émoussait le nez et creusait les joues. Nick ne savait pas à quoi sa mère avait ressemblé. Il n'avait pas réalisé que cela lui importait encore, maintenant que le petit garçon était devenu un homme.

— C'est pour ça que tu es avec moi ?

La femme morte lui caressa la joue de sa main sèche, puis s'éloigna du rivage. Ses pas ne marquaient pas le sable. Nick tenta de la suivre, mais impossible. Une laisse invisible l'attachait à cet endroit ; un endroit ensanglanté. Le rouge filtra à travers les grains de sable. Il lui couvrit les pieds malgré ses tentatives d'évasion. Il leva la tête juste à temps pour apercevoir la femme morte se faufiler dans les dunes et se dissimuler sous le sable, alors qu'une ombre en forme de croix noire s'étirait sur les herbes flétries. Le corbeau poussa un cri strident, son bec blanc largement ouvert pour dévoiler une langue fendue, puis plia les ailes pour fondre sur Nick.

Il s'étouffait, la bouche remplie de salive et d'os, et des plumes noires épineuses et poussiéreuses lui éraflaient la langue. Les recracher ne servait à rien. Sa gorge ne faisait que se remplir à nouveau. De ses doigts crochus, il agrippa la masse bloquée dans sa bouche et tenta de la retirer, mais le corbeau le frappa avant et le renvoya à sa souffrance sanglante.

LE CORPS de Jepson semblait encore chaud sur lui, mais du gel couvrait déjà ses pupilles à la manière d'une cataracte. Son regard aveugle semblait accusateur. Nick toussa et s'agita sous son poids. C'était injuste. Combien de fois fallait-il qu'il meure ? Le chien ne cessait d'aboyer, mais ses cris se faisaient las et éraillés.

— Je te l'avais dit, jeta Rose à Lewis. Le garçon avait juste besoin d'une minute.

Ils saisirent Jepson par les pieds et dégagèrent son corps sans ménagement. Rose laissa Lewis s'en charger et s'accroupit près de Nick. Elle prit son visage entre ses mains et le tourna vers elle. Toujours nue, les cheveux ornés de grêle et les épaules mouillées par la glace fondue, elle paraissait à peine remarquer le froid. La scène pesait étrangement dans l'esprit de Nick. Elle faisait curieusement monter dans sa gorge un rictus dont il ne comprenait pas l'origine.

— Où sont les morts ? demanda la grand-mère.

Le rire de Nick finit par s'échapper.

— Regarde autour de toi, lâcha-t-il. Derrière toi. Ils ne sont pas difficiles à trouver.

Elle resserra sa prise et pressa fermement les pouces contre ses pommettes. Son regard était perçant et pas du tout amusé. Peut-être n'avait-elle pas saisi la plaisanterie ? Nick supposa que lui non plus, mais cette chose sombre dans sa tête en frissonnait de délectation. Cette sensation n'avait rien de récent. Le gloussement malveillant avait toujours raisonné dans le fond de son esprit, un humour noir pour les mauvaises occasions. La seule différence était qu'il avait migré au premier rang.

Rose l'arracha à ses rêveries en le secouant vivement par le menton.

— Pas les nouveaux morts, pas les victimes de l'hiver, précisa-t-elle. Je cherche les anciens, les massacrés !

Nick ne savait pas de quoi il en retournait. Cependant, sa bouche, elle, comprenait, et une voix rieuse répondit à sa place :

— Les morts des Sannocks ?

Alors qu'il prononçait la phrase, il les remarqua, ces cadavres sur le rivage, pas tout à fait humains, mais pas très différents non plus, le sang étalé sur les rochers et la viande chauffée dans une marmite. Son ricaneur intérieur ne cilla pas, mais sa gorge à lui se serra douloureusement de pitié. Un faux sourire courba la bouche de sa grand-mère et elle lança une œillade triomphante à Lewis.

— Oui. J'ai besoin de leur peau, mon garçon, pour pouvoir insuffler leur pouvoir aux miens. Je dois retrouver la garce qui l'a tué pour boire tout son sang. Où sont-ils ?

— Cherche là où vous les avez laissés.

Le conseil pinça le sourire de Rose. Elle enfonça les ongles dans la mâchoire de Nick au point de lui percer la peau. Voilà la première chose qui n'amusa pas son lui malveillant. Il broncha et se replia dans le fond de son esprit, tel un escargot dans sa coquille.

— Nous avons retourné tous les cimetières et les sites mortuaires, tous les lieux saints et toutes les caves hantées ! s'emporta-t-elle. Nos serviteurs ont déterré d'arrache-pied tous les vieux os desséchés de la côte. Nos monstres se sont limé les os à force d'extirper les pierres anciennes. Mais aucune tombe de Sannock ! Ni même d'un loup.

Nick s'agita nerveusement. Son corps semblait tiraillé, raccordé par la chaleur et les nerfs tendres. Le sable râpait la chair à vif sur son épaule et se faufilait sous les plis de son pansement. Il avait l'impression que les doigts de sa grand-mère lui écorchaient la mâchoire. Cette chose dans sa tête se retranchait plus profondément, s'empressant d'éviter la question, mais Nick n'avait personne d'autre vers qui se tourner. Il disposait d'un savoir qui, bien que ne lui appartenant pas, vivait à l'intérieur de son cerveau.

— Là où vous les avez laissés, répéta-t-il, sa voix se perdant dans un cri, tandis que Rose le secouait encore. Il ne les a jamais fait changer de place. Non, pas eux…

Sa grand-mère se rassit. Ses cheveux argentés battaient sur ses épaules, la glace emmêlée dans les nœuds. Son visage était inexpressif, mais sa mâchoire bougeait alors qu'elle digérait l'indice qu'il venait de lui fournir.

— Il ne les a jamais fait changer de place, l'imita Lewis d'un air incrédule. Après tant de siècles et tout ce foutu travail… Ce salopard les a laissés là où ils sont tombés ?

— Bien sûr qu'il l'a fait, conclut Rose en lâchant la mâchoire de Nick.

Sa tête retomba dans la neige et le sable avec un craquement. C'était plus dur que cela en avait l'air, le sable mouillé. Les os de son épaule se tordirent et se ramassèrent sous sa peau déchirée, en tentant une nouvelle formation.

— Tout ce temps, on croyait qu'il avait fait quelque chose d'intelligent, mais il s'est juste contenté de tout balayer sous le tapis.

— Job y était. Il n'en a jamais parlé.

— Bien sûr que non, jeta Rose. Il voulait qu'on le suive. Pourquoi nous aurait-il proposé d'autres options ? Tu aurais dû me laisser prendre les commandes depuis le début.

Lewis lui tendit son manteau.

— Rose, vous avez gagné votre place de meneuse. Vous êtes revenue et l'avez battu devant nous tous.

Rose grogna de dégoût et se redressa. Lorsqu'elle se retourna, Nick remarqua les cicatrices qui décoraient l'arrière de ses jambes, droites comme des coups de rasoir et gonflées comme des varices. Elles pinçaient le creux de ses genoux et descendaient jusqu'aux chevilles. Quelqu'un avait tenté de lui tailler les tendons, mais avait rechigné à couper profondément. Elle glissa le manteau sur ses bras fatigués, sans penser à le refermer lorsqu'il en roula impatiemment les manches pour se dégager les mains.

— Et malgré tout, il se croyait plus avisé, dit-elle. Puisqu'il ne pouvait pas diriger les prophètes, il se disait qu'il pourrait diriger les loups. J'aurais dû le clouer à un mur et le vider de ses tripes. Lui ou le destin auraient fini par céder et me donner ce dont j'avais besoin.

— Et vous auriez pu épargner votre petit-fils, ajouta Lewis.

Sa voix était basse, un murmure dans le vent. Difficile de savoir dans de telles conditions s'il s'agissait de cruauté ou de sympathie. Nick sentait ses poumons craquer alors qu'il inspirait l'air glacé. Le monde autour de lui devenait un flou de réel, d'irréel et d'incertitude, et sa tête s'alourdissait d'un sentiment triste et inutile. C'était certainement de la cruauté.

Rose lui aboya un rire à la figure.

— Mais oui ! Et après, on irait voir les Sannocks morts les mains vides pour les supplier de nous aider, ironisa-t-elle d'une voix geignarde, un son nasillard et narquois. « Oh, je sais bien que les loups vous ont tous massacrés et pendus comme des porcs, mais c'est du passé, hein ? »

— On ne peut pas garder l'oiseau ici.

— Si, tant que le garçon reste en vie, précisa Rose en baissant les yeux vers Nick et le tapotant du pied à la hanche. Crois-tu que je l'aie infecté avec notre malédiction pour m'amuser, Lewis ? Il vivra aussi longtemps que j'aurai besoin de lui. Il ne sera peut-être plus tout à fait lui-même, mais un bon garçon ne veut que le bonheur de sa grand-mère, hum ? Et quand je relâcherai enfin l'oiseau, il partira.

Nick tendit la main et tira faiblement sur sa cheville jusqu'à ce qu'elle le fixe à nouveau.

— Je crois que te voir nue m'a fait devenir gay de manière rétroactive, plaisanta Nick.

Rose éclata de rire avec lui. C'était un son rauque, chaleureux et étrangement doux aux oreilles.

— Navrée de te décevoir, Nicholas, dit-elle, mais tu ne me pousseras pas aussi facilement à te tuer. Tu verras, dans quelques jours. Bientôt, tu m'adoreras tellement que tu accepteras la douleur comme un prix à payer pour me servir. Tout comme quand tu étais un jeune garçon et que je t'ai vidé pour faire de la place aux dieux.

Elle tapota son doigt sur son ventre et il sentit son ancienne cicatrice vibrer sur sa peau, la cicatrice qui ressemblait à la plaie de Gregor, à l'endroit où on lui avait retiré son loup. Nick aurait dû faire le lien plus tôt. Après tout, sa grand-mère était une louve, et lui voyait des choses qu'il n'était pas censé voir.

— Ils pensaient que le chien ferait l'affaire, dit-elle. N'étant pas un loup, il était censé « prendre moins de place », en laisser assez pour y graver l'oiseau. Mais moi, je le savais que ça ne fonctionnerait pas. On ne peut pas demander à un dieu de dormir avec un chien.

Elle rit à sa propre plaisanterie.

— C'est pour ça que tu l'as tuée, bredouilla Nick.

Cette entité à l'intérieur de lui le lui soufflait comme elle avait informé Rose au sujet des Sannocks morts.

Une jeune femme au ventre rond hurlant tandis que sa voiture quittait la route. Il faisait trop sombre pour distinguer son visage, même si Nick s'y efforçait, mais ses mains étaient visibles, blanches et osseuses pendant qu'elles tournaient le volant. Il vit sa grand-mère, les cicatrices de ses tatouages écorchés encore fraîches et ensanglantées, traîner sa mère hors de la voiture et l'ouvrir sur place.

— Ma mère. Pour me prendre…

Il souffrait trop pour se délecter de la douleur qui traversa le visage de Rose.

— Ça m'a vraiment brisé le cœur, mon garçon, avoua-t-elle. Mais c'était sa faute. Si elle m'avait écoutée, elle aurait pu rester en vie et t'élever, au lieu de m'obliger à me charger de tout. Elle serait restée un moment.

173

— Pourquoi ?

Elle lécha ses lèvres sèches et sembla aussi perdue que lui.

— Parce que la haine est comme un dieu, mon petit oiseau, dit-elle. Parfois, il faut savoir se couper de tout pour lui trouver une place.

Le baiser qu'elle déposa sur son front le piqua. Ensuite, elle lui tourna le dos et désigna la silhouette sombre de Terry, qui se tapissait au milieu de la foule fébrile.

— Toi, rassemble tes hommes et va récupérer les morts, lui ordonna-t-elle d'un ton brusque. Rapporte-les-moi à la cave.

— Et après… commença Terry, le visage rougeoyant d'effort, à force de se battre contre le chien hargneux, dont la laisse en cuir était si solidement entortillée autour de ses mains que sa chair ressortait entre les bandes. Après, nous serons comme vous, vous pourrez faire de mon fils quelqu'un comme vous ? Pas…

Il ne fit aucun signe en direction des monstres, c'était inutile. Tout le monde les fixait déjà, même la grand-mère.

— Vos enfants auraient pu connaître un sort pire que de devenir un monstre, lui fit-elle sournoisement remarquer. Ils auraient pu être morts.

Nick se demanda combien de ces parents avaient déjà perdu des enfants, leur corps ravagé par des greffes de peau qu'il ne pouvait assimiler. Terry le savait probablement, mais seule une brusque contraction de sa mâchoire trahissait une quelconque culpabilité. Lewis boita jusqu'à lui, ses bottes lourdes s'enfonçant dans le sable, et reprit le chien. Il tira l'animal à ses pieds avec un coup sec sur la laisse et un coup de poing sur sa tête.

— Le tien se portera à merveille, dit-elle. Ton fils sera spécial.

Nick éclata de rire et roula sur le côté. La douleur ne faiblissait pas, mais il se sentait plus fort. Lorsqu'il tenta de s'appuyer sur le sol, il remarqua des crûtes sombres sur les jointures de ses doigts, son index et son majeur enroulés telles des racines. Il s'efforça de les redresser, mais la paume de sa main brûla de douleur.

— Elle l'adorera comme un petit-fils, gémit-il. Regardez ce que ça vous apportera.

— Ramène les morts à la cave, insista Rose. Après, tu n'auras plus jamais besoin de t'inquiéter pour ton fils.

Terry devait bien se douter du poison caché dans ces mots. Il choisit pourtant de la croire sur parole lorsqu'il alluma sa radio grésillante et aboya des ordres.

Rose conduisit le chien et Lewis à travers ce qui ressemblait au paysage net de la Nature sauvage et laissa Nick voyager avec les morts. Il demeurait recroquevillé dans son manteau abîmé sur le plancher du second fourgon, bousculé par des corps raides, flétris et un monstre aux mains agitées et à la chair à nu. Pour Nick, il s'agissait du meilleur cas de figure, et cela en disait long. Il avait passé sa vie à travailler entouré de cadavres et ils lui avaient fait beaucoup moins de mal que sa grand-mère.

— Il fait toujours aussi froid, souffla Jepson, debout, les pieds plongés dans les tripes de son propre corps telle une étrange fleur, avant de s'entourer de ses bras. J'ai toujours pensé qu'il ferait plus doux, après, ou brûlant.

Il la regarda du coin de l'œil. La mort la possédait. Elle paraissait… pas plus jeune, mais plus soulagée, comme si elle n'avait jamais eu besoin de froncer les sourcils ou jamais pincé les lèvres devant un problème. Et légère aussi, volatile, toute en nuances de couleurs. Elle ne ressemblait pas à la Morte. Jepson était des bribes d'elle-même, dénuées de chair.

— Je ne sais pas si je devrais vous parler…

Le monstre leva la tête au son de sa voix et le fixa de ses yeux rouges mouillés, qui ressortaient sous ses arcades sourcilières cassées. Nick l'ignora. Ses dents claquaient alors qu'il tentait d'articuler, alors il devait en effet faire froid. Néanmoins, lui ne ressentait que la chaleur fiévreuse de son corps à moitié consumé, sa peau attendrie par sa propre graisse pour faciliter son refaçonnement.

— Êtes-vous…

Il souhaitait lui éviter tant d'émotions : la peur, la colère, la déception, à cause de lui, qu'il peinait à former la question. Jepson pencha la tête. Ses cheveux étaient énormes et leurs pointes disparaissaient dans le vide.

— Il me reste une tâche à accomplir.

— Vous êtes morte.

— Je le vois bien, dit-elle en baissant les yeux vers son corps. Mais le devoir, Dr Blake, ce n'est pas comme le mariage, il ne suffit pas de la mort pour vous en séparer.

Il tendit la main. Le muscle avait fondu et la peau morte s'était consolidée en une sorte de texture striée et charbonneuse. Il avait observé des fontes similaires par le passé, habituellement sur des cadavres – souvent sans nom – de sans-abris, laissés par l'hiver, ou de rares diabétiques malchanceux. Cela n'aurait pas dû faire mal : la chair semblait clairement nécrosée, mais il en souffrait tout de même.

— Je ne vous serai pas d'une grande aide, répondit-il.

Elle le dévisagea, puis disparut. La chose obscure logée à l'intérieur de son cerveau s'agita de déception, et d'une vive curiosité quant au goût que pourrait avoir Jepson. À cette étape de sa vie, il était étrange pour lui de s'adonner à des pensées de ce genre avec les femmes, mais Nick aurait presque préféré qu'il s'agisse de pensées sexuelles. À la place, il rêvait de pulsions de prédateur : pas de mots, mais seulement le roulement d'une langue et la grisante sensation d'une vie glissant dans sa gorge.

Était-ce toujours cette entité dans sa tête qui parlait, ou bien le monstre qui lui teintait progressivement la peau ? Il l'ignorait.

Le fourgon heurta un objet sur la route. L'impact souleva le véhicule, puis l'envoya déraper. Les corps fanés se renversèrent de leur emballage hâtif et s'entrechoquèrent sur le plancher. Les jointures les plus fragiles se disloquèrent du reste à l'atterrissage, les cadavres et leurs membres décharnés roulèrent dans des directions opposées.

Les corps les plus lourds, vieux et embaumés, s'écrasèrent au sol et se mélangèrent. Un homme vêtu d'un haut de costume trois pièces, une cravate nouée autour du cou, un boxer et des chaussettes aux pieds, roula contre les jambes de Nick. L'expression fixe et tranquille dessinée sur son visage par un travailleur assidu semblait hautement inappropriée dans cette situation. Nick le repoussa. Sa jambe craqua et envoya des jets de douleur dans ses hanches lorsqu'il bougea, comme s'il venait de les interrompre en pleine action.

— Putain ! lâcha le conducteur lorsque le fourgon s'arrêta brusquement.

Le monstre s'était accroché durant le dérapage, mais cet arrêt brutal l'envoya valser contre le mur métallique. Son crâne se brisa sous le choc dans un angle fatal et le monstre retomba, mou et palpitant, sur le sol.

— Qu'est-ce que c'était que ça ?

— Tu as heurté un truc, ducon, jeta le passager. Tu t'imaginais peut-être qu'un fourgon, ça pouvait voler ?

Ils se bataillèrent brièvement au-dessus du frein à main, en évitant à quelques bouffées de colère près d'en venir aux poings. Avant de trop s'emporter, ils s'extirpèrent du fourgon pour résoudre le mystère. L'autre fourgon s'arrêta à côté et Nick les entendit s'enguirlander. Il ne distinguait pas leurs paroles, mais le second fourgon finit par s'en aller, chassé par une pierre lancée par son conducteur.

Nick se releva doucement. Son corps semblait étrange. Il ressentait comme une gêne dans ses articulations et une démangeaison sous la peau, mais cela importait peu… Ou du moins, cela n'aurait bientôt plus d'importance. Il devait fuir, informer Gregor des plans de sa grand-mère. De ce qu'il l'avait aidée à faire, malgré lui. Nick frissonna à l'idée d'avoir cette conversation. Son amant pourrait le prendre pour un menteur. Il ne comprendrait pas la faiblesse de Nick face à sa grand-mère.

Enfin, les marmonnements inaudibles se délièrent en mots tandis que les deux hommes remontaient dans la voiture.

— Connards !

— Ferme-la et va remplacer la roue. Si on arrive en retard, les prophètes refuseront peut-être de nous changer.

— Je me demande quand même sur quoi on a buté.

Nick enjamba gauchement le mort pour atteindre l'arrière du fourgon. Toujours étendu sur le sol, le sang s'accumulant sous son nez, le monstre le regardait passer. Ses énormes doigts osseux tressautèrent. Nick s'étira jusqu'au système d'ouverture de la porte et grimaça devant sa main esquintée, elle qui lui évoquait une autre pensée possible dans l'esprit de Gregor : qu'il était devenu un monstre à abattre.

Une dernière impulsion de son instinct de survie le fit frémir, avant de s'effacer au profit d'une question : la mort serait-elle si horrible que ça ? S'il s'était contenté de suivre la Morte, à l'hôpital, sans doute n'aurait-il pas connu toute cette peine et cette trahison. Dans sa tête, l'entité obscure trouva l'idée merveilleuse. « *Mais pourquoi attendre ? Fais-le maintenant et nous serons tous les deux libérés.* »

Nick se mordit la lèvre inférieure et sentit les plaques de croûtes qui s'y étaient formées. Il ne voulait pas mourir, mais l'enthousiasme débordant de l'entité. Juste au moment où le verrou claqua enfin, quelque chose heurta violemment le mur du fourgon. Nick partit en avant, frappa la porte et plongea dans la pénombre. Il tomba par terre et roula. Lorsqu'il s'immobilisa enfin, ce fut avec le nez rempli de neige et une couche de peau en moins sur les côtes.

Ses mains semblaient sauves, même s'il s'en était servi pour amortir la chute. Bien qu'à vif, leur peau dure était résistante. Nick poussa un souffle haletant contre la neige, fondant quelques flocons de neige au passage, puis se mit sur les genoux.

Le monstre avait été expulsé avec lui et une poignée de cadavres. Allongé dans la neige, il était entouré de corps comme dans un genre de diorama gothique et enfonçait ses talons osseux dans le sol pendant que les nerfs tentaient de se ressouder dans sa colonne vertébrale. Avant qu'il ait pu se relever, un homme familier apparut sur le côté du véhicule et le cloua au sol d'un pied sur la poitrine. Gregor fit tourner un levier démonte-pneus dans sa main et l'abattit en décrivant un arc rapide et vicieux qui éclata le crâne du monstre. Il n'y avait aucun sentiment de colère dans ce meurtre, mais pas une once de regret non plus.

La chose obscure dans la tête de Nick voulait fuir. On pouvait mourir de bien des façons dans les Highlands, en plein hiver. Une liste interminable de possibilités s'offrait à lui. Nick aurait bien suivi le plan de l'entité. Il souhaitait à tout prix éviter que Gregor le voie comme un monstre ayant été incapable de tenir sa langue. Mais c'était peine perdue. Il désirait le revoir plus encore et ce désir lui bloquait les genoux, le retenant sur place tandis que Gregor se retournait.

Son amant eut un mouvement de recul à la vue de son corps. Une réaction blessante. Tout faisait mal, des os de son crâne jusqu'aux tendons dans ses pieds, mais cette expression de dégoût sur le visage de Gregor dépassait le reste. C'était comme un coup de poignard dans son cœur.

Et peut-être connaîtrait-il plus littéralement cette sensation dans une minute. Il leva les mains, une habitude gravée dans son esprit par la télévision. Évidemment, lorsque Gregor se fit menaçant, Nick réalisa que ses mains ne semblaient plus si inoffensives. Il les abaissa et se recroquevilla pour tenter de se cacher au maximum.

— Je…

C'était le genre de moment où l'on pouvait s'attendre à un flot de paroles. À la place, il ne trouvait plus les mots. Il peinait à sourire comme il fallait. Ses lèvres étaient trop raides pour se courber.

— Tu avais raison. Ma mamie est une mégère.

Il trébucha. Au moins, il savait que la chose dans sa tête apprécierait la plaisanterie. L'entité épuisée le suivit dans la pénombre.

XIX

GREGOR ÉCRASA Jack contre le flanc du fourgon, une fois pour exprimer son point de vue et une seconde en pensant que cela le soulagerait. À tort. Le conducteur de l'engin, étalé sur la route avec le visage en sang et une jambe cassée, tressauta au bruit du choc.

Ils avaient pisté les morts à partir de l'hôpital et emprunté un raccourci à travers les ajoncs et les côtes rocailleuses pour devancer les fourgons au pied de la colline. L'excitation ardente, presque sexuelle, de la chasse avait presque réussi à faire oublier à Gregor son loup perdu et son chagrin. Et l'inoubliable, il s'en déchargeait sur les serviteurs des prophètes.

À présent, toute satisfaction s'était évaporée, balayée par le fait que Nick n'était pas mort et empestait le monstre. Gregor ne comprenait pas son propre ressenti, ni ne savait comment prendre la chose, alors il jeta à nouveau Jack contre le fourgon.

— Tu as dit qu'il m'avait trahi. Tu m'as dit qu'il était parti avec elle !

Je visage de Jack se voila. Encore habité par son loup, il guérirait plus rapidement que son frère. Néanmoins, à ce moment-là, il devait encore en douter. Il n'était pas rétabli au point de pouvoir changer de peau et Gregor avait la colère de son côté.

— Parti, emmené, quelle importance ? Il était condamné de toute façon ! lâcha Jack en repoussant violemment son frère, avant de se pousser du véhicule et de jeter un regard à la carcasse écorchée de Nick, avec une sombre pitié. Regarde-le, Gregor. Ce qu'il était, du moins à tes yeux, n'est plus là. Il n'en reste plus qu'une création des prophètes.

Gregor recula. Le vent précipitait le grésil sur la route avec assez de force pour piquer au contact du visage. Il emportait la poudreuse dont les jumeaux avaient recouvert les blocs de ciment, traînés sur la route pour saboter le véhicule.

— Si j'avais suivi la trace de cette…

— Elle l'a infecté de sa malédiction devant moi, assura Jack en attrapant Gregor par le bras pour l'empêcher de partir. Son bras était à peine attaché. Je pouvais sentir la souillure s'implanter en lui. Pour lui, il ne restait aucun espoir, alors que les prophètes retiennent encore Danny. Ils ont mon

179

partenaire, Gregor. Danny fait partie de la meute. Que représente un simple humain, si utile soit-il, comparé à ça ?

Cet argument semblait raisonnable dans sa bouche. Comme toujours. Les mots se pliaient à lui constamment. Gregor n'excellait pas dans cet exercice. Les mots vrillaient toujours sur sa langue, mais cette fois, un seul terme suffisait :

— Mien, jeta-t-il sèchement en libérant son bras. Et il est le mien !

Cette fois, la pitié dans les yeux de Jack s'adressait à Gregor. Ce qui lui donna fortement envie de l'effacer avec un poing dans la figure.

— Il est parti, insista Jack.

— Non, rétorqua Gregor en regrettant que les prophètes ne lui aient pas enlevé davantage de son loup, au moins assez pour lui permettre de croire à ses propres mensonges. Pas encore. Va trouver où se dirigent les morts, Jack. Après, tu pourras aller en enfer.

Gregor se tourna et fendit la neige en s'éloignant.

— Si elle a retrouvé les Sannocks, lança Jack à son dos, on finira tous en enfer.

Gregor serra la mâchoire face à cette nouvelle vérité déplaisante : il n'était pas certain de s'en soucier. Il laissa Jack interroger le conducteur au visage en sang et rejoignit Nick sur le bas-côté. Ce dernier se trouvait perché sur un rocher érodé, les mains cachées sous ses bras et le menton enfoncé dans son col. Le pan en lambeaux de son manteau battait au vent comme des ailes, leur ombre détonnant sur la neige qu'elles tentaient désespérément de fuir. Il paraissait presque humain, quand Gregor ne le détaillait pas et se retenait de respirer.

— Tu savais ? demanda-t-il d'une voix plus sèche que prévu, poussée par la colère envers les monstres qui bouillait dans son ventre.

Nick leva la tête. Il révéla des yeux rouges et sombres, au blanc clairsemé de vaisseaux gonflés et éclatants. Des croûtes lui durcissaient les lèvres et figeaient son expression. Gregor ne savait pas ce qui le chagrinait le plus : le souvenir de ces lèvres tendres sur sa peau ou la perte des mimiques vives et mobiles sur ce visage.

— Que ma grand-mère était horrible ? proposa Nick d'une voix rauque et éraillée.

Difficile de dire si cela venait de la douleur ou d'un changement dans la structure de sa gorge. Il tenta de sourire, mais la peau au coin de ses lèvres se fissura.

— Je le savais déjà. Je ne voulais pas me l'avouer, mais je le savais.

— Tu sais très bien de quoi je parle, le corrigea Gregor avec un petit rire.

— Alors, non. J'aurais dû m'en douter, mais je n'en savais rien, avoua Nick les yeux clos, en s'enfonçant dans son manteau comme pour se dissimuler. Gregor, je suis… désolé.

Gregor observa sa nuque. Les arêtes de ses vertèbres saillissaient sous sa peau blême et le duvet noir à l'arrière de son crâne. Cela ne ressemblait pas à la posture de soumission d'un loup, mais il n'en restait pas moins très vulnérable ainsi et, mal à l'aise, Gregor ressentit l'envie irrépressible… de se montrer gentil. Seulement, il ne savait pas comment se comporter, ni même s'il pouvait se montrer bienveillant envers un monstre.

— Pourquoi ?

Nick se courba davantage, ses épaules rappelaient des piques sous sa laine tachée et ses bandages. Sa voix rauque s'abaissa à un murmure à peine audible à travers son col.

— Elle disait toujours que j'étais faible, que j'avais besoin d'elle, raconta-t-il. Je n'ai jamais été fort. Jamais été courageux. Intelligent, mais rien d'autre.

Gregor enveloppa d'une main le bas de sa nuque. Le geste était irréfléchi. Sous sa paume, la peau de Nick semblait sèche et douloureusement brûlante.

— Qu'as-tu fait ?

Les tendons sous les doigts de Gregor se tendirent lorsque Nick se crispa. Ils donnaient l'impression de ne plus bouger correctement, comme s'ils étaient accrochés aux muscles d'une manière inédite.

— Je lui ai révélé où ils se trouvaient, les morts des Sannocks, avoua Nick avant de hoqueter un rire amer. Je savais que je n'aurais pas dû, qu'elle utiliserait l'information à mauvais escient, mais elle m'a torturé et j'ai fini par craquer.

Gregor l'avait déjà compris. C'était la seule chose qui méritait les efforts des prophètes. Malgré tout, cette confirmation le troublait. Même au sein de la meute, ces morts étaient évoqués tout bas, pour donner aux faibles d'esprit des cauchemars et une raison valable de craindre le Numitor.

— Il est impossible que tu le saches. Personne ne connaît leur emplacement.

Nick oublia de se couvrir lorsqu'il tapota un doigt noir en forme de serre contre sa tempe. Il appuya si fort qu'il forma une marque sur sa peau pâle.

— Lui, il sait. Elle l'a enfermé dans ma tête et nous a torturés, mais c'est moi qui ai vendu la mèche. Je lui ai dit où ils se trouvaient.

L'oiseau. Gregor se rappela le battement des ailes de jais et le bec sculpté du corbeau. Si le sanglier fumant des dieux s'était échappé pour vagabonder dans les collines, pourquoi pas le corbeau qui l'attirait avec des cadavres frais pour se délecter de son lard ? L'oiseau d'Odin, Muninn, qui trouvait les massacrés. Or aucun Sannock ne s'était éteint dans son sommeil.

— Où ? jeta Gregor qui, frustré par l'attente, céda à la mauvaise humeur dissimulée sous sa surface imperturbable, et secoua son amant. Où sont-ils ?

— Je ne sais pas, répondit Nick en se tassant. Je ne sais pas ce qu'ils sont. Je ne sais pas où ils sont. Seulement qu'il ne les a jamais déplacés. Ils se trouvent à l'endroit où il les a laissés. C'est l'endroit en lui-même qui a changé.

— Ça ne veut rien dire, grogna Gregor.

— Ma grand-mère a compris, elle, marmonna Nick qui ouvrit enfin les yeux et lança un regard en biais à Gregor. Quand j'étais gosse, Mamie me racontait l'histoire de l'Attrapeur. Elle disait que s'il m'attrapait, il m'emmènerait dans un endroit où personne ne me retrouverait, même si je hurlais à pleins poumons. Je pouvais me tenir au milieu de la cathédrale de Glasgow et crier pendant qu'il me dévorait, sans que les gens ne se retournent. Ils ne sauraient jamais ce qui m'arrivait. Ça leur serait égal.

— La Nature sauvage. Tu crois que les Sannocks sont enterrés dans la Nature sauvage ?

— C'est là que tu as enterré ta fille, n'est-ce pas ? le questionna Nick en replaçant ses mains difformes sous ses aisselles. Un endroit haut perché entre les montagnes, où personne ne pourrait la trouver, où tu la savais en sécurité.

Personne ne connaissait ce lieu, pas même son père. Sentant la menace, Gregor resserra sa prise sur la nuque de Nick. Il sentait les os sous sa peau et devinait la force nécessaire pour les briser.

— Fais-le, l'encouragea Nick en inspirant profondément et fermant fermement les yeux. S'il te plaît.

Gregor retira brusquement la main, comme brûlé par le feu. Il n'aurait pas agi. Du moins, il devait le penser.

— Qu'est-ce que tu me chantes, Nick ?

— Tu dois m'éliminer, expliqua calmement l'intéressé. Mamie a besoin de moi, ou de la chose. Si je meurs, je lui serai inutile. C'est bon, je ne t'en voudrai pas.

— Boucle-la ! lâcha Gregor en l'attrapant par la manche et le remettant debout. Tu n'as pas le droit d'abandonner, de te laisser faire.

— Tu ne comprends pas. Je ne suis pas… Cette chose qu'elle a foutue dans ma tête, elle est coincée là-dedans jusqu'à ma mort.

— Et alors ?

Cela lui était égal de savoir si on avait coupé les ailes à Muninn pour le faire rentrer dans le crâne de Nick. Fenrir, le dernier dieu auquel croyaient les loups et dont l'hiver devait s'abattre sur le monde, pouvait être coincé là-dedans, qu'il s'en ficherait. S'il y avait bien une chose qu'il refusait d'abandonner aux prophètes, c'était Nick. Il était tout ce qu'il lui restait.

— Tu ne saisis pas, répéta Nick, sa nouvelle voix rauque se cassant misérablement lorsqu'il s'avança vers Gregor, le menton levé pour souligner les ravages de la malédiction. Voilà ce que je suis. C'est ce que j'étais censé devenir. Ma grand-mère m'a enlevé à la naissance et a fait de moi une cage vivante.

Gregor mata la répulsion qui lui retournait l'estomac et prit le visage de Nick entre ses mains. Il posa son front contre le sien. Ce dernier était si brûlant qu'il s'enfiévra à son contact et dut inspirer de l'air puant de malédiction. Il se fichait de savoir ce que Nick était devenu. Tant que c'était encore Nick.

— Les dieux nous ont tous créés dans un but. Ils ont un dessein pour chacun de nous, maintint-il. Mais au diable les dieux. Et au diable ta grand-mère.

La respiration de Nick chevrota avec un rire dégoûté.

— S'il te plaît, ne fais pas ça.

— Je trouverai une solution, lui promit Gregor.

— Tu disais que tu en étais incapable, rappela Nick en lui touchant tendrement la joue avec un doigt asséché, au contact duquel Gregor dut se forcer à ne pas reculer. Ça fait vraiment mal, Gregor, et je ne parle pas seulement de mes os. Je le sens dans ma tête. Je sens mon esprit pourrir progressivement. Que feras-tu lorsqu'il ne restera plus que le monstre ?

Il n'existait qu'une réponse à cette question. Tous les deux le savaient. Gregor planta un baiser ferme sur son front.

— Je t'enterrerai avec ma fille, lui promit-il. Les prophètes ne te toucheront plus jamais. Mais l'heure n'est pas encore venue. Je ne suis pas prêt.

— Moi non plus. Même si ça n'a aucune importance, répondit Nick, avant de soupirer. J'attendrai, mais pas pour très longtemps.

LE CONDUCTEUR les traita de chiens, et leur mère de putain. Ses yeux brillaient de méchanceté et, s'ils avaient eu une allumette à portée de main, son souffle aurait pris feu.

— Putains de loups, cracha-t-il, sa salive décrivant un arc dans l'air gelé pour venir lui éclabousser la jambe. Des renards, ouais. Ou plutôt, euh… des rats ! Vous vous cachez dans nos maisons, vous mangez dans nos ordures, mais vous vous croyez exceptionnels !

— Notre père possède plus de cent soixante hectares dans les Highlands, s'esclaffa Jack, et les loups d'ici aux Cornouailles reconnaissent son autorité. Je n'ai pas besoin de vos ordures pour me remplir le ventre.

Gregor, lui, préférait une approche plus directe. Il frappa sa jambe cassée, tordue dans le mauvais sens, pour la retourner plus que nécessaire. L'homme hurla et s'agita comme un poisson échoué sur le rivage.

— Pas très réussi, ton ange dans la neige, s'esclaffa Nick.

Sa voix éraillée attira brièvement le regard noir de Jack. Il persistait à penser que Gregor aurait dû l'achever par pitié, ou pragmatisme. Les raisons importaient peu.

— Où comptiez-vous transporter les morts ? demanda Gregor qui tortura à nouveau la jambe cassée, puis attendit que cessent les geignements. Où vont les prophètes ?

Un ruisselet de sueur grasse coulait sur le visage de l'homme et finissait par geler sur sa barbe. Sa peau prenait la pâleur de la vieille cire.

— Les prophètes vont vous remplacer, grogna-t-il entre ses dents serrées. Améliorés, perfectionnés, nous hériterons de la terre.

— Au profit de qui ? demanda Nick.

L'homme lui lança un regard impatient.

— De nous-mêmes. De nos enfants, annonça-t-il en s'essuyant le front avec le bras. Les prophètes nous l'ont promis. C'est le retour du Déluge, et nous serons les bêtes sauvées par l'Arche.

Gregor grimaça. Comparé à Jack, il avait plus rarement fréquenté la société humaine et quand, à l'époque, son frère passait son temps enfermé à l'école, lui en profitait pour échapper à son père en crapahutant sur les rochers escarpés. Néanmoins, certaines choses restaient inévitables. Les prophètes avaient dû décider qu'il ne suffisait pas de se vendre à un seul panthéon.

— Vos enfants sont partis, le prévint Nick. Ils sont morts.

La froideur dans sa voix mit Gregor mal à l'aise. Elle n'était pas cruelle, mais dénuée de toute bonté. C'étaient peut-être les effluves fraîchement cuivrés du sang et l'amertume de l'infection dégagées par les blessures qui motivaient sa réaction, ou simplement un monstre pas toujours amical.

— Vous ne réussirez pas à m'effrayer, s'esclaffa brusquement l'homme. Nos enfants sont en sécurité. Les prophètes vont en faire…

— Ils sont morts, répéta Nick. Quand les avez-vous vus ou entendus pour la dernière fois ?

L'espace d'un instant, l'homme parut douter et son incertitude perça l'agressivité. Peu après, il rejeta l'idée en secouant la tête et sortit une bouteille de soda en plastique de son manteau. Elle était vide. Sa main se referma dessus et broya le plastique.

— Mes enfants vont bien.

Nick avança en boitant et se pencha afin qu'il lui soit impossible d'éviter son visage défiguré et luisant de sueur.

— J'ai l'air d'aller bien ? souffla-t-il. C'est ma grand-mère. Je suis la seule famille qu'il lui reste. Si elle pouvait faire mieux que ça, tu ne penses pas qu'elle l'aurait fait ?

Le visage de l'homme se froissa comme la bouteille. Il contesta en marmonnant, mais sans grande conviction. Gregor attrapa Nick par le dos du manteau et le fit reculer pour laisser place à Jack.

— Je me fiche bien des vôtres. Je veux seulement récupérer Danny, précisa le frère en s'accroupissant près de l'homme et lui agrippant les épaules. Dis-nous où ils se dirigent. Tu me dois bien ça, non ?

Jack parlait d'une voix peinée, elle semblait attrister le fidèle.

— Je ne sais pas.

— C'est ta seule chance d'y arriver à temps, lui précisa Gregor. Tu imagines, si les « améliorations » des prophètes ne pouvaient se produire qu'à ce moment-là ?

L'homme lécha ses lèvres gercées et tordit la bouteille vide entre ses mains en pesant le pour et le contre.

185

— Les grottes marines, confessa-t-il. Nous avions commencé par creuser là-bas. Il n'y avait rien, à part des os de mouettes ou de vieux chiens, mais elle nous a dit d'y retourner. Alors, on l'a fait.

— Et les morts ? l'interrogea Nick.

— Elle nous a ordonné de le faire, bredouilla-t-il en haussant les épaules.

Il jeta un regard furtif à Jack, puis le baissa vers ses mains, les sourcils froncés. Sa gorge bougeait frénétiquement tandis qu'il déglutissait.

— Nous avons exécuté tous ses ordres, celui-là ne faisait pas exception. Qu'aurions-nous pu faire d'autre ? Nous ne pouvons que croire en elle. Sinon… Non, nous *devons* croire en elle.

Gregor le saisit violemment par le col et le traîna sur son pied sauf. L'homme s'écria et jura, la peau livide et les yeux enragés par les élancements de sa jambe cassée.

— Tu vas nous conduire là-bas, annonça le loup.

L'homme s'apprêtait à secouer la tête quand Gregor referma sa prise autour de son cou et le poussa contre le côté du fourgon, dans le creux formé précédemment par l'épaule de Jack.

— Conduis-nous là-bas. Ou je te laisse geler sur place. À moins que tu songes à rejoindre la ville en rampant.

— Il ne peut pas conduire avec une jambe cassée, lui rappela Nick.

Gregor baissa les yeux vers le pied étrangement retourné et poussa un rictus.

— Il trouvera un moyen, s'il ne veut pas perdre la seconde.

L'odeur acide de l'urine monta soudain dans l'air. Le liquide ruissela le long de la jambe de leur prisonnier et créa une tache sombre.

— Je vais conduire, proposa Jack. Il peut me guider.

Le grésil redoublait d'intensité. Porté par les bourrasques, il frappait de côté et embrumait l'horizon. La température aussi avait à nouveau chuté. L'air déjà frais était soudain devenu polaire. Sur la jambe de l'homme, la souillure s'était gelée dans le pantalon.

— Et que fait-on des morts ? s'inquiéta Nick.

Gregor se rappela la voix glaciale et lointaine du Chien, dans la gorge éprouvée de Nick. Il ne savait pas lequel de ces cadavres lui appartenait, ni comment le distinguer. Les loups étaient tatoués à leur naissance, mais les chiens ne possédaient pas de rang.

— Laissons-les, dit-il. On pourra leur offrir une digne sépulture plus tard.

LE GRÉSIL se transforma en pluie verglaçante le temps qu'ils rejoignent la plage. Elle gelait au contact du sol et donnait un aspect verni à l'étroite route de terre sur laquelle s'ébranlait le fourgon. Jack jurait et s'arquait au-dessus du volant pour voir à travers un petit espace en forme de croissant sur le pare-brise, dégagé à grand-peine par le chauffage.

— Tu peux changer de peau ? se renseigna Gregor.

Sa langue lui sembla raide, rancunière dans ses paroles. Son amour propre souffrait encore de la perte de son lui animal. Jack sentit le fourgon déraper et charger la clôture qui longeait le côté de la route. Le véhicule érafla momentanément le métal, avant que Jack corrige sa trajectoire. Une fois les roues replacées sur le chemin terreux, il se redressa et s'étira rapidement, le talon de sa main appuyé contre son sternum.

— Si besoin, oui, dit-il sombrement. Tu peux… ?

Jack jeta un bref regard dans le rétroviseur. Le doute qui habitait ses yeux irritait Gregor, d'autant plus qu'ils ressemblaient aux siens. Il était bête d'espérer, mais Gregor invoqua tout de même son loup. Il connaissait par cœur cette sensation sous sa peau, la dense fourrure, le parfum musqué et intense du prédateur vigoureux. Au lieu de ça, il creusa dans la cavité cicatrisée laissée dans son esprit, un abcès de déception et de rage sous la croûte à peine formée. La douleur lui déchira le cerveau telle une griffe, de l'arrière des yeux jusqu'à la colonne vertébrale, et brouilla temporairement les contours de son champ de vision. Il contracta la mâchoire pour y faire face.

— Non. Mais je peux encore me battre.

Un coin de la bouche de Jack se souleva.

— J'avais remarqué, dit-il.

Sur le siège passager, le fidèle restait blotti contre la fenêtre. Il avait le visage rouge et la peau tendue sur sa chair. Sa jambe gonflée sentait la moelle, mais il paraissait plus troublé par la bouteille vide qu'il triturait nerveusement.

La Nature sauvage semblait toujours différente aux abords de la mer. Elle refluait et ondoyait comme la marée, ses vagues étirées vers la mer avec le sable. À mesure que la peau de l'homme devenait cireuse, Gregor y distinguait des cloques cachées. La chair sur ses tempes et autour de sa bouche était grêlée et creusée par la nécrose. L'œuvre de serpents, disait Nick.

— Ce n'est pas le combat que j'aurais choisi, rétorqua Jack en s'arquant à nouveau, les mains serrées inconsciemment autour du volant. Ils nous surpassent en nombre.

— Et nous ne sommes pas au mieux de notre forme, ajouta Gregor pour ne pas laisser son frère en reste.

Après un moment, la voix de Nick resonna à l'arrière du fourgon :

— Ma grand-mère les décrivait comme des poules qui picorent.

Pour Gregor, sa voix fut un soulagement après un silence patient et intenable, mais Jack grimaça en se rappelant sa présence. Sa fenêtre était déjà baissée pour dissiper la puanteur et le gel couvrait sa manche et son épaule.

— Elle disait qu'ils mangeaient le meilleur de nous.

— Ça nous rend plus forts. Ça tue la douleur, intervint l'homme sur le siège passager.

— Ne l'interromps pas, jeta Gregor en le tapant derrière l'oreille.

— Quand ma grand-mère a fait ça...

Nick marqua une pause. Gregor évita de le regarder. Il lui était plus facile d'imaginer qu'il s'agissait de Nick lorsqu'il ne voyait pas les dégâts causés par la malédiction.

— La moitié de la ville se trouvait là et les gens pouvaient à peine se tenir les uns à côté des autres sans se bagarrer. Je pense que cette boisson permet de mieux les contrôler, mais qu'en contrepartie, elle leur fait perdre la maîtrise d'eux-mêmes.

Gregor posa le menton sur le siège de Jack et fronça les sourcils. Si les dires de Nick concernant l'origine de la boisson s'avéraient exacts, cela paraissait logique. Loki était un dieu indiscipliné et ses enfants hériteraient de ce trait de caractère. S'ils pouvaient se maîtriser, pourquoi le monde sombrerait-il ?

— S'ils veulent se battre, annonça-t-il à Jack, alors on devrait leur donner une bonne raison de le faire.

Jack tendit la main et enfonça profondément le doigt dans l'épaule de son passager.

— C'est encore loin ?

L'homme se déplia et se rapprocha du pare-brise. Il le frotta avec la main et gratta le givre qui s'était formé à l'intérieur de l'habitacle. Le geste n'améliora pas sa vision.

— Il devrait y avoir un très haut rocher à quelques mètres de là, dit-il. Il est couvert de peinture, impossible de le rater. Il faut tourner à sa gauche, et on y sera.

Jack acquiesça et appuya sur l'accélérateur. Le moteur vrombit et vibra sous le capot. Le véhicule bondit tel un kangourou, puis s'élança à toute vitesse. Gregor pouvait sentir la glace sous les roues, tandis qu'ils filaient et dérapaient sur la route.

Il s'agissait d'un petit parking dont les contours en asphalte étaient dissimulés sous les amoncellements de neige et de glace. Une bordure à hauteur des chevilles marquait la limite avec la plage. Cette dernière brillait comme de la glace sous les rares rayons de la lune et reflétait de ses cristaux les flammes rouges des grands feux alignés sur le sable.

Nourris de petit bois gorgé de sel, ils brûlaient de langues bleues, recréant les lueurs vives du ciel en leur cœur. Une fumée noirâtre et graisseuse s'en dégageait lorsque les cadavres desséchés étaient jetés dans la gueule du foyer. La neige s'en repliait, laissant derrière elle un cercle noir sur le sable et des cailloux charbonneux à la base du feu.

Les prophètes se tenaient nus sur le sable gris clairsemé de galets. Leur peau était tachetée de rouge et de blanc à cause de la chaleur, et les pointes de leurs cheveux étaient roussies et entortillées par le vent qui attisait les flammes. La fumée et les étincelles remontaient et s'agitaient jusqu'au sommet, où elles virevoltaient ensemble.

De l'autre côté des grands feux, sur un fond de rochers et d'herbes luisantes de givre, des ombres de choses qui n'existaient plus étaient projetées sur le sable. Des silhouettes de la taille d'un enfant, avec de larges oreilles et de longs bras, s'amassaient sur les côtés. Les contours d'un homme aux jambes longues s'étiraient sur le sable irrégulier et le début de ses cornes se fondait dans la pénombre. Le profil d'un chien aux larges épaules, avec des joues tombantes et des oreilles coupées, effectuait des aller-retours. Tout à coup, il s'arrêta, secoua la tête et lâcha un aboiement muet. Une rage impropre à de simples ombres.

Les Sannocks. Des vestiges des précédents maîtres qui régnaient sur les îles britanniques avant le débarquement et la domination des loups. Repoussés d'abord vers l'extérieur, puis condamnés à survivre sur la côte rocailleuse, ils avaient fini par être massacrés. Pas tous, mais tous ceux qui

189

s'étaient montrés assez fous pour s'attarder là, où commençait le territoire des loups.

Ces loups tiraient leur avidité de la Nature sauvage. Il ne s'agissait pas de loups gris ou de loups de l'Est, des bêtes qui dévoraient pour se remplir la panse. Non, cette avidité venait de leur capacité à changer de peau comme de manteau. Une avidité poussée par la soif de reconnaissance auprès du Numitor ou la convoitise que sa place suscitait, ou encore l'envie d'obtenir ce que la Nature sauvage ne pouvait leur offrir gratuitement.

Brasse un bouillon à partir du Chien noir et vois la mort hanter l'ombre des hommes. Brise les os et nettoie la moelle d'un homme vert et tu connaîtras les murmures de la Nature sauvage.

Et accessoirement, la méthode vous transformait en monstre ; même aux yeux du peuple qui ne connaissent pas le dégoût et encore moins la honte. Son père avait liquidé les loups responsables du massacre et les avait laissés pourrir aux côtés des Sannocks. Et ainsi, ils furent oubliés, sans avoir eu le temps de se racheter. Même leur histoire n'était plus hurlée à la lune, mais seulement chuchotée aux jeunes chiots, à la tombée de la nuit.

— Plus haut ! criait une femme, la grand-mère de Nick, la voix étirée par le vent. Continuez à attiser ces satanées flammes tant que je ne vous aurai pas dit d'arrêter !

Gregor se racla la gorge. Sous sa barbe d'une semaine, il sentait encore la ligne dure de la cicatrice. Sans doute pour toujours. Il la devait à cette horrible jument décrépite.

Les habitants de Girvan traînaient laborieusement des bâches remplies de morts démembrés sur les rochers et le sable. Les bras et les jambes servaient à mélanger la braise, les têtes étaient jetées par les cheveux dans le foyer. Ce dernier explosait au contact des vieux os asséchés, sous les rugissements appréciatifs de la foule rassemblée : les fidèles des prophètes.

De l'autre côté du portail, les ombres des Sannocks se dérobaient à la fumée nauséabonde, mais en vain. La grand-mère de Nick frappa rageusement le sable du pied et redoubla de cris. Cependant, les bâches se faisaient plus légères, les corps disloqués moins nombreux et plus petits.

— Maintenant, lança Gregor en tapant l'épaule de Jack. Avant qu'ils nous repèrent !

Jack sourit de toutes ses dents et appuya sur l'accélérateur. Les roues émoussées tournèrent à toute allure sur le béton glissant de givre, puis accrochèrent. Le fourgon fusa et frappa la basse clôture en métal dans un fracas rebondissant. Jack jura, son haleine visible, et empoigna le volant.

Les tendons ressortaient dans ses poignets tandis qu'il se forçait un chemin à travers le métal pour dévaler la colline rocailleuse jusqu'au sable.

Un sable si gelé qu'il ne s'affaissa pas sous les roues. Jack tourna violemment le volant et l'arrière du fourgon zigzagua dans la poudreuse. Il maîtrisa le dérapage et visa un feu de joie, arrachant des cris aux fidèles et les chassant sur son passage. Même les prophètes, avec leurs yeux écarquillés et brillants devant les phares, se jetèrent sur le côté. Jack fonça doit sur le plus grand des deux feux. Le petit bois et les os volèrent dans la nuit sous une pluie de vives étincelles, et Gregor entendit les roues éclater sous le plancher.

— Bouge si tu peux, jeta-t-il à Jack peu après, en ramassant son lever démonte-pneus. Je vais les retenir.

Les fidèles se relevèrent progressivement. Des bottes se mirent à frapper le fourgon et des poings hargneux tambourinèrent les fins murs métalliques à la manière des cloches.

— Qu'est-ce que vous fichez !

— Vous auriez pu nous tuer !

— Tarés !

Ils bousculaient le fourgon et le balançaient sur ses roues fondues. Ensemble, ils rappelaient davantage une protestation qu'un rassemblement religieux, l'instinct de survie et le sentiment grisant de justice prenant le dessus sur la piété demandée par les prophètes. Un fidèle brisa la fenêtre du siège passager avec une pierre et chercha à attraper l'homme à la jambe cassée. Ce dernier brailla des excuses, mais elles finirent dans de sourdes oreilles pendant qu'on l'extirpait.

Gregor enjamba les corps qui n'avaient pas été éjectés sur la route. Il attrapa le tournevis coincé dans les portes à l'arrière, servant de verrou de fortune, et jeta un regard à Nick, recroquevillé contre le mur à l'autre bout du fourgon. La lumière du feu qui brillait encore au-dessus du véhicule se reflétait dans ses yeux trop ronds et trop noirs.

— Toi, tu ne te mêles pas à ça, lâcha Gregor. Tu n'es pas fait pour te battre.

Nick esquissa un sourire crispé et peiné. Il sembla curieusement méchant, mais Gregor l'aimait bien quand même.

— Je le sais encore mieux que toi.

Gregor retira brusquement le tournevis et ouvrit les portes d'un coup de pied. La foule retomba en arrière. Giflé par le métal, un homme cracha du sang et Gregor en profita pour bondir devant lui sur le sable. Il esquissait des courbes brèves et vicieuses avec le levier et enfonçait son bout pointu dans les visages bouffis de colère.

La Nature sauvage était si concentrée à cet endroit qu'il lui était inutile de faire le moindre effort pour remarquer les effets du venin des prophètes. Il vit des os moisis, de la peau lâche sur des crânes creusés et, lorsqu'il leur brisait la moelle, des petits serpents gigotaient comme des asticots dans les plaies.

Pour eux, cela ne faisait aucune différence. Excepté que la douleur semblait accroitre leur colère. Gregor esquiva sur le côté un rocher lancé en pleine tête. Heureusement, la boisson ne les rendait pas plus doués. Néanmoins, largement dépassé par leur nombre, il n'arriverait pas à éviter ou bloquer tous les coups. Des doigts griffus pénétrèrent ses défenses et une femme lui perça le côté du visage de ses ongles cassés. Instinctivement, il recula la tête et elle manqua de peu son œil. Il lui balaya les jambes d'un coup de pied et l'abandonna sous le piétinement de ses congénères. Le vent soufflait une pluie mordante qui venait de la mer. Elle gelait sur le sol et sur leur peau. Gregor la sentit craqueler sous sa bouche lorsqu'il grogna.

— Tu aurais dû fuir tant que tu le pouvais, jeune homme ! s'écria la grand-mère de Nick du feu ardent. Je vais maintenant t'achever comme ton frère.

Gregor éclata de rire et Jack sortit la tête par l'arrière du fourgon. Cela l'horripilait de voir *son* loup sur le dos de son frère, le jard disposé exactement de la même manière, tout comme leur constellation de taches de rousseur, mais la satisfaction qu'il tira des hurlements colériques des prophètes en valait bien la peine.

Il remarqua le creux formé par les côtes émaciées de son frère, la fadeur de sa fourrure. Le loup ne valait guère mieux que les créations des prophètes, pas plus que sa forme humaine. Mais la foule, elle, y vit des dents pointues et des griffes plus acérées encore.

— Tuez-les ! ordonna la prophétesse. Tout de suite !

Les monstres perchés sur les collines se mirent à les dévaler. Il n'y avait rien d'élégant dans leurs mouvements. Ils bougeaient tels des pantins désarticulés, mais ils bougeaient tout de même : cinq face à un handicapé et un loup souffrant. Gregor retroussa les lèvres sur ses gencives. Dans un combat à la loyale, ils avaient peu de change de l'emporter.

Le premier monstre à les atteindre ressemblait presque à une louve, clairement une favorite. Ses cheveux étaient nattés vers l'arrière, les longues pointes de ses oreilles percées d'anneaux dorés. Curieusement, cette apparence faisait encore plus pitié à voir. Devenir un monstre, passe encore, mais un animal de compagnie ?

Elle fondit sur Jack. Il évita un coup rapide de ses griffes solides et déchiquetées, et la mordit au visage. Du sang gicla sur la neige et le monstre vacilla sous l'éclatement de son œil. Gregor jeta son levier et attrapa un bras au hasard dans la foule. Amusé par le visage grimaçant de rage de l'homme attrapé, il l'envoya vers le monstre.

Gregor ne savait pas si ce dernier arrivait à reconnaître les alliés, ou si ces bêtes se contentaient d'obéir aveuglément. En tout cas, le seul être dont elle semblait sentir la présence venait dans son angle mort. Elle l'agrippa en plein vol et l'écrasa contre le sable avec assez de force pour casser des organes vitaux. Derrière elle, Jack esquiva la charge d'un monstre imposant, gros comme un taureau, qui vint percuter la foule. Alertée par le beuglement des gens piétinés par ses pattes griffues, la foule changea de cible.

Gregor essuya son visage souillé de sang avec la manche. Même drogués à la sueur empoisonnée de Loki, il doutait de voir ces soixante, voire soixante-dix humains triompher de cinq monstres. Mais aucune importance. Ils les avaient détournés et ralentis, plus personne ne se souciait de Jack ou de Gregor.

Il se baissa et ramassa le levier, puis se tourna vers les prophètes. Jack se plaça, menaçant, à côté de lui, les oreilles penchées et la poitrine vibrant d'un bas grognement. Après la torture qu'elle lui avait fait subir, Gregor savait que son frère la voulait morte autant que lui.

La grand-mère de Nick le fixa sous un patchwork tricolore de fourrures prélevées sur une dizaine de loups. Sa langue de cuir pendait et ses lèvres remontaient sur des crocs pourrissants. L'autre prophète, toujours revêtu de sa propre peau apeurée, la saisit par le bras. Visiblement, ses paroles manquaient de persuasion. Elle lui arracha une corde des mains, tendue en direction de la mer. Elle semblait glissante de givre et la prophétesse peinait à la retenir.

— Vous pensez avoir gagné ? lâcha-t-elle, des mâchoires autres que les siennes mastiquant ses mots avant de les recracher, chevrotants et mal articulés. Vous vous croyez plus forts que moi ? Eh bien, sachez que j'ai sacrifié les choses auxquelles je tenais le plus. Pouvez-vous en dire autant ?

Le rire gargouillant qui sortit de sa large poitrine était encore pire. Elle tirait sauvagement sur la corde et, à peine audible dans le bruissement du vent et des vagues, résonna un glapissement de chien. Un chien : ils retenaient encore Danny. La prophétesse attendit que l'idée soit parfaitement comprise. Et puis, elle lâcha la laisse. Elle glissa entre ses doigts et disparut prématurément devant leurs yeux.

— J'imagine qu'on le saura bientôt.

Jack s'arrêta net, manquant de s'emmêler les pieds. Il resta là l'espace d'une seconde, les jambes raides, déchiré entre son devoir et son chien. Gregor le poussa d'un coup de pied.

— Va, lui grogna-t-il. Rattrape Danny. J'ai un compte à régler avec la prophétesse. Et puis je ne voudrais pas t'entendre pleurnicher toute une année.

Rien à voir avec la bonté. Gregor voulait seulement être la main vengeresse responsable de la mort de la prophétesse qui avait volé son loup et blessé Nick. Cela s'arrêtait là. Pourtant, Jack lui lança un regard reconnaissant à travers les yeux émeraude du loup, puis s'élança vers la mer. Il hurla une fois en y entrant et pourchassa le glapissement de réponse dans les brisants.

Gregor se retourna vers les prophètes et esquissa un sourire glacial.

— Je n'aime pas grand-chose.

— Non, répondit la grand-mère de Nick. Et tu n'es aimé de rien.

Elle attrapa l'autre prophète par la peau du cou et le traîna avec elle à travers le portail, vers le cimetière Sannock. Il cria, une seule fois, la voix aiguë comme celle d'un renard, puis éclata de rire lorsque les ombres enragées s'éloignèrent de lui.

La grand-mère se retourna pour cracher dans la direction de Nick, puis galopa en boitant vers le front de la falaise. L'homme clopinait à ses côtés sur ses jambes usées.

Gregor jura et les pourchassa, mais lorsqu'il traversa le portail, les morts ne reculèrent pas. Ils l'encerclèrent avec des poings et des crocs, la peau et les os gravés d'une rage vieille de plusieurs siècles. Il rugit, furieux, et tenta de se forcer un passage, mais ses membres battaient dans le vide.

Pourtant, des dents lui perforaient les jambes et le rongeaient jusqu'aux os. Le froid s'infiltra dans sa moelle et remonta dans son corps, si intense qu'en comparaison, le vent ressemblait à une brise agréable. Il se sentit lent et las, et se retrouva à genoux.

Une ombre dansait et balançait la fine lame des ténèbres devant lui.

XX

NICK ATTRAPA Gregor par les épaules et l'éloigna violemment du feu. Il trébucha sur ses jambes, les tendons et les articulations ne se trouvant plus tout à fait aux endroits prévus par son corps, et les étala tous les deux sur le sol. Coincé sous le poids et la chaleur de Gregor, Nick se sentit brièvement – et d'une manière totalement déplacée – émoustillé, comme s'il pouvait attendre un baiser plein de promesses, avant de repartir au combat.

La sensation perdura un moment, avant que Gregor inspire, grimace et roule sur Nick. Enfin, difficile de lui en vouloir. Même sans cette odeur pestilentielle qui irritait les narines de Gregor à proximité des monstres, Nick n'était pas en état de se faire embrasser. Son crâne semblait malléable, comme si les plaques osseuses s'étaient dissociées, et au fond de sa gorge persistait un goût de reins. La fièvre qui faisait ondoyer le monde autour de lui et le haut-le-cœur qui lui retournait les tripes faisaient fondre la glace sur sa peau, alors qu'il bouillait de l'intérieur. Lui-même se ferait horreur.

— Pourquoi ne me laissent-ils pas passer ? râla Gregor.

Il se redressa en vacillant et grimaça lorsque sa jambe menaça de plier sous son corps. Il ne montrait aucun signe de blessure : pas de sang, ni d'éraflures sur son jean, mais il se tenait comme si les crocs qui lui avaient transpercé les mollets avaient été solides.

— Ils ont ouvert le passage à cette vieille garce.

Durant un bref instant, le petit Nick de huit ans se froissa et chercha automatiquement à prendre la défense de sa grand-mère adorée. Il l'avait aimée, à l'époque. Finalement, en plus d'avoir été un lâche hideux, il n'avait pas dû être un enfant très futé. Il déglutit l'amertume de cette réalité et observa Gregor.

— Tu ne peux pas les voir ?

— Bien sûr que je les vois, bordel ! lâcha-t-il en lui jetant un regard impatient. Les Sannocks décédés, les ombres pourvues de dents, ajouta-t-il en frappant de la neige mouillée et du sable vers le portail fumant, avant de crier sa frustration. Vous croyez que les prophètes interviennent en votre faveur ? Ils ont été les instigateurs du massacre. Ce sont eux qui ont braisé la viande de vos putains de dieux !

— Pas eux, reprit Nick, qui ne semblait pas voir les Sannocks que voyait Gregor. Je parlais des autres.

— Quels autres ?

Derrière la fumée, les morts gardaient la fuite de la grand-mère en direction des falaises. Tous les cadavres volés à la terre et à la tourbe se trouvaient là, leurs corps fraîchement reconstitués de fumée et de sel. Ils étaient toujours morts, avec leurs côtes qui pointaient entre les chairs déchirées et leurs lèvres qui pelaient sur des dents jaunies, mais c'était un avantage. Cela signifiait qu'ils ne craignaient pas les attaques sur leurs os desséchés, et qu'ils étaient encore assez forts pour barrer la route aux Sannocks prêts à poursuivre sa grand-mère.

— Tous les autres, précisa Nick. Tous les morts jetés dans les flammes sont liés à elle, à présent. Une cinquantaine. Même plus. Les autres, les Sannocks, ils ne peuvent pas la toucher, alors ils s'en prendront à tout ce qu'ils pourront.

Gregor digérait l'idée avec un sombre visage. Il recula de deux pas et fusilla la fumée du regard comme pour obliger les morts à se montrer sous l'intimidation.

— Ils peuvent sortir ? demanda-t-il. Les Sannocks, je veux dire.

Au début, la négative semblait assurée dans l'esprit de Nick. Néanmoins, le temps qu'elle rejoigne sa langue, quelques doutes s'élevèrent. Il étudia les Sannocks – pas des ombres à ses yeux, mais clairement des morts – tandis qu'ils reniflaient et chassaient la fumée graisseuse. L'homme effacé, avec ses orbites vides, montées sur des pommettes capables de trancher quelqu'un, semblait-il moins flou ? Les pattes imposantes de l'énorme chien noir s'enfonçaient-elles au moins légèrement dans le sable ?

— Aucune idée, se corrigea-t-il. Que devrions-nous faire ?

Un rictus éclata dans la gorge de Gregor et la fit vibrer. Il parcourut la courte distance qui séparait les deux feux avec de longues enjambées maîtrisées. La couche de glace qui lui couvrait les manches et les jambes craquela à chaque mouvement, avant de se ressouder au contact de l'eau infiltrée.

— Éteins les feux et nous refermerons leur tombe, mais ta grand-mère et ses plans seront en liberté… dit-il. Si nous les laissons brûler, je pourrai peut-être me frayer un chemin jusqu'à elle, mais peut-être aussi qu'ils auront notre peau avant. Qu'est-ce qui est pire, Nick, entre ta grand-mère, et eux ?

Il tendit le doigt vers les Sannocks. Ils lui grognèrent dessus en retour et, curieusement, dans ce coin glacé de son esprit, Nick sentait leur triste destruction. La colère leur avait passé il y a des siècles et la rancœur s'était attardée avant de finalement se tarir et s'envoler. Il ne leur restait plus que l'habitude de la haine et leur capacité à tuer. Tout ce qui survivrait à l'hiver, ils le tueraient : loup, humain, ou porc, sans exception.

Néanmoins, cela ne faisait aucune différence. La réponse reviendrait au même.

— Ma grand-mère, confia-t-il. Eux, au moins, te laisseraient tranquille après t'avoir tué.

Gregor secoua gravement la tête.

— Tu n'es pas un loup, Nick, rétorqua-t-il. Tu ne sais pas ce qu'on leur a fait, ni pourquoi ils sont si remontés. Ta grand-mère ne désire que le pouvoir, eux veulent un *wergeld* accumulé depuis des générations. Et quelques kilos de viande ne suffiront pas à équilibrer la balance.

Il se trompait. Gregor avait grandi en écoutant les récits des Sannocks, mais Nick avait grandi avec sa grand-mère. Les Sannocks tueraient et seraient rassasiés, car la colère pouvait se satisfaire. Nick n'avait jamais vu sa grand-mère satisfaite. Elle ne semblait jamais se rassasier de quoi que ce soit, ne se contentait jamais d'une tâche joliment accomplie. Elle n'était pas en colère, ni effrayée, ni pleine de ressentiment. Elle était vide. Tout cela : la mort, la religion, le sacrifice, étaient versés dans un trou si insatiable que, s'il venait à se remplir un peu, son contenu serait vomi pour se libérer à nouveau.

... le devoir.

Le souvenir traversa l'esprit de Nick, presque caché sous la cacophonie de la peur et des fonctions oubliées, et il le rattrapa in extremis. Il lui avait fallu du temps pour y croire, en grandissant, mais tout le monde ne ressemblait pas à sa grand-mère et tous les fantômes ne débordaient pas de rage.

Il fixa brièvement les flammes vacillantes, persuadé que la fièvre le poussait à des idées folles. Mais même si cela s'avérait, quelle importance, maintenant ? Il n'en avait pas d'autres.

— Il nous en faut plus, annonça-t-il.

Il quitta la chaleur des flammes et chancela jusqu'au fourgon. Les féroces échauffourées entre les fidèles grisés au venin et les monstres s'étaient déplacées, abandonnant les morts et les blessés à l'endroit où ils étaient tombés.

Le regard hagard sous ses cheveux noués par le gel, Copeland cria en abattant un rocher couvert de crustacés sur la tête déjà bien défigurée d'un monstre inerte. Sa voix, un chuchotement rauque de rage, semblait appartenir à un fantôme. Et peut-être serait-ce bientôt le cas. Le givre faisait briller son visage comme un masque et craquelait autour de lèvres bleues et d'un nez sombre.

Il fallait l'entraîner ailleurs, pour la réchauffer et lui faire reprendre ses esprits, à l'abri, emmitouflée dans une couette et avec un café à la main. Nick aimait à penser que s'il en avait la possibilité, il aurait exaucé ce vœu pour elle. Mais puisqu'il en était incapable, il l'attrapa par le bras et l'éloigna de force de la chose immobile. Elle toussa un cri furieux et retourna le rocher contre lui.

L'espace d'un instant, Nick songea à cette solution. Elle ne résoudrait les problèmes de personne d'autre, à part les siens. Gregor saisit le poignet de la jeune femme avant que Nick prenne sa décision. Il serra fort, l'obligeant à lâcher le caillou.

— Il est trop tôt pour ça, dit-il, en retenant toujours Copeland des deux mains, tandis qu'elle se débattait et le frappait du pied. Qu'attends-tu d'elle ?

— Une autre paire de mains, répondit Nick.

Il s'adossa contre la porte du fourgon pour rassembler les bribes de sa personnalité. Il inspira profondément et força la voix du Dr Blake à quitter son larynx et rouler sur sa langue empâtée.

— Dr Copeland ! Nous sommes face à un grave traumatisme. Reprenez-vous !

Ce n'était pas de la magie, mais une habitude gravée jusque dans ses os après des années passées à rester de garde, privée de sommeil, sans un moment pour flancher. Elle l'arracha à ce cycle de rage qui se rongeait et se régurgitait pour l'enfiévrer de plus belle. Elle inspira une brève bouffée et se libéra de la prise de Gregor. Ses yeux brillaient encore d'une colère à peine contrôlée, mais elle semblait assez lucide pour parler.

— Va te faire ! cracha-t-elle à Nick, la haine lui crispant le corps, lui voûtant les épaules d'un air dangereux et lui retroussant les lèvres comme à un chien. Tu n'es pas mon patron, et encore moins mon ami, et j'ai pas à suivre tes ordres !

— S'il te plaît ?

Elle parut troublée. Ses lèvres gercées s'entrouvrirent, puis se refermèrent tandis qu'elle cherchait ses mots. Nick l'abandonna à ses réflexions pour tirer un homme mort, dont le visage portait les stigmates de l'infection de sa grand-mère, loin du fourgon. Les portes s'ouvrirent et il dévisagea les cadavres, arrêté par sa conscience professionnelle.

Le respect. Les corps allongés sur la table d'autopsie n'étaient qu'un amas de viande, d'organes et de preuves, mais il fut un temps où ces corps avaient une âme. Alors on les traitait avec respect, comme ces vêtements accrochés dans une armoire par un père décédé.

— Si je me trompe, je suis affreusement désolé, marmonna-t-il en saisissant la cheville de Jepson pour traîner son corps lourd et récalcitrant hors du fourgon.

Elle semblait rigide et froide, le gris s'étendait sous sa peau comme du lichen et son fantôme n'apparut pas pour lui donner son avis. Il lui caressa la joue.

— Et si j'ai raison, j'en suis encore plus désolé.

Un des monstres les repéra. Il se dégagea violemment de la bagarre avec les humains enragés qui lui écorchaient la chair et les muscles. Le venin n'accélérait pas la guérison des habitants de la ville, mais ils ne semblaient plus prêter attention aux blessures ouvertes dans leur peau. La créature dut donc les déchirer et les envoyer valser avant de pouvoir remonter la plage en boitant.

— Merde, souffla Nick, qui peinait à hisser Jepson dans ses bras. J'ai besoin…

— Je vais le retenir, proposa Gregor, la main prête à ramasser le démonte-pneu dans un tas de neige ensanglantée et la bouche tordue par un grognement. Va faire ce que tu as à faire. De toute façon, ça ne pourrait pas être pire.

Il lui fit un bref hochement de tête aux nombreuses significations. Ensuite, il s'éloigna sur le sable pour intercepter le monstre. La chose lui hurla au visage, le givre craquant avec du sang sur ses gencives, puis tendit une main griffue en s'élançant. Gregor évita le premier coup, non sans une égratignure, car Nick vit du sang gicler et se geler en cristaux en plein vol, puis assena une riposte de son bâton métallique dans l'aisselle de la bête. Nick détourna le regard de leur combat lorsque Gregor sembla gémir.

— Aide-moi à les jeter dans le feu, demanda-t-il à une Copeland renfrognée. Allez, dépêche-toi.

— Pourquoi je devrais ? lui jeta-t-elle. On va tous devenir des superhéros, ajouta-t-elle avant de sourire avec plus de dents et de gencive que nécessaire, en craquant la glace sur son visage, et la peau emprisonnée en dessous. Je vais vivre éternellement !

Ou pas. Elle était à moitié trempée, ses cheveux gelés, et de l'eau glacée s'infiltrait dans les fissures sanglantes autour de ses lèvres et de son nez. À Glasgow, ils s'étaient à peine fréquentés, mais ici, elle était ce qui se rapprochait le plus d'une amie à ses yeux.

— C'est pourquoi nous devons les brûler, lui mentit Nick. Comme juste avant. Ma grand-mère me l'a demandé avant de partir. Aide-moi.

Copeland hésita, mais le croire semblait plus facile que de réfléchir. Elle le poussa hors de son chemin et saisit une cheville au hasard dans l'amas de corps. Nick la laissa faire et marcha en vacillant sur la plage, chargé de Jepson. À un moment, son fantôme réapparut et suivit ses enjambées. Lorsqu'il entreprit de la fixer, elle disparut, s'évaporant comme un rêve enfiévré, mais ses pas subsistèrent. Nick supposa qu'il pouvait s'agit des siens. Le surnaturel se révélait réel, mais cela ne signifiait pas que tout l'était. Ni que son plan allait marcher.

Il chancela jusqu'au grand feu et s'arrêta. Derrière la fumée, l'homme effacé ne l'était plus tellement. Néanmoins, il ne rappelait pas non plus complètement un homme. Toutes les parties humaines étaient bien réunies : les yeux, la bouche, les pommettes saillantes comme deux lames sous sa peau, mais ne formaient pas une personne en tant que tel. Sa bouche bougeait exagérément pour mimer une sorte de menace. C'était peine perdue. Nick pouvait ressentir la haine dans son esprit et la peur qu'elle dissimulait. Le froid le soulageait presque de la chaleur poisseuse dans sa tête. Visiblement, les Sannocks ne savaient pas non plus si l'idée fonctionnerait.

Nick souleva Jepson de son épaule et la plongea dans les flammes. La fragile pyramide de bâtons et d'os calcinés se brisa sous le poids de son corps prêt à se décomposer. Elle s'effondra sur la femme, lui roussissant les vêtements et lui bouclant les cheveux. Elle était morte et complètement insensible, mais Nick dut détourner le regard lorsque sa peau se mit à buller et à fumer.

Jepson brûlait plus lentement que les vieux restes, en dégageant une fumée noire et graisseuse qui semblait prête à tout couvrir à sa portée. Elle se mélangeait à la fumée salée du bois flottant et des coquilles brûlés, et se reprenait face au vent.

Copeland le rejoignit en oscillant. Elle tirait un corps par un poignet et une cheville. À deux, ils le jetèrent dans les flammes, retournèrent au fourgon chercher d'autres corps, puis les ajoutèrent au bûcher. Le monstre titubait, sa cage thoracique était enfoncée, son épaule transpercée par le démonte-pneu tandis que Gregor lui arrachait une jambe protégée par une armure osseuse. Certains habitants le rejoignirent, créant une meute improvisée qui tirailla et tourmenta le monstre pour dévier son attention.

Nick faillit s'étouffer avec la fumée quand il lança le dernier corps dans le foyer : un homme arborant une marque de naissance sur le coude, dont il se souvenait d'une précédente autopsie. Du gras éclata et éclaboussa le sable, les os surchauffés craquèrent et la nappe de fumée s'épaissit en fantômes.

Celui de Jepson se releva, de l'autre côté. Elle semblait pâle et translucide, rappelant davantage un reflet qu'un fantôme lorsqu'elle scruta Nick à travers les émanations. Après un moment, elle acquiesça devant lui et l'entaille sous sa mâchoire s'ouvrit comme une bouche. Son visage ne montrait aucun pardon, mais Nick n'en attendait pas moins. Seule l'expectative s'y lisait.

Elle n'était pas la seule à assumer des devoirs. Ceux de Nick étaient envers les morts. Les morts que sa grand-mère lui avait dit de rendre fiers, les cadavres sur sa table d'autopsie qui auraient préféré ne jamais devenir ses patients, même sa grand-mère, une fois morte.

Il sentait la chose qu'elle avait implanté en lui. Elle picorait et griffait pour sortir, mais le monstre le ressoudait à nouveau. La chose était emprisonnée. Nick aussi. Tout comme les Sannocks. Sa grand-mère avait beaucoup à se faire pardonner.

Par habitude, il chercha son amulette, puis se souvint de l'avoir perdue. À la place, il se mordilla le pouce et pressa la vieille cicatrice entre ses dents.

— On suce son pouce, maintenant ? demanda Copeland, irritée.

Elle se recroquevilla, sensible à nouveau au froid et les mains gonflant sous une couche de givre.

— Cela fonctionnera-t-il ? s'inquiéta-t-elle.

— Dis à Gregor… hésita-t-il, désireux de communiquer son amour pour cet homme, mais conscient que ce sentiment était plus fort, plus bestial et étrange que tout ce qu'il avait connu auparavant. Je lui ai dit que je ne pourrais pas attendre indéfiniment.

Il s'élança à travers la fumée. Elle s'infiltra par ses narines et sa gorge, tournoya, aigre et grasse, dans ses poumons. De l'autre côté, l'air semblait moins dense, presque dilué, et le froid plus mordant et pur. La plage s'étendait, propre, à perte de vue, couverte de sable blanc et de galets arrondis. Aucun graffiti n'abimait les falaises, et le fourgon roussi avait disparu.

Les grands feux y brûlaient toujours, mais leurs flammes brillaient plus intensément et les os élagués qui les composaient s'empilaient plus haut.

Les Sannocks se jetèrent sur lui, lui bloquant rapidement la vue. Ils l'écrasèrent au sol et le tiraillèrent de leurs dents et leurs doigts, et avec des couteaux de pierre grossièrement taillée. Le froid lui cingla le corps, contrastant avec la chaleur fétide de l'infection. Son sang se déversa sur le sang immaculé et le souilla de taches écarlates aussi vives que du crayon gras. Le monstre en lui lutta pour ressouder les fractures et la peau, pour garder la cage de Rose intacte. Cependant, les Sannocks le déchiraient plus vite qu'il n'arrivait à le rapiécer.

Chaque goutte de sang, chaque plaie qui saignait pendant que d'autres se résorbaient, nourrissaient les morts. Jepson n'était plus un simple fantôme fait de fumée crasseuse et ne portait plus sur elle la mort. Les contours de son corps semblaient plus nets que ceux des esclaves de la prophétesse, ses couleurs plus unies, son regard plus perçant et rempli de l'âme de Jepson. Elle n'était plus seulement un sac d'os obéissant.

Son état de propagea à d'autres fantômes, pas tous, mais quelques-uns. Nick pouvait les sentir, comme un tas d'aiguilles lui picotant la tête. La chose pénétrait en eux et les rendait plus vifs, comme si leur vitalité avait monté d'un cran.

À mesure qu'une « conscience », à défaut de la vie, remplissait les yeux sombres et flétris des morts, ils se retournaient contre leurs anciens alliés. Des doigts squelettiques plongèrent dans les chairs tendres et grattèrent la moelle. Ils se mirent à étriper leurs nouveaux ennemis jusqu'à n'en laisser que des jetés de sel et un nuage de fumée sans structure à laquelle se raccrocher. Puis, il se tournèrent vers les Sannocks.

Incapables de les blesser, pas plus que les morts au service de la prophétesse, ils en délivrèrent malgré tout Nick et réussirent à les éloigner. Ce dernier tomba à terre, ses blessures remplies de glace et de sable, et s'imagina qu'il était trop tard.

— Non ! résonna un grognement perçant entre les deux feux.

Et puis, Gregor arriva. Il le releva sur le sable, le hissa dans ses bras et enfouit les doigts dans ses cheveux emmêlés. Son visage était ensanglanté et plein d'éraflures, le regard si vert et intense qu'il aurait pu retenir Nick par sa seule ardeur.

— Tu es tombé sur la tête ? Qu'est-ce qui te prend ?

Nick voulait lui expliquer, mais sa gorge et sa langue refusaient de coopérer pour énoncer tant de mots. Alors, il soupira et sentit le liquide buller dans sa poitrine.

— Va, croassa-t-il en poussant son amant faiblement à l'épaule.

— Non, rétorqua Gregor en crispant la mâchoire et secouant la tête. Tu ne peux pas m'abandonner, Nick. Tu n'as pas le droit.

— Ton frère…

— Je me fous de mon frère ! jeta-t-il en resserrant sa prise autour de Nick, comme pour le réassembler. Je ne l'ai jamais aimé. Reste. Fais ce que je te dis, pour une fois.

— Va, répéta Nick, à bout de souffle, obligeant Gregor à se pencher. Ne la laisse pas gagner. Promets-moi que tu l'arrêteras.

— Si tu me promets de rester.

Nick voulait en rire, mais la force lui manquait.

XXI

IMPOSSIBLE DE nier la mort. Nick restait souple et chaud, trop même : sa peau brûlait de fièvre dans les bras de Gregor, mais il était parti. Cette puanteur agaçante ne parfumait plus sa peau et son corps était inerte. Cela ne lui ressemblait pas. Lui qui était toujours agité.

La pensée n'aida pas Gregor à avaler la pilule. Il s'agenouilla sur le sable et la neige, penché au-dessus de son corps immobile et écorché. Il ne pleura pas. Il ne ressentait pas de tristesse. Le chagrin était superflu. Ce sentiment fléchissait les jambes du pleureur, le forçait à supplier la lune, en espérant que la garce daignerait l'écouter, et le détournait de ses tâches.

C'était la colère dont Gregor avait besoin, cette vieille compagne amère qui réduisait son âme en lambeaux et comblait le vide avec le souvenir de l'injustice. De quel droit le monde et la Nature sauvage se permettaient-ils de lui donner Nick pour mieux le reprendre ? Jack repêcherait son amant à moitié noyé dans l'eau, et Gregor ferait manger au sien les pissenlits par la racine.

Elle avait son cœur à elle, la rage. Gregor ressentait ses battements dans son crâne, des pulsations qui chassaient tout le reste. Il colla son visage à l'épaule de Nick, contre la laine tachée et usée de son manteau, et lui insuffla tous ces moments de tendresse, tous les souvenirs du toucher de ces mains habiles et attentionnées, tous ces éclats de rire caustique et de désir, présents dans son cœur obscur.

Il aurait dû y avoir davantage de moments et Gregor fut frappé par la cruauté de cette pensée. Sa colère bouillait, brûlante comme l'acide, et se répandait même dans la cavité putride où les prophètes avaient excisé son loup.

Il inspira une bouffée d'air frais à travers ses dents et reposa soigneusement Nick sur le sable enneigé. Sur fond de ce duvet blanc, les changements opérés par les prophètes sur le corps de Nick lui donnaient des airs d'oiseau. Le bout croûté de son nez ressortait clairement et les pans décousus de son manteau s'étendaient comme des ailes lacérées. Même ses cheveux en désordre, emmêlés par le sang, rappelaient un plumage ébouriffé. La neige fondue le trempait et le gelait, l'emprisonnant sous une couche de glace laiteuse.

— J'aurai sa peau, gronda Gregor, sa gorge serrée plus apte à former un grognement que des paroles. Ensuite, je reviendrai te chercher pour t'emmener dans un meilleur endroit.

Il se remit debout. Nick voyait des choses sur la plage, mais aux yeux de Gregor, elle semblait vide, en dehors des ombres des Sannocks et des empreintes qui clairsemaient la neige et ne tarderaient pas à être couvertes. Ces ombres avaient été repoussées grâce aux efforts de Nick. Le reliquat fragile d'un peuple déchu. Gregor leur cracha à la figure.

— Si je pouvais vous tuer, je le ferais, lâcha-t-il sèchement. Mais puisque ça m'est impossible, je vous laisse à votre misérable tombe. Profitez du séjour !

Les ombres se jetèrent en avant. La charge était silencieuse, mais Gregor *sentit* leurs hurlements appuyer sur ses oreilles avant d'éclater. À la moitié de la distance qui les séparait de lui, les Sannocks furent rejetés en arrière contre les vagues gelées de la marée montante.

Gregor esquissa un sourire devant cette démonstration d'impuissance. Cela ne suffisait pas, mais il s'en contenterait. Par ailleurs, les Sannocks n'étaient que l'instrument du crime. Seule la main de la prophétesse était responsable de la mort de Nick.

Il tourna le dos aux ombres et retraça les empreintes de pas avant qu'elles s'effacent.

LE SABLE rocailleux se transforma en glace solide sous les pieds de Gregor, et les traces finirent par disparaître. Il pouvait sentir leur destination dans l'air, la fumée, la graisse et cette acidité qui s'insinuait dans la Nature sauvage et la souillait. Lorsque le Numitor avait transformé l'endroit en cimetière pour y enterrer l'unique déshonneur connu des loups, tout s'était figé en pleine décomposition. Gregor avait entendu les récits. On ne lui avait rien conté, mais un jeune loup à l'ouïe affûtée et au cœur plein de ressentiment prêtait oreille aux histoires murmurées en secret.

La falaise semblait régulière. C'était un prolongement édenté de roche écossaise. Même les mouettes n'essayaient pas d'y installer leur nid. Gregor dut faire une pause pour scruter la pierre avant de choisir un chemin étroit et sinueux qui épousait la falaise.

On n'y trouvait aucune prise, ou à peine de quoi poser son pied, et une fissure où glisser les doigts s'il venait à sauter. La pierre aiguisée par le givre lui écorcha les doigts lorsqu'il s'y accrocha, le souffle coupé par des côtes qui lui râpaient les poumons. Il se hissa ensuite vers la piste étroite. S'il n'avait pas été le passage secret des Sannocks, on aurait pu le croire creusé par des lapins, tant il était étriqué.

L'ascension aurait pris une heure à un homme avisé. La piste était si restreinte qu'il devait marcher sur les talons et les pointes, et parfois dénuée d'appuis, l'obligeant à grimper la pierre édentée à la manière d'une araignée. Mais Gregor n'était pas un homme, même s'il ne retrouvait jamais sa fourrure, il n'en restait pas moins un loup et il ne prenait pas de précautions particulières. Il se repéra directement à la voie dans son ascension de la falaise. Son pied glissa par deux fois sur les bords gelés et ses mains se trouvèrent complètement lacérées lorsqu'il atteignit enfin le creux qui menait à la grotte des Sannocks.

De loin, on croirait voir une striation sombre sur la roche, avant de pouvoir la toucher. Par ailleurs, elle semblait trop étroite pour s'y faufiler. Gregor hésita une seconde et sonda la pénombre. Il n'adorait pas particulièrement les espaces exigus et les bas plafonds. Cela ne l'avait jamais arrêté auparavant, mais habituellement, quelqu'un l'observait pour juger de ses prouesses. Sans cette motivation, sa répulsion se rapprochait davantage de la peur, comme un drap mouillé jeté sur le feu ardent de la colère qui brûlait dans sa poitrine.

Idiot. Tu es la pire chose que cette grotte puisse contenir.

Ne parvenant pas à s'autopersuader, il pensa à Nick : à quel point il était humain, fragile, têtu. Il avait bravé le danger pour aider Gregor et laissé les Sannocks le tuer pour lui libérer le passage. À présent, Gregor risquait de tout gâcher simplement par peur de se retrouver coincé dans la crevasse, tel un mouton pris dans un échelier.

Un mélange de colère, de culpabilité et de honte suffit à l'encourager. Il se glissa de côté dans le passage, le tranchant de la pierre appuyant sur son dos et sa poitrine, et se fraya un chemin à l'aveugle à travers les plis de la falaise. Il goûtait sa propre haleine, chaude et saccadée par la panique, qui lui revenait à la figure à cause du mur devant son nez. Les arrêtes s'accrochaient à son jean et lui râpaient l'arrière du crâne.

Il aurait voulu se montrer courageux sous le regard de Nick. Ou de Danny, car il refusait de s'humilier devant un chien. Bon sang, même Jack ferait l'affaire. Qu'il le haïsse ou pas, au moins il serait accompagné par les battements du cœur de son frère, dans la pénombre.

Finalement, ce furent les rires tonitruants des prophètes qui motivèrent ses derniers tournants. Il était comme hameçonné à la gorge par la haine, où elle le déchirait.

— Laisse les os, cracha-t-elle, ses mots résonnant sur la roche et indiquant à Gregor que la crevasse ne tarderait pas à s'ouvrir. On se prépare à partir à la guerre, pas à subir un siège.

La voix du prophète fut plus basse, plus difficile à entendre :

— Prendre… Nous n'avons pas le temps de… proprement…

— Et tu comptes les mettre où, dans tes poches ? Dans ton derrière ? Comment comptes-tu les sortir de là en un seul morceau ? Dépèce-les. On pourra les recoudre plus tard. Les greffes n'ont pas parfaitement pris sur les monstres, mais elles fonctionnent bien sur nous.

La cuisse de Gregor, toujours engourdie par des cicatrices et de la peau fraîche, lancina au souvenir du couteau. Il déglutit difficilement et sentit un élan de compassion involontaire envers Jack, lui qui avait subi plus d'une fois les déchirements et les lacérations de la lame. Une autre raison de faire payer chèrement les prophètes : à cause d'eux, il se souciait de voir son blondinet de frère mordre la poussière.

— Plus vite ! le pressa la grand-mère de Nick. Une fois les os réduits en cendres, les Sannocks pourront s'en prendre à nous. Je vais aller la chercher.

Gregor contourna le dernier angle escarpé et vit la lueur dorée du feu danser sur les pierres moussues. La puanteur de cet endroit était presque palpable, mais il dut se forcer à pénétrer ce nuage d'acidité. Il mesura soigneusement chacun de ses pas jusqu'au bout du tunnel, puis, à l'angle, il lança un regard discret à la grotte.

Sur des crochets en bronze terni, vissés dans le plafond accidenté, pendaient des bouts de viande dépecés et grisés de décomposition. Des marmites étaient suspendues au-dessus des cendres noires de feux essoufflés depuis longtemps, leurs flancs courbés et roussis étaient couverts de résine qui suintait sur le sol, créant des flaques durcies. Au fond de la grotte, de vieux fours avaient été ravivés et brûlaient toujours. La douce lueur du métal surchauffé et des flammes jetait des ombres ondoyantes sur les murs.

L'autre prophète s'activait au centre de la pièce, un couteau de chasse à la main et un sac de sel à ses pieds. Les jambes trempées de sang, il glissait sa lame entre la peau et les muscles d'une carcasse de chien éviscéré. La peau noire craqua lorsque le prophète la pela sur le muscle et la chair.

Gregor sortit de l'étroit passage en se tortillant et pénétra dans la grotte. Il tendit la main et dévissa un des crochets suspendus au plafond. Le métal sembla étrangement tiède et mouillé de transpiration entre ses doigts. Il en décrocha la chaîne, dont le tintement interpella le prophète.

Le visage allongé sous cette tignasse délavée de clown lui sembla inconnu. La grand-mère de Nick avait appelé le prophète Lewis, mais il n'avait rien d'un loup écossais. Gregor ne reconnaissait ni son visage ni son odeur. Mais lorsque lui le remarqua, ses yeux marrons et troubles s'écarquillèrent de surprise et il ouvrit la bouche.

— Rose… !

Gregor fit tourner le crochet. Sa pointe ferra le prophète à la gorge et transforma son alerte en gargouillis sonores. Elle le transperça comme un poisson et l'homme s'étouffa dans son propre sang. Gregor tira dessus et lui arracha la gorge dans un jet de sang et de chair. Le prophète poussa un gémissement étranglé et vacilla en arrière, les mains plaquées contre sa gorge pour tenter de la retenir le temps qu'elle se ressoude.

Il trébucha sur un amas de peaux salées disposées par terre et tomba en avant. Cherchant désespérément à retrouver l'équilibre, il s'accrocha à la jambe glissante et à vif d'un Sannock et l'envoya balancer. La gravité fit gicler l'hémoglobine et la répandit sur le sol.

Gregor esquiva le pendule sanguinolant et frappa à nouveau. Ce prophète-là ne semblait pas disposer d'une peau volée sur laquelle compter, mais seulement de la méchanceté qui l'avait condamné à la piété. Elle ne suffirait pas. Il bloqua le premier coup à l'aide de son avant-bras. L'os se brisa dans un craquement sourd et distinct. Le prophète se traîna à grand-peine en arrière, sur le sol bosselé.

— Tu aurais été meilleur avec ton loup, lança Gregor en abattant son pied sur l'épaule de l'homme avant d'appuyer de tout son poids. J'aurais moins savouré ce moment.

Il retourna le crochet dans sa main et en perfora la chair tendre sous le menton du prophète. Le métal passa au travers de la mâchoire et s'engouffra dans son crâne. La mort lui accorda un moment de plus qu'à Nick. Il cligna deux fois des yeux, puis une pellicule de sang lui voila le regard.

Gregor attendit que vienne la satisfaction, mais la colère prenait toute la place. Les prophètes méritaient de mourir, mais ce prophète en particulier n'était pas sa cible principale. Il lui donna quand même un dernier coup dans les côtes. Le corps ramolli s'écrasa par terre, un mélange de sang et de liquide blanchâtre s'écoula de son nez. Le crochet restait enfoncé dans sa tête, coincé dans son crâne. Gregor tira brièvement dessus, mais il refusait de bouger. Peu importait. Les crochets ne manquaient pas ici.

Il venait d'attraper le plus proche, sur lequel pendait un corps long et gluant comme un ver prêt à servir d'appât, lorsque la grand-mère de Nick entra discrètement. À son bras se balançait une peau clairsemée de taches de rousseur et de poils courts d'un roux vif. Elle ne venait pas d'un Sannock.

— Qu'est-ce que... s'interrompit-elle, ses yeux fusant entre le corps de Lewis et Gregor, avant qu'elle esquisse un sourire crispé qui ne révélait pas sa dentition. Je vois. Pour une fois, il avait quelque chose d'important à dire.

Les yeux brun pâle de Rose croisèrent les siens avec un air flagrant de défi. Les poils dans sa nuque se dressèrent et ses lèvres se retroussèrent dans un grognement.

— Tu as presque réussi à me persuader que mon père était mêlé à cette histoire, dit-il d'une voix rauque. Mais ça ? Papa serait capable d'assassiner ses fils uniques, il pourrait te laisser créer des monstres à partir d'humains, mais jamais il n'éveillerait les Sannocks.

— En es-tu certain ?

La prophétesse décolla la peau ensanglantée de son bras et la plia comme une mère avec un uniforme d'écolier. Elle la déposa sur une table en bois strié, à côté de plusieurs miches de pain noir poussiéreux et aplati.

— Absolument certain ? La liste des choses dont il serait capable me semble bien longue, comparée à ce qu'il s'interdit. Peut-être que tu ne connais pas ses véritables limites ? Bon nombre de ses actions pourraient expliquer les miennes.

Le visage vif et intelligent de Nick, ravagé par la malédiction, traversa l'esprit de Gregor et fit monter la bile. Il se rappelait le conflit interne qui teintait sa voix, lorsqu'il parlait de sa grand-mère. Sous la peur et la colère, il voulait encore croire qu'elle avait fait de son mieux.

— Non, rétorqua-t-il sèchement. Rien ne pourrait l'expliquer.

La prophétesse s'esclaffa et son rire gronda derrière ses lèvres. Elle pencha la tête et feignit de regret.

— C'est ton loup qui te tracasse ? lança-t-elle avec une pointe de moquerie impossible à ravaler. Le loup que j'ai découpé en toi comme ton père l'a fait sur moi ? Ce revirement des rôles était juste, mon garçon, mais je peux comprendre. Sauf que j'ai récupéré le mien.

Elle lui sourit pour la première fois, dévoilant des gencives enflées aux endroits où se trouvaient jadis ses canines, un vieux complexe sans doute. Elle tira sa fourrure volée sur son visage et cette dernière fit apparaître des plaques décolorées de noir et de gris, sur des nuances de fauve. La fourrure s'étendait dans la mauvaise direction et bouclait comme l'arrière-train d'un cobaye, mais elle ne manqua pas de l'envelopper.

D'instinct, Gregor chercha à l'imiter, une envie pressante et gravée profondément en lui qui surpassait la partie de son cerveau pourtant consciente de son handicap. Son corps tenta l'expérience. Il sentit la fièvre du changement dans ses os et dans les chaudes pulsations de son sang, mais son esprit buta au creux où aurait dû se trouver son autre forme. L'espace d'un instant, la douleur le laissa défait et pendu au crochet dont il s'était saisi auparavant, comme tous les Sannocks massacrés.

La prophétesse rit à pleins poumons. Ses bras se disloquèrent tandis que ses omoplates s'élargissaient pour s'accommoder à la poussée de muscles.

— Tu ne sais pas combien de temps j'ai attendu pour ça, cracha-t-elle, les mots déformés dans sa bouche, entre paroles et marmonnements articulés par la langue desséchée de son loup. Tu n'as pas idée de la satisfaction que j'aurai à tuer les deux rejetons du Numitor.

Gregor déglutit le sang et la bile coincés dans sa gorge, puis se redressa difficilement. Ses genoux semblaient flasques, mais il les força à se raidir.

— Pour le moment, tu n'as réussi à en tuer aucun, la provoqua-t-il. Crois-moi, j'ai tenté de noyer mon frère. Un sacré nageur, ce salaud.

La prophétesse voûta ses épaules à la fourrure dépareillée, tandis qu'elle prenait la forme tordue et hybride adoptée auparavant par Job. Le premier loup *calico*, ou écaille de tortue.

— Voyons si tu peux respirer sans tes poumons, peina-t-elle à souffler. J'me réserve ton frère et son chien pour plus tard.

Elle fonça vers lui. Les griffes au bout de ses doigts semblaient si sales et souillées de sang qu'elles criaient à la maladie. Aucun loup en bonne santé ne se laisserait autant aller. Le corps toujours perclus de douleur, comme si on lui avait arraché un nerf, Gregor réussit à se jeter sur le côté. Il heurta le sol et roula, le dos écorché par la pierre râpeuse.

Mais pas assez vite. La patte de la louve s'abattit sur sa jambe et lui lacéra le mollet du genou à la cheville. Il se mordit la joue pour se retenir de crier, si fermement que la chair tendre s'arracha. Le goût distinct du cuivre se mélangea alors aux élancements brûlants de douleur qui se répandaient dans ses orteils et sa cuisse.

Il attrapa le sac de sel apporté par le prophète abattu plus tôt et le projeta au visage de la louve. Elle gémit et chancela en arrière, en secouant la tête et frottant ses yeux irrités par la poudre blanche. Gregor en profita pour se relever. Il saisit un des cadavres accrochés au plafond et le lança dans sa direction. Lorsqu'il vint la frapper, elle se débattit à l'aveugle et planta ses griffes dans le creux de son ventre évidé. Elle jura, les yeux toujours fermés et larmoyants à cause du sel, et chercha à se libérer. Tiraillé dans tous les sens par la prophétesse, le crochet finit par faire craquer la roche dans laquelle il était enfoui.

— Crois-tu vraiment que les dieux t'offriront leur amour à leur arrivée, en te voyant dans ta triste peau de loup mort ? demanda Gregor, avant d'empoigner un maillet calé contre le mur, dont le bout cranté était sali par des restes gris de chair séchée. Ce sont des *dieux*. Ils n'aiment personne.

La prophétesse frotta les dernières traces de sel dans ses yeux. Elle secoua la tête et boita vers lui sur des jambes qui ne lui appartenaient plus complètement.

— C'est ce que tu crois ? Tu crois que je sacrifierais ma chair et mon sang, encore et encore, pour lécher les bottes des dieux ? s'enflamma-t-elle en écartant d'un revers de la main un cadavre cornu qui se mit à tournoyer. Eux aussi avaient jadis été des dieux, ou du moins ils se croyaient comme tels. À présent, ils me servent de nourriture et de cuir pour mes bottes. Quand les dieux descendront, je me coudrai l'éclatante peau blanche de Séléné sur le derrière ! Les loups ne devraient pas servir les dieux, mon garçon, ils devraient *devenir* des dieux !

Elle cracha ces mots et s'élança vers Gregor. Il balança le marteau, mais elle ne prit pas la peine de le bloquer. Le lourd métal lui entama les côtes et les enfonça. Son flanc se creusa, la fourrure arrachée dévoila la peau de la prophétesse, mais cette peau se ressouda et les côtes retrouvèrent leur place. Elle attrapa Gregor par le cou et le hissa au-dessus du sol.

— Tu es pathétique, siffla-t-elle, un sourire peiné lui tordant les commissures des lèvres tandis que son visage déchiré tentait d'esquisser une expression impossible pour une mâchoire canine. Pas étonnant que les loups nous détestent. Ils nous regardent et c'est toi qu'ils voient.

Gregor s'empara de ses mains et se mit à y dépiauter des bouts de peau et de poils secs, mais sans grand succès. Il tenta alors de happer l'air, qui empestait la mort et la corruption. Cette proximité entre eux invitait à la contamination. Il l'attrapa par le poignet et enfonça profondément ses doigts dans la chair, jusqu'à l'os. La lueur des fours laissés sans surveillance éclaira son visage recousu et mouillé par l'infection qui purulait autour de ses yeux.

— Tu as torturé ton propre petit-fils et mis fin à ta lignée, réussit-il à bafouiller malgré sa gorge comprimée.

Rose referma ses doigts et lui perça la peau avec ses griffes, faisant couler du sang sur son col. Néanmoins, ses oreilles étaient couchées sur son crâne. C'était comme s'il avait blessé la louve, mais pas la prophétesse.

— C'est le genre de connerie qui fait que *tu* te détestes.

La prophétesse le décolla du mur et l'envoya valser à travers la grotte. Il heurta un four et sentit l'odeur de la laine et de la peau brûlées, puis la douleur des muscles écorchés avant qu'ils s'engourdissent. Le métal lui collait au corps et il dut s'en arracher, laissant derrière lui du tissu et des bouts de peau fondus, recourbés et fraîchement resolidifiés sur les parois arquées.

— Je t'aurais bien vidé pour me préparer une soupe, le menaça la prophétesse, mais le temps me manque. Mais ne t'en fais pas, une fois que tout sera terminé, je viendrai te chercher. Peu importe où tu finiras, peu importe à quel moment cette pépite triste et jalouse qui te sert d'âme passera dans la Nature sauvage, sache que je viendrai la chercher et je…

Gregor éclata de rire. Il se plia devant les fours, ses mains pleines de cloques pressées contre son ventre pendant qu'une flaque se formait à ses pieds. Il ricana à en manquer d'air.

— Quoi… tu crois peut-être que je plaisante ? râla la prophétesse.

Elle frappa l'homme mort qui traînait sur son chemin. Le crochet que Gregor avait planté dans sa tête lança des étincelles au contact de la pièce lorsqu'il roula. Elle s'avança vers lui.

— Quand je serai une déesse, je dépouillerai ton âme deux fois par jour, sans que tu ne meures jamais. Je ressouderai ta carcasse pour…

— Ah, tu vas la fermer un jour ?

Gregor attrapa la marmite qui bouillait sur le feu depuis que les Sannocks avaient été évidés, ou que le Numitor avait achevé les loups responsables du massacre. Il se brûla les mains à son contact et ses tendons se crispèrent sous la cuisson. Une odeur nauséabonde de gras fondu s'élevait au-dessus de son contenu fumeux et huileux.

La peur voila brièvement le visage de la prophétesse et elle recula. Avant qu'elle ait pu faire un pas de plus, Gregor lui jeta le liquide bouillant dessus. Il l'éclaboussa au visage et, avec la chaleur, sa peau empruntée se mit à se détacher de ses os. Des gouttes lui aspergèrent un œil, qui blanchit en cuisant, et lui ébouillantèrent la langue, sous sa peau du loup mort.

— Petit enfoiré, marmonna-t-elle en se pliant en deux. Ça ne m'arrêtera pas !

— Oui. Je sais bien.

Gregor arracha la manche de sa veste volée et la jeta dans le feu. Elle s'alluma mollement, puis flamba ardemment. La laine et le lin secs brillèrent et fumèrent tandis que les flammes s'étendaient tout autour.

— Mais ça, oui.

Le gras brûlant s'étalait partout. Il luisait sur les flancs nus des Sannocks morts, imbibait les cheveux de la prophétesse et refroidissait en une pellicule blanche sur les tables et les chaises malfaçonnées. C'était agréable de voir la peur obscurcir les yeux jaunâtres de la prophétesse. Elle se dévêtit de son loup à la hâte et retourna à sa forme originelle, l'œil toujours boursouflé et le visage brûlé.

— Attends ! cria-t-elle, ses mains aux doigts tremblants levés pour l'arrêter. Une minute. Pourquoi te soucies-tu des loups, mon garçon ? Ton père a toujours préféré ton frère, n'est-ce pas ? Il voyait trop de lui-même en toi. Je peux… Rejoins-moi et nous pourrons régner sur eux ensemble. Nous saurons apprécier ton potentiel !

Les flammes léchèrent les doigts de Gregor. Après tant de ravages, il ne sentait plus rien, si ce n'est une vague nauséeuse qui montait en lui à l'odeur de sa peau roussie.

— Tu n'as rien à m'offrir.

Elle s'humecta les lèvres et avança d'un pas, les mains toujours levées.

— Ah, non ? Je peux te rendre ton loup.

Il hésita, et cette hésitation le révulsa.

— Pas mon loup.

— D'accord, *un* loup, répondit la prophétesse en haussant les épaules. C'est mieux que rien. Mieux que d'être humain. Oh, ou encore mieux ! s'enthousiasma-t-elle en tendant le doigt vers la table luisante de graisse, où la miche noire et aplatie moisissait sur son assiette. Tu sais ce qu'ils sont. Tu connais les récits. Les os pour la farine, le sang pour le lait, c'est avec ça que la garce préparait son pain.

Il y avait de l'avidité en chaque loup. Gregor scruta le pain des Sannocks et se demanda quel goût aurait le sang et l'os sur sa langue, et

213

avec quoi il remplirait sa cavité vide. Il ne retrouverait pas son loup, mais au moins, il aurait quelque chose.

— Tu m'offrirais tout ce que je veux ? demanda-t-il.

— Tout ce que tu désires ! N'importe quoi !

Gregor lança la laine en feu dans la flaque d'huile et sourit à pleines dents lorsque celle-ci s'enflamma et grésilla. Se répandant de flaque en flaque, le feu puisa sa nourriture dans les cadavres et les peaux pour attiser sa propagation. Il s'accrocha à la fourrure volée de la prophétesse et monta dans ses cheveux. La prenant au visage, les flammes gonflèrent lorsqu'elle tenta de les balayer.

— Tu aurais dû faire ta proposition avant de tuer Nick, l'avertit Gregor. Tu ne peux pas me le rendre, lui.

La prophétesse éteignit le feu sur son visage et regarda désespérément autour d'elle, en dévoilant des os sous sa peau carbonisée. Les flammes s'emparaient de ses cadavres, la source de ses peaux et de son pouvoir. Elle s'élança à côté de Gregor pour sauver la peau pliée sur la table. Le feu brilla entre ses doigts lorsqu'elle en tapota les étincelles et les cendres.

— Tu aurais dû accepter mon offre, dit-elle. C'était ta dernière chance.

Elle serra la peau contre sa poitrine, les bras repliés, et s'enfuit à travers les flammes. Leurs langues lui lèchent les jambes et s'insinuèrent entre les coutures de sa peau ajustée, qui flamba joliment, comme du papier, et se désagrégea en retombant sur le sol.

Nue et pleine de cloques, les cheveux embrasés comme une comète, la prophétesse se jeta dans le tunnel étroit. Fine et décharnée, elle s'y faufila avec aise. Gregor savait qu'il ne réussirait pas à la rattraper. Sa jambe était en charpie, ses bras et ses mains boursoufflés et engourdis. Il serait plus agréable de rester mourir sur place, au lieu de se retrouver coincé dans la cheminée biscornue qui servait de porte d'entrée aux Sannocks.

D'un autre côté, s'il savait abandonner, il aurait accepté depuis longtemps la préférence de son père pour Jack.

Il se glissa à travers les plis étroits du granite, le nez et la gorge attaqués par la fumée. Il souffrait tandis qu'il tâtait les murs de ses mains à vif, laissant sur la pierre rêche une partie de ses paumes. La moitié du chemin. S'il ne se trompait pas sur le nombre de virages pris à l'allée, il se trouvait à la moitié du chemin lorsque la fumée et la douleur le rattrapèrent. Il s'affaissa autant que lui permettait l'espace exigu et attendit qu'arrive la morte sans cesse évoquée par Nick.

XXII

LA MORT était plus ennuyeuse que ce à quoi Nick s'attendait.

Il errait dans les couloirs déserts de son ancien hôpital. On n'y trouvait aucun autre pécheur, même si les draps des lits avaient été retournés, comme libérés récemment, et les dossiers abandonnés sur les bureaux en pleine notation. Pourtant, le crissement de ses lourdes bottes sur les carreaux mettait Nick mal à l'aise et il ressentait le besoin de s'excuser.

Apparemment, la mort ressemblait à la vie, mais en plus calme et barbant.

À l'instant où cette pensée lui traversa l'esprit, Nick comprit sa sottise. Il abaissa les épaules et embrassa le couloir du regard, dans l'attente qu'une porte claque ou qu'un hurlement résonne. Rien. Une minute s'écoula. Puisque rien ne se passait, il continua à marcher.

Rien ne bougeait, mais lorsqu'il quittait une salle et y revenait, les choses changeaient de place. Après sa seconde visite du service, il réalisa qu'il perdait son temps. S'il devait se passer quoi que ce soit, ce serait en bas, à la morgue.

Il se dirigea d'abord vers l'ascenseur, appuya sur le bouton et attendit. Mais lorsque les portes s'ouvrirent sur une civière vide et un défibrillateur, il décida qu'il préférait emprunter l'escalier, juste au cas où.

La descente fut longue, sans aucune gratification au bout. La morgue était aussi vide que le reste de l'hôpital. Sa chaise se trouvait là, pourtant, le dossier chargé d'un manteau inconnu. L'assise tremblota tout comme avant, lorsqu'il s'installa dessus et étira ses jambes devant lui.

Au début, il sentit de la viande calcinée. Les gens disaient toujours « une chair brûlée est une chair brûlée », mais d'après l'expérience, Nick pouvait toujours reconnaître la chair humaine. Cette odeur-ci avait quelque chose d'écœurant et de graisseux qui vous prenait aux tripes. Comme si le corps la savait corrompue.

Affalé sur sa chaise, Nick se redressa soudain et entendit un bruit à l'intérieur d'une des cellules. « Toc, toc, toc ». Quelque chose frappait à la porte en métal, en y laissant des marques.

— Merde.

215

Il se pencha sur sa chaise et se demanda s'il pouvait simplement l'ignorer. Pas très longtemps, de toute évidence, surtout dans un hôpital déserté où il avait l'impression d'avoir tout manqué.

— Toc, toc, toc.

Il se leva et s'approcha de la cellule. La porte tinta et bondit sur ses gonds tandis qu'il se battait avec le verrou. Il sentit toute la force de l'impact entre ses mains. La fermeture céda enfin et la porte s'ouvrit violemment. Elle frappa la cellule voisine avec une telle force que Nick dut ravaler une énième excuse.

Quelqu'un avait enfermé un énorme oiseau noir dans cette cellule, très gros par rapport aux humains que Nick y plaçait habituellement, vu la manière dont ses ailes semblaient pliées contre les parois. Le volatile le fixa de ses yeux de jais, montés au-dessus un bec rayé couleur blanc os, et gloussa devant son expression.

Aucun bruit ne sortit véritablement de son bec ouvert, avec sa langue fendue qui gigotait, mais Nick l'entendit dans sa tête.

— Ah, c'est toi, dit-il. Je te croyais parti.

L'oiseau s'agita et baissa la tête. Les plumes de sa poitrine étaient abimées et tachées de sang, elles se dressaient sur sa peau, recourbées dans le mauvais sens. Un bout de chair sanguinolente reposait entre ses serres ornées d'écailles.

Ce n'était pas un présent. Il y aurait un prix à payer.

Nick pouvait sentir la chair cuite et entendait le halètement d'une personne prête à abandonner toute respiration. Sans savoir pourquoi, il était persuadé qu'il s'agissait de Gregor. Après tout, de qui d'autre se soucierait-il ?

— Je ne veux pas être un monstre.

L'oiseau haussa les ailes, car sa grand-mère s'était trompée. Nick se frotta la poitrine et sentit cette ancienne cicatrice presque oubliée, en travers de son thorax. Le chemin le plus court pour obtenir le cœur d'un homme ne passait pas par son ventre. Une bonne scie et un écarteur logé dans le sternum faisaient mieux l'affaire. Fort heureusement, de tels outils se trouvaient facilement à la morgue.

Il toucha timidement le cœur et, par habitude, il s'attendait à ce que l'oiseau frappe du bec ou agite les ailes lorsqu'il le cueillit. Entre ses mains, l'organe ressemblait à une pierre, plus lourde que nécessaire, mais encore chaude et humide.

— Tout ce que tu voudras, dit-il, je le paierai.

NICK SE réveilla, paralysé. Il peinait même à ouvrir les yeux. Après un instant de peur panique et de nausée, il se demanda s'il ne s'agissait pas là du prix à payer ; si le cœur de l'oiseau n'était pas une sorte de patte de singe, en présence de laquelle il fallait se méfier de ses souhaits.

Il tenta à nouveau, avec la force du désespoir, et sentit quelque chose craquer. Un objet froid glissa entre ses lèvres. De la glace. Une couche glacée l'entourait comme une version plus froide du cercueil de verre de Blanche Neige. Son haleine la fit fondre au niveau de la bouche et du nez, puis il se libéra du reste de sa prison en frappant des pieds et des mains. Il souffla sur ses doigts et se frotta les yeux pour délier le givre qui lui scellait les cils. Enfin, il put ouvrir les yeux.

Le grand feu s'était éteint, mais les morts demeuraient là. Ils se tenaient aux côtés des Sannocks et le dévisageaient avec le visage chargé d'espoir et d'attente. Nick se lécha les lèvres et avala la neige fondue. Il passa les visages en revue jusqu'à repérer celui de Jepson. Elle baissa le menton.

— Merci, lui lança-t-il. Maintenant, je pense que tu peux y aller.

Il sentit sa libération comme de l'air expiré. Les morts s'estompèrent et finirent par s'effacer, la fumée et le sel qui les composaient se dissocièrent et se dispersèrent. Il ne restait plus que l'odeur du bois brûlé et des Sannocks. Nick s'essuya la bouche, soulagé de retrouver ses lèvres gercées, et se leva. Autour de lui, le monde était lissé par la glace et un genre de verni laiteux couvrait la plage et s'étendait à la mer. Le paysage semblait étrange et inconnu, comme sortant d'un cauchemar.

Les Sannocks le prièrent d'attendre, une consigne commune soufflée silencieusement dans sa tête. Il ne savait pas ce qu'ils attendaient, ni s'ils le savaient capable de les entendre. Dans tous les cas…

— Allez vous faire voir, leur jeta-t-il, son accent de Glasgow revenant au galop.

Il leur tourna le dos et remonta lentement la plage. La glace était assez épaisse pour y patiner, elle semblait glissante et irrégulière sous ses pieds. Au fond de son esprit, l'entité obscure se moqua de sa pénible avancée. Elle lui sembla différente, ses racines plus ancrées dans son cerveau, entortillées avec ses synapses. Il pressa les doigts contre sa poitrine. Elle n'était pas tendre, mais il pouvait sentit son cœur battre à travers, avec un écho. Il y aurait un prix à payer.

Nick leva les yeux et vit la fumée sortir de la falaise en tourbillonnant, noire et épaisse comme du feu d'huile sur une cuisinière. Il jura et escalada à la hâte les dunes abruptes et broussailleuses qui menaient à la grotte. L'herbe se brisa sous ses pieds, cassante comme du verre. Il paierait n'importe quel prix, pourvu qu'il retrouve Gregor. L'oiseau dans son esprit lui claqua du bec. Ce n'était pas ainsi que cela fonctionnait.

— Toi aussi, tu peux aller voir ailleurs si j'y suis, rétorqua-t-il.

À ces mots, l'entité atteignit le paroxysme de l'amusement. Nick ignora son croassement et dévala la dune pour atteindre l'autre côté. Arrivé en bas, il vit une silhouette enflammée rouler dans la neige, au pied de la falaise. Ce n'était pas Gregor. Il le voyait de loin.

Sa grand-mère se releva. Les cheveux consumés par les flammes, elle arborait la permanente aux boucles serrées dont Nick se rappelait si bien. Elle était aveugle et brûlée, la peau écarlate quand elle n'était pas noire ou charbonneuse, mais Nick ne pouvait se résoudre à la prendre en pitié. Elle se traîna en avant, la main tendue prudemment devant elle, le regard plissé et bouffi par les cloques comme des yeux de grenouille. Pourtant, il restait assez affûté pour le distinguer.

— Nicholas ? l'appela-t-elle.

Quel sentiment était le pire : la culpabilité provoquée par la joie dans sa voix ou la peur entraînée par son ton possessif ? Nick ne le savait pas.

— Mamie…

— Regarde-toi, mon garçon, s'enthousiasma-t-elle avec un sourire. Je ne m'attendais pas à des résultats si prometteurs ! Il faut que tu viennes avec moi.

Il secoua la tête, avant de se rendre compte qu'elle ne devait pas le voir.

— Non, précisa-t-il.

— Ne fais pas ta tête de mule, Nicholas. Je ne suis peut-être pas toujours gentille, mais je t'ai toujours dit la vérité, non ? Tu as des questions, n'est-ce pas ? J'ai tes réponses.

Tout avait un prix. Pas besoin d'un oiseau pour l'apprendre. Toutefois, Nick ne savait pas s'il était prêt à payer la somme que sa grand-mère lui réservait.

— Et si tu me disais là, maintenant ?

Elle soupira et secoua la tête. Ses cheveux roussis rebondirent sur ses épaules.

— Nous devons partir. Je répondrai à tes questions, Nicholas. Il suffit que tu m'obéisses.

Nick comprit à quel point il désirait avoir ses réponses : pas assez.

— Non, maintint-il.

Elle pressait quelque chose contre sa poitrine : un bout brûlé de cuir pâle, plein de taches rousses. Nick ressentit une vive révulsion. Il avait été médecin légiste. Il avait vu pire qu'un peu de peau écorchée, mais dans son esprit, l'oiseau se demandait, avec une curiosité motivée par la faim, si cette peau aurait le goût de la viande séchée ou du bacon. Il se dégoûta.

Rose glissa d'un pas de plus.

— Tu dois venir avec moi, Nicholas. Tu dois montrer aux autres que j'ai raison, que nous pouvons faire des dieux notre peau.

Il se rit d'elle. C'était la première fois, et cet éclat de rire moqueur qu'il lui adressait ouvertement la fit tressauter.

— C'est ce que tu crois ? lança-t-il, lui qui avait plutôt l'impression d'être un hôte. Non, je ne viendrai pas avec toi. Je dois retrouver Gregor.

Des cloques éclatèrent lorsqu'elle grimaça amèrement.

— Ce n'était pas une proposition, Nicholas, mais un ordre.

— Je ne suis plus un enfant.

— Ça m'est égal.

Elle tendit le bras en arrière et tira un patchwork de loups brûlés sur sa tête. Il s'étira grossièrement autour d'elle, en laissant des plaques de sa propre peau à découvert, aux endroits trop ravagés par le feu.

— Ne sois si sot, Nicholas. Les loups ne voudront pas de toi. Si c'était le cas, ne crois-tu pas qu'ils seraient venus t'arracher à moi plus tôt ?

Elle s'élança vers lui avec une main griffue, à moitié patte de loup. Nick tressaillit devant le souvenir de dents enfoncées dans son épaule, de la sensation douloureuse et étrange de leur raclement sur ses os. La panique monta dans sa gorge, une bulle coincée tout au fond, et il se sentit fléchir sous le poids de son squelette. Léger, il tombait lorsque…

L'oiseau ne voulait pas se montrer *impoli*, mais il était plus aisé de demander le pardon que la permission, si tant est qu'il y ait songé. Il croassa un rire au visage de Rose et écarta ses ailes pleines de givre pour capter le vent, froid et mordant.

La surprise se lisait sur le visage à moitié transformé de la prophétesse tandis qu'elle contemplait l'énorme volatile au bec d'os prendre la place de son petit-fils. Elle pensait que sa greffe – un mot sélectionné dans le jargon

219

de Nick, comme une pépite dans une rivière – avait réussi, mais pas à ce point.

L'oiseau pointa sa tête pour picorer le cuir replié, si fermement étreint par sa grand-mère. Il perça un trou à travers la peau non traitée. Rose protesta avec un cri et le frappa à la tête. L'oiseau se moqua à nouveau d'elle et battit des ailes pour prendre son envol. Il fusa au-dessus de sa tête, assez près pour lui raser le crâne, et se laissa porter par le vent.

Étendu sous ses serres, le monde semblait à la fois plus plat et plus net que dans l'esprit de Nick. Flouté sur les côtés et manquant de contraste, il se déclinait néanmoins en couleurs encore jamais vues. Du mouvement sur la plage attira son attention comme un drapeau et il sentit le besoin de chasser.

Au fond de son esprit, l'oiseau sentit l'inquiétude de Nick et soupira silencieusement. Lorsqu'il s'agissait de Nick, le sentiment paraissait moins agaçant. Avec un dernier regard tenté vers les êtes s'agitant sur la plage, il céda et replia une aile pour s'envoyer en direction de la falaise.

La fumée tournoya sous ses ailles. L'air chaud les déséquilibrait avec des changements de pression, mais il y était habitué. Le feu avait été monnaie courante sur les champs de bataille survolés par le passé. L'oiseau visa le front de la falaise et laissa ses plumes se retourner sur la chair et les muscles avant de la heurter.

Lorsque Nick frappa la roche la tête la première, il sentit l'humour mesquin de l'oiseau retourné en lui. Il lâcha un souffle peiné et chercha une prise pour se stabiliser. Un regard rapide par-dessus son épaule lui montra sa grand-mère dans sa fuite à travers la côte. Il se sentit... inquiet pour ses projets futurs et, malgré tous ses tourments, il s'inquiéta pour elle. Il haïssait ce sentiment, mais elle n'en demeurait pas moins sa grand-mère.

— Gregor ! lança-t-il en approchant du ruban de fumée.

Aucune réponse ne vint. Il glissa son corps maigre dans la fissure de la roche, bien content pour une fois de sa fine carrure, et s'y fraya un passage. À l'intérieur, il se retrouva aveuglé, sa pauvre vision dans le noir fut brusquement compromise. Il éclata sa bulle de panique et tâta la roche dans la pénombre, jusqu'à atteindre un corps avachi dans un cercueil naturel, à mi-chemin du passage.

— Gregor, souffla-t-il, la main palpant son épaule et son visage à l'aveugle. C'est moi. Allez, ne me fais pas ça ! Je n'ai pas fait tout ce chemin pour rien. Ne me dis pas que je t'ai raté aux portes de la mort...

Toujours aucune réponse, pas même un grognement. Nick se pencha en avant et sentit le chatouillement d'une haleine contre sa joue. Le soulagement faillit le clouer au mur aux côtés de son amant, mais la chaleur grandissante dans le tunnel les pressait à agir. Il étira le bras de Gregor par-dessus son épaule, s'affaissant sous son poids toujours aussi important, et le traîna vers la sortie.

Une fois dehors, il se demanda comment redescendre. L'oiseau dans son esprit prétendait être au-dessus de cela, et Nick ne s'attendait à aucune idée de sa part. Il tira Gregor aussi loin que le permettait l'étroit passage, puis s'assit pour attendre les secours, les jambes balançant dans le vide et Gregor allongé sur ses genoux.

Des contusions couvraient son visage fin et magnifique, des brûlures lui rougissaient les joues et la mâchoire. Ses mains étaient crispées, les paumes rêches de brûlures épaisses et de cloques. Elles guériraient. Nick l'avait vu surmonter bien pire. Il baissa la tête et déposa un baiser sur sa bouche. Le goût de la fumée s'attardant sur la langue.

— Je suis revenu pour toi, lui souffla-t-il. Tu n'as pas le droit de mourir.

Les lèvres de Gregor se courbèrent sous les siennes avec un sourire dont la tendresse inhabituelle le prit par surprise. Il ouvrit ses yeux verts, brillants comme du cristal.

— C'est la deuxième fois que tu me sauves, répondit-il d'une voix enrouée par la fumée. Maintenant, tu ne pourras plus me quitter, pas avant que je te rende la pareille.

IL FALLUT une heure, sans doute, car difficile de se repérer dans ce cimetière de poche, avant que le sosie de Gregor les retrouve. Il était trempé, ses vêtements chargés d'iode avaient gelé sur lui et un homme l'accompagnait, élancé, sombre et myope, à en juger par le plissement de ses yeux.

D'après les observations de Nick, Gregor n'appréciait pas tellement son frère, ni *avoir* un frère tout court, mais lorsque Jack le trouva vivant, un soulagement sans retenue se lisait sur son visage. Il forma un porte-voix avec ses mains et cria :

— Vous pouvez descendre ?

— Je n'ai pas besoin de ton aide, lui jeta Gregor en retour.

— Si, on en a besoin ! s'empressa d'ajouter Nick.

Gregor poussa un grognement qui gronda dans sa poitrine, mais ne discuta pas. Apparemment, sa fierté lui interdisait de demander de l'aide, même s'il avait les poings serrés par les brûlures. Pourtant, il acceptait de se laisser forcer la main, bien que l'offre vienne de son frère. Après une brève discussion avec son amant, Jack le prit par la peau du cou et plaqua un baiser violent et intimidant sur ses lèvres, avant de grimper jusqu'à leur perchoir.

— La prophétesse ? demanda Gregor en adressant un regard suspicieux à Jack.

— Mamie… Elle s'est enfuie, répondit Nick.

Il ne comptait pas mentir en parlant d'elle. Jamais, même lorsqu'il la pensait folle, à l'époque. Quand les gens découvraient la vérité, cela ne faisait qu'empirer les choses.

Gregor roula à contrecœur de ses genoux et, en s'aidant de ses jambes et en appuyant contre la roche, il se releva.

— Sans sa récompense, ajouta-t-il. Les Sannocks reposeront ici.

Nick hésita, car sa grand-mère avait filé avec un lot de consolation, finalement. Il songea à le mentionner, mais peut-être était-ce inutile. Elle n'irait pas bien loin avec une peau déchirée et calcinée. De plus, il fut très vite coupé par les grognements de Jack et Gregor, qui se disputaient à propos du meilleur chemin pour descendre.

Au final, Jack hissa Gregor sur son épaule et dévala facilement la falaise pour rejoindre son… chien impatient ? Nick pensait se renseigner là-dessus, un jour. Il les suivit avec plus de prudence et, arrivé au pied de la falaise, les jambes tremblantes et la transpiration gelée sous ses aisselles, il se rendit enfin compte qu'il aurait pu se contenter de voler.

Bien entendu, l'oiseau se moqua de lui.

NICK VEILLAIT sur un autre patient et Gregor se plaignait déjà de son manque de loyauté. Apparemment, Gregor était censé être son seul centre d'intérêt, et Nick devait bien admettre que le contraire le surprenait un peu. L'oiseau, lui, ne s'en réjouissait pas et déplorait la surveillance ennuyeuse.

Copeland était allongée sur l'étroit lit d'hôpital, ses mains bandées comme des mitaines repliées sous son menton. Elle avait perdu de sa beauté parfaite, mais son visage dépenaillé restait relativement plaisant au regard. Le venin administré par les prophètes leur avait conféré une sorte de protection physique, pas optimale, mais une protection tout de même.

Copeland n'opérerait plus jamais, mais elle arriverait à trouver une autre occupation. Pour Nick, c'était l'essentiel. Et il espérait qu'un jour, elle saurait s'épanouir.

— Tu n'as pas besoin de partir, dit-elle. Personne ne t'en veut.

C'était gentil, mais faux. Même elle le regardait avec méfiance, car son héritage se lisait sur son visage. Il ressemblait à sa grand-mère, du moins d'après les rumeurs. Nick ne savait pas quoi en penser.

— Je pourrais rester, répondit-il.

— Nous avons besoin de toi, insista-t-elle, en levant timidement les mains. Les gens sont blessés. D'autres sont... Il doit bien y avoir un moyen de réparer ce qu'elle a fait.

Nick se pencha et lui tapota la jambe.

— Tu trouveras bien.

Et certainement pas lui. Depuis la symbiose avec l'oiseau, il pouvait sentir la puanteur enrageante de l'infection. Les loups voulaient les achever, même les enfants touchés par la malédiction, pour leur rendre service, mais Nick était parvenu à les convaincre de laisser les habitants décider de leur propre sort. Danny, qui lui pardonnerait un jour de l'avoir pris pour un véritable docteur en médecine, l'avait soutenu.

— Je dois partir, Copeland. Quelqu'un doit l'arrêter.

Cette simple mention indirecte suffit à faire pâlir la peau sombre de la jeune femme et lui écarquilla les yeux. Elle scruta les coins de la tente, remplie des habitants de Girvan qui suaient le poison à grosses gouttes, s'attendant à voir Rose sortir de l'ombre. Nick connaissait cette peur.

— Tu l'as déjà entendue parler de ses plans ? demanda Nick.

Elle se gratta le nez sur son poignet et grimaça.

— Je ne sais plus. Je n'étais... Rien ne semblait avoir d'importance, tu sais ? Ils parlaient d'une armée. Elle parlait souvent d'un homme.

— Qui ?

Copeland se regratta le nez. Nick la sermonna et abaissa sa main.

— Arrête de te gratter, lui ordonna-t-il.

Elle fit la moue, mais glissa ses mains sous les draps.

— « Qui », je ne sais pas, mais elle disait qu'il allait regretter d'avoir choisi quelqu'un d'autre. Elle comptait lui montrer qui était le meilleur loup. Enfin, une fois qu'elle l'aurait.

— Qu'elle l'aurait ? s'étonna Nick, se rappelant la peau saignante, soigneusement repliée dans les bras de sa grand-mère, qu'elle protégeait au péril de sa propre chair. Pas « les » aurait ?

Copeland hésita et finit par acquiescer.

— L'homme a bien dit « les », mais elle voulait un truc en particulier. Désolée…

— Moi aussi, lui répondit-il. J'aurais dû revenir pour toi.

— Et Harris ? soupira-t-elle en grimaçant. Et Jepson ? Comment tu aurais fait, en nous trimbalant sur ton dos ? Je suis en vie. Je suis encore moi. C'est grâce à toi, je pense.

Nick en doutait, mais l'espérait.

— Tout ira bien, la rassura-t-il. Si tu en as l'occasion, rentre chez toi. Oublie tout ce qui s'est passé ici.

Elle croisa lentement son regard et étudia son expression.

— Tu oublieras, toi ?

— C'est trop tard pour moi, dit-il. Depuis le début.

Elle le regardait avec un air compatissant. Il ne savait pas s'il en voulait, mais ne pensait pas pouvoir la faire changer.

— Tu me manqueras, Copeland.

Le sourire surpris qui étira ses lèvres lui rendit sa beauté.

— Tu sais bien que je m'appelle Fiona.

— Probablement, oui, répondit-il. Fais attention à toi, Fiona.

— Toi aussi, Nick, tenta-t-elle, avant de froncer le nez et de sortir la langue. Ça fait bizarre, avec les prénoms.

— Sois prudente, Copeland, se corrigea-t-il sèchement. Rentre bien.

Cette fois, elle se contenta de sourire et d'opiner du chef. Il se décolla avec raideur de la chaise inconfortable et quitta la tente. Pour une fois, l'extérieur était calme. Le monde semblait propre et blanc, et sans danger. À tort, mais il n'en restait pas moins magnifique. Nick glissa ses mains dans les poches de son long manteau et retourna à sa caravane.

Voilà un joli bâton, nota l'oiseau.

Il prit le contrôle des yeux de Nick et l'obligea à regarder l'objet. Un bâton serait utile.

— Je n'ai pas besoin d'un bâton, lâcha Nick.

Clairement, il se trompait. Tout le monde en avait besoin. Pour piquer les gens avec, pour bouger des choses, pour l'offrir à une personne dans le besoin… d'un bâton. C'était un beau bâton. Nick céda et ramassa la branche longue et cassée. Tandis qu'il marchait, il l'enfonçait dans la neige et la criblait de trous sur son chemin. Si seulement il pouvait percer avec autant de facilité ses inquiétudes au sujet des machinations de sa grand-mère…

Toute sa vie, il l'avait vue planifier des choses. Impossible que cela ait commencé, et se soit fini, avec les Sannocks. Nick leva la tête et observa la forêt du coin de l'œil. Ce jour-là, seul le chien noir rôdait. Les yeux creux et affamés, il passait d'une ombre à l'autre.

Cela ne s'était *pas* terminé après les Sannocks.

Quelque chose subsistait, une chose dont il devrait informer les loups. Alors, pourquoi s'être tu jusqu'ici ? Parce qu'ils seraient impuissants ? Ou parce que Nick avait peur qu'*il* soit plus apparenté aux Sannocks qu'aux loups, qui que cet « il » puisse être ?

Un bâton ne réglerait pas l'affaire. L'oiseau en était allègrement convaincu. Mais il avait une forte opinion sur tout. Nick, en revanche, n'était certain de rien. Pourtant, il pénétra dans sa caravane et décrocha son sac de voyage. Peu d'affaires le remplissaient. Il se rendit tristement compte du peu de choses auxquelles il tenait.

Gregor comptait pour lui. Voilà une chose dont il était absolument certain. Enfin, de cela et du fait que ce sentiment était réciproque. Ainsi, chargé de son sac, le bâton de l'oiseau à la main, il se s'aventura en direction du bois où attendaient les loups… et les Sannocks.

ÉPILOGUE

Lorsque Nick quitta la route, Gregor le rejoignit et lui passa un bras autour du cou. Il l'attira à lui avec des mains à peine guéries, malgré le tiraillement des cicatrices, et plaqua un baiser forcé sur un coin de sa bouche.

— Il t'en a fallu, du temps, grommela-t-il contre la peau fraîche de Nick.

Nick ne ressentait plus le froid de la même manière. Lorsqu'il gelait, l'oiseau refusait de l'admettre, lui qui était habitué à des climats plus rudes et inhospitaliers.

— Nick… lança Danny, en plissant les yeux jusqu'à ce qu'ils se rapprochent.

Il semblait… méfiant, comme s'il souhaitait se lier d'amitié, mais savait qu'il s'agissait malheureusement d'une mauvaise idée. De son côté, après avoir vu tant d'atrocités et senti son corps se changer en une cage en forme d'oiseau, Nick peinait encore à accepter que cet homme à la voix douce et posée ait été un gros chien errant.

— On ne pensait pas que tu viendrais, ajouta ce dernier.

— Moi non plus, avoua Nick.

— Dans ce cas, tu n'aurais peut-être pas dû, lâcha Jack.

Sa voix retentit comme un grognement et il se colla discrètement à Danny avec une attitude protectrice. Il était déroutant pour Nick de voir le rejet briller dans les yeux verts de Gregor, ou plutôt de son jumeau, et la défiance tordre les traits têtus de son superbe visage. Il allait devoir s'y habituer.

— Tu n'es pas un loup. Ne t'attends pas à un accueil chaleureux lorsqu'on rejoindra le repaire de notre père.

— Dans ce cas, qu'il aille se faire voir, jeta Gregor en resserrant sa prise autour de Nick de manière possessive. Il a essayé de nous tuer, je te rappelle.

— C'est ce que prétendent les prophètes, lui fit remarquer son frère. Il faudrait être idiot pour les croire sur parole.

Il n'adressa pas de regard à Nick. Il ne le regardait clairement pas, mais aurait très bien pu céder à la tentation.

— Je ne suis pas un prophète, se défendit l'intéressé. Je ne sais pas ce que je suis, mais je suis encore moi-même. Ma grand-mère… Je ne suis plus de son côté depuis longtemps. Et ce qui s'est passé dernièrement ne risque de me faire changer d'avis.

Son assurance adoucit l'expression de Jack, mais ne changea pas non plus le sien.

— Je sais. Mais son sang coule dans tes veines. J'ai passé des années à essayer de tuer Gregor, mais je le soutiendrais contre n'importe qui. Alors, si tu as le moindre doute sur ta loyauté, reste ici.

— Je sais à qui ira mon soutien, répondit Nick.

LE LONG train segmenté était la seule chose qui circulait encore dans ce paysage enneigé. Il grondait sur des rails couverts de glace, chargé d'une maigre équipe composée de machinistes et de conducteurs, trop pris par leurs soucis pour se préoccuper de quelques passagers clandestins ramassés durant le trajet.

Gregor se tenait à la porte et regardait la Nature sauvage s'épaissir et s'amasser autour de la voiture étroite faite de bois et de métal qu'il avait réquisitionnée à leur montée. Si près du Nord, la Nature sauvage écorçait le monde normal pour se révéler, or le convoi la transperçait, tel un « agent irritant », un corps étranger.

Seul le temps dirait si les rails se trouvaient là depuis assez longtemps pour se fondre dans le paysage. Si c'était le cas, la Nature sauvage pourrait l'accepter sous une certaine forme. Autrement, ils s'épaissiraient sous l'infection, au fil du temps et des couches de glace. D'ici là, Gregor espérait que tous les quatre seraient assez remis sur pied pour se passer du transport.

L'oiseau noir redescendit du ciel et plana à côté du train. Son ombre glissait sur le sol gelé, sombre et nette sur un fond de blanc solide. Que tous les *trois* pourraient s'en passer, se corrigea alors Gregor, en reculant et ouvrant la porte.

La neige s'introduisit par l'ouverture et se déposa en morceaux sur les boîtes empilées et les matelas récupérés ; quiconque attendait au terminus de la ligne serait déçu par l'état de ses couettes fraîchement mises en caisse. Lorsque l'oiseau se faufila par l'embrasure, Gregor se concentra sur le froid, et non sur la pointe de jalousie qu'il ressentit quand le volatile atterrit sur des pieds humains et se redressa en Nick.

— Pas de bâton avec toi ? demanda-t-il sèchement en refermant la porte d'un geste brusque. Ton cerveau de piaf ne m'aime-t-il plus ?

Nick éclata de rire et frissonna. L'oiseau ne craignait pas le froid, mais son corps nu et vulnérable d'humain, si. Il se blottit dans les bras de Gregor pour lui voler un peu de sa chaleur. Sa propre peau blanche était givrée, capable de fondre sous les caresses de son amant.

— Aucun n'était digne de toi, apparemment, répondit Nick. Où sont Jack et Danny ?

— Partis chasser.

Nick plaça la pointe de son menton dans le creux de l'épaule de Gregor. Ses cheveux figés en crête exhalaient une douce et légère odeur de proie récente, ainsi qu'un soupçon de charogne. Une eau de Cologne dont Nick se serait bien passé, mais qui ne semblait pas déranger son compagnon.

— Je pourrais laisser l'oiseau sortir plus souvent, dit-il. Essayer de me percher quelque part, ou je ne sais pas, faire ce que font les oiseaux ?

L'offre ne s'accompagnait d'aucune explication. Ils n'en avaient pas besoin. Le sujet avait été débattu outre mesure, devant lui et derrière son dos, les seules options restant l'évitement ou le bain de sang.

— Laisse-les donc se rouler dans la neige, lança Gregor. Si ça ne les tue pas, ça les rendra plus forts.

C'était le précepte favori de son père. Les os et les cœurs brisés vous endurcissaient ou vous anéantissaient, mais le résultat ne semblait pas importer aux yeux de son géniteur.

— On ne peut pas leur en vouloir, répondit Nick.

— Je vais me gêner, lâcha Gregor, qui décolla son amant de son épaule et attendit qu'il lève la tête vers lui : ses yeux avaient toujours été sombres, mais à présent ils paraissaient d'un noir véritable, presque anormal sur son visage osseux d'humain. Laisse-les geler. Je préfère ta compagnie à la leur.

L'inquiétude lui pinçait encore le coin des lèvres tandis qu'un sentiment aussi humain que la culpabilité se reflétait dans ce regard noir de jais. Alors, Gregor plaqua les mains derrière sa tête et l'attira dans un baiser. La bouche de Nick portait encore son goût d'antan, son corps souple et fin s'abandonnait aussi délicieusement que la première fois. La seule différence était qu'il fallait moins de temps pour le déshabiller.

Gregor baissa la main entre leurs corps et saisit brusquement l'entrejambe de Nick. Il se dressa volontiers sous son toucher et son porteur le remercia d'un gémissement qui vibra entre leurs lèvres. Gregor afficha un sourire espiègle et repoussa Nick en arrière, vers les caisses en métal encore scellées. Il le saisit par les fesses et le hissa sur l'une d'elles.

— Putain que c'est froid ! glapit Nick lorsque ses cuisses rencontrèrent le métal.

Gregor le réduisit au silence avec un énième baiser, puis ouvrit violemment son propre jean et l'abaissa avec empressement. Pendant que le denim glissait à ses genoux, il s'appuya de ses bras sur la caisse pour passer les jambes de Nick par-dessus ses avant-bras. Il était ouvert à sa guise, l'érection collée au ventre et son fessier ferme écarté pour dévoiler son entrée serrée.

— J'ai les mains occupées, précisa Gregor.

Le visage pâle de Nick s'empourpra, une réaction qui surprit Gregor. Et le ravit curieusement. Lui qui habituellement n'appréciait pas la pruderie, se retrouva à l'aimer. Il y avait quelque chose de très satisfaisant dans le fait de pouvoir briser aussi facilement les défenses d'une personne, qui semblait désarmée contre vous.

Nick porta son poids sur un bras et baissa l'autre pour presser un doigt mouillé de salive contre son ouverture. Il se tortilla en s'élargissant progressivement, les joues vivement colorées, mais plus par l'embarras. Son corps tout en chair et en os longs et élégants, s'offrait à lui d'une manière d'autant plus magnifique que cette vue était réservée à Gregor. Ainsi, il lui appartenait.

L'envie gonflait et resserrait les bourses de Gregor à mesure que montait le désir. Il lui alourdissait le membre, dur et pulsant, tendait la peau autour de son mât épais. Nick ne le voyait pas. Les yeux clos, la lèvre inférieure repliée entre ses dents, il contractait et détendait les muscles de ses avant-bras pendant que sa main s'activait.

— Regarde-moi, le somma Gregor d'une voix rauque, réussissant à lui ouvrir les yeux. J'ai vu mon frère bien assez dans le ventre de notre mère. Alors laisse-le bouder dans la neige. Ça nous donne droit à plus d'intimité.

Il libéra une main pour guider son dard, dont la peau sembla fine et glissante de sueur entre ses doigts, en Nick. Le plaisir jaillit dans son membre lorsque son amant se resserra autour de sa grosseur et la sensation d'étroitesse le prit divinement aux joyeuses.

Nick l'empoigna par son pull, entortilla les doigts dans les mailles de la laine et l'attira dans un baiser froid, exquis et haletant. Il avait encore des doutes, mais préférait les taire, un sujet d'ailleurs lui aussi longuement débattu et réglé par une partie de jambes en l'air, plutôt que par l'évitement.

Le bruit et le balancement du train lui imposèrent un rythme. Il retint Nick fermement par les hanches en lui donnant des coups de reins, à la recherche de ce plaisir ardent qu'il sentait gonfler entre son coccyx et l'ouverture entre ses fesses.

La sueur perlait entre leurs corps malgré le froid. Nick entoura sa taille à l'aide de ses jambes afin de le presser, tout en le couvrant de bisous contre le coin de ses lèvres et le long de son cou tendu. S'il avait été un loup, il y aurait plongé ses crocs. Gregor regrettait la pression douloureuse des dents enfoncées dans sa peau et la sensation glissante du sang, et devait s'accommoder de la respiration saccadée de son partenaire et de l'écorchement de ses ongles.

Sans oublier cette superbe collection de bâtons.

Il rit contre l'épaule de Nick, sa transpiration portait un goût salé et musqué.

— Qu'y a-t-il ? souffla son amant en se collant à la sienne.

La bouche de Nick finit par trouver la cicatrice dont sa grand-mère avait marqué Gregor en essayant de lui arracher la gorge. Gregor le savait, car l'endroit restait insensible. Il n'y sentit qu'une vague pression et une légère irritation.

— Rien, répondit-il. Je t'aime bien, c'est tout.

Il mordit un baiser possessif sur l'épaule de Nick. Aucune goutte de sang ne fut versée, mais la marque rouge violacée persisterait sur sa peau plus longtemps que sur celle d'un loup. Nick recula et lui saisit la tête pour la relever.

— Moi, je t'aime, alors je gagne.

— Je sais, grogna Gregor.

Nick rit à son tour, faisant vibrer son derrière autour du mât de Gregor. Ce dernier lui aurait volontiers expliqué que l'amour était bien mignon, mais que le plus important, c'était le fait qu'il lui appartenait. Cependant, il avait la bouche occupée par celle de Nick, tandis qu'il entortillait les doigts dans ses cheveux.

Gregor avala avec plaisir son offre franche de tendresse et s'enfouit profondément en lui. Ses hanches tremblèrent sous la jouissance, les doigts serrés au point de déposer des marques. Nick gémit, la langue enchevêtrée à la sienne, et contracta les jambes pour le coller à lui. Son manche glissait, ferme et luisant, contre le ventre de Gregor, tandis qu'il se frottait à son corps. Il murmura un second « je t'aime » en se déversant sur leurs ventres. L'odeur riche de leur sève plana dans l'air, forte, métallique et virile.

Ils demeurèrent ainsi une minute, dans les bras l'un de l'autre, à reprendre leur souffle. Gregor glissa ses doigts dans les cheveux de son amant et lui confia :

— Je t'aime aussi.

Un aveu peut-être faible, mais on ne peut plus vrai.

TA MOORE

UNE CHIENNE DE VIE

Un hiver de loup, numéro hors série

Le monde s'achève non pas dans une explosion, mais dans un déluge. Des tornades ravagent le cœur de Londres, une chaleur étouffante fait fondre le bitume à New York et des couches de permafrost de plus en plus épaisses paralysent la Russie. Au début, les hommes se mobilisent, organisent des co-voiturages et évacuent les populations, mais le temps ne fait qu'empirer.

À Durham, Danny Fennick, un professeur affable, s'est calfeutré chez lui en attendant que la tempête passe. Élevé dans les Highlands d'Écosse, il a connu des hivers plus rigoureux. Et surtout, il possède un avantage : c'est un loup-garou. Ou, plus exactement, un chien-garou. Moins impressionnant, mais tout aussi pratique.

Néanmoins, les loups-garous n'y voient pas qu'un simple hiver et franchissent le Mur du Nord pour marquer leur nouveau territoire. Parmi eux, son ex, Jack, fils du Numitor de la meute et prince héritier, et son frère, qui rêve de fratricide.

Un hiver de loup n'est pas blanc. Il est rouge comme le sang.

www.dreamspinner-fr.com

RANCUNE TENACE

TA MOORE

Cloister Witte est un homme au sombre passé. Il possède une adorable chienne, et il est toujours heureux quand il peut en parler. Par contre, après avoir grandi dans l'ombre d'un frère disparu, d'un bon à rien de père et d'un beau-père criminel, il préfère laisser le passé dans le Montana. Il est à présent officier de la brigade canine dans le département du shérif du comté de San Diego, où il paye un tribut à ses fantômes en faisant ce que personne n'a pu faire pour son frère : retrouver des personnes disparues pour les ramener chez elles.

Il excelle à résoudre les énigmes complexes. Sa chienne est encore meilleure que lui.

Cette fois, la personne disparue est un garçon de dix ans qui est entré dans les bois au milieu de la nuit et n'en est jamais revenu. Malgré l'aide hostile et distrayante du magnifique agent du FBI Javi Merlo, il devient vite évident que Drew Hartley n'a pas fait une fugue. Il a été enlevé et les preuves indiquent qu'il n'est pas la première victime du kidnappeur. Alors que les recherches s'intensifient, de vieilles rancunes et des tragédies sont ramenées à la surface. Malheureusement, à chaque nouvel indice découvert, les probabilités de retrouver Drew en vie diminuent.

www.dreamspinner-fr.com

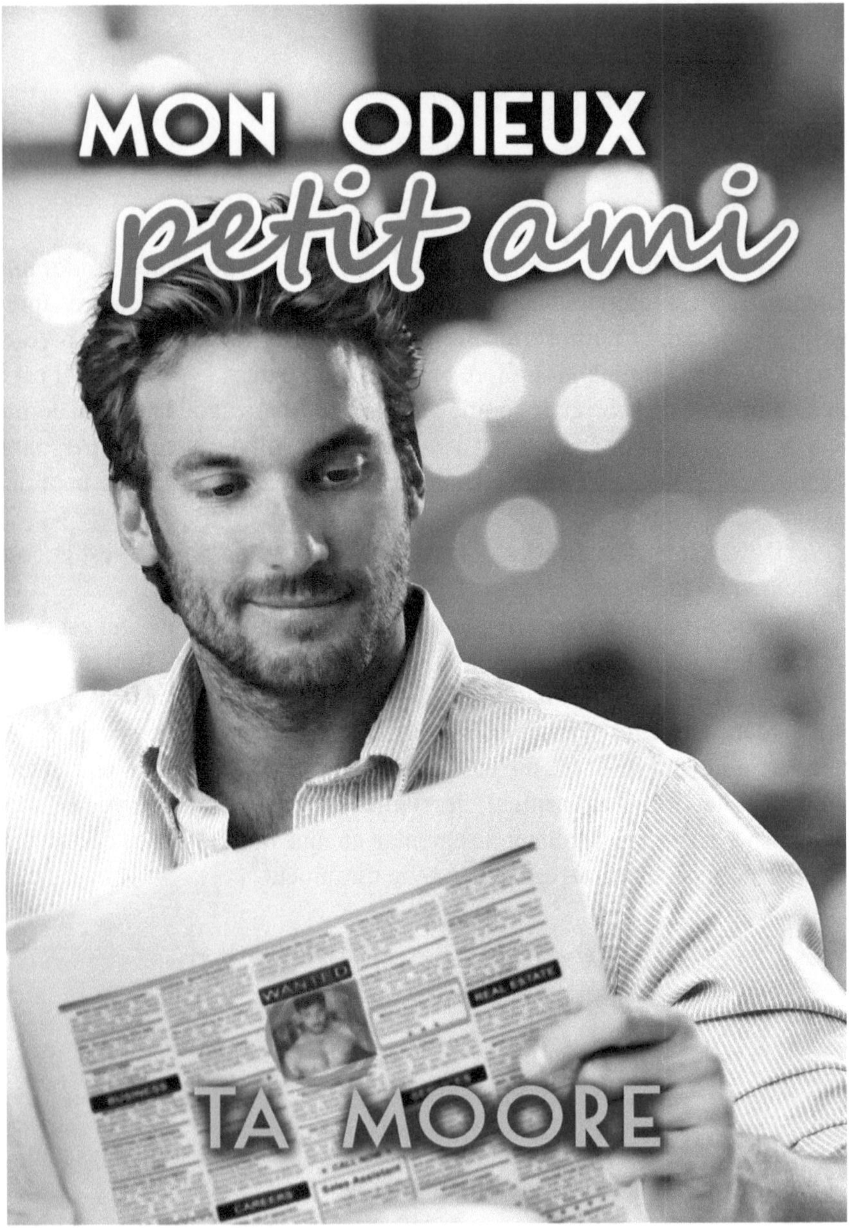
MON ODIEUX
petit ami
TA MOORE

Sa mère. Son meilleur ami. Le barman du pub local. Tout le monde a pour objectif de trouver un petit ami à Nathan Moffatt, même si c'est la dernière chose qu'il souhaite. Après avoir passé ses journées à s'assurer que ses clients ne connaissent rien d'autre que la magie du romantisme, le soir, l'organisateur de mariages du Granshire Hotel n'a qu'une envie : rentrer chez lui, regarder plusieurs épisodes de séries criminelles et manger une pizza en sous-vêtement.

Malheureusement, personne ne le croit et il doit subir les leçons de morale lui disant qu'il mourra seul. Mais un jour, il a une illumination. Il faudrait que ses proches comprennent qu'il vaut mieux qu'il reste célibataire. Il doit trouver un petit ami odieux.

Un seul homme peut tenir ce rôle.

Flynn Delaney est habitué à ce que l'île de Ceremony ne pense que du mal de lui, mais il préférerait ne pas avoir l'honneur d'occuper la place de « pire petit ami de l'île ». D'un autre côté, s'il accepte, il aura l'opportunité de sortir avec un homme sublime et de contrarier les propriétaires du Granshire Hotel. Ils seraient tous les deux gagnants.

Il n'y a qu'un un seul problème : comme Flynn se révèle être un bon petit ami, Nathan finit par se demander si quitter son canapé de temps en temps serait vraiment une si mauvaise idée.

www.dreamspinner-fr.com

TA Moore croyait réellement être née dans un chou, durant son enfance. Ce fut là le début d'un attachement de toute une vie à l'étrange et au fantastique. Aujourd'hui, elle habite dans un bourg côtier au nord de l'Irlande et ses amis lui imposent de ne leur envoyer que trois liens bizarres et dérangeants par mois (bien qu'elle maintienne qu'un guide pour bifurquer son pénis chez soi reste intéressant, pas dérangeant). Elle croit qu'ajouter « dans l'espace ! » rend tout plus cool d'au moins 40 %, essaiera de caresser presque tous les animaux sur son chemin (serpents inclus, insectes exclus) et elle a menti une fois à son amie en racontant qu'elle était montée au sommet du château de Tintagel, en Cornouailles, quand en réalité, elle avait atteint la plage, s'était rendu compte de l'ascension qui l'attendait et s'était dégonflée.

Elle aspire à devenir une misanthrope cynique, mais malheureusement, sa personnalité rayonnante et son incapacité à se montrer méchante avec les étrangers l'en empêchent. Si TA Moore est méchante avec vous, c'est que vous êtes amis.

Site internet : www.nevertobetold.co.uk
Facebook : www.facebook.com/TA.Moores
Twitter : @tammy_moore

Par TA Moore

Mon odieux petit ami
Rancune tenace

UN HIVER DE LOUP
Une chienne de vie
Chasser les corbeaux

Publié par Dreamspinner Press
www.dreamspinner-fr.com